さよならピアノソナタ3

♪杉井 光　イラスト♪植田 亮

夏が終わっても、
僕らの学校の熱気はおさまらない。
それどころか二学期は、うんざりするほど
盛り上がるイベントまみれだ。
九月は合唱コンクール。
もともと音楽科もあった我が校、
どのクラスも気合いの入り方がちがう。
合唱コンクール
Chorus Contest

しかも、神楽坂先輩と、真冬・千晶は、
なぜかぼくとのデート権(?)を賭けて
コンクールで勝負することになってしまい——
去年のチャンピオンである先輩のクラスと、
ぼくらのクラスは、
無駄に苛烈な情報戦に火花を散らす!

体育祭
Sports Day
合唱コンクールの熱は、
そのまま十月の体育祭に流れ込む。
うちの体育祭は、伝統的に、
負傷者続出のハードな種目ばかり。
閉会式まで無事に
立っていられるやつは半分もいない。

クラスの点数には影響しないはずの
部活対抗リレーも、
例によってぼくらのバンドがらみの
勝負に使われて、
なにやらあやしげな裏工作まで飛び交い、
一気にヒートアップ！

文化祭
School Festival
燃えつきるのはまだ早い。
最後は十一月の文化祭だ。
クラスのゴスロリ喫茶の
料理担当に加えて、
バンドの編曲担当。
任された仕事に、
ちょっと押し潰されそう。

でも、ぼくらバンドにとっては
文化祭のライヴこそが本番だ。
へばってはいられない。
おまけに、文化祭のことだけ
考えていればいいというわけにも
いかなくなった。
なぜって――

あいつが、やってきたからだ。
若き天才ヴァイオリニストにして、
真冬の……ええと……なんなの？
あいつも、ぼくに同じことを訊いた。
「ナオミは、真冬の、なんなの？」って——
Text:Hikaru Sugii
Illustration:Ryo Ueda
Designed by Toru Suzuki

君はきっと、この道の続く先のどこかにいるんだろう
走り続けるバスや電車の中で、あるいはラジオの鳴るどこかのモーテルで
僕がこの歌をうたうのを聴《き》くだろう
そうすれば君にもわかる
どれほど離《はな》れていようとも、僕が君を想《おも》っていることを

"Bobby Jean" ブルース・スプリングスティーン

ギターのボディに刻まれたその文字の並びを見つけたのは、偶然だった。

真冬《まふゆ》のストラトには以前、一度だけ触ったことがあったけれど、そのときにはもちろん気づかなかった。ねじを外さなければ露出《ろしゅつ》しない内側に彫《ほ》ってあったからだ。


「わたしも音変えたい」

そう真冬が言い出したのは、初ライヴ後、夏休みも残り少なくなってきたある日の部室練習でのこと。ぼくと神楽坂先輩《かぐらざかせんぱい》がエフェクターやトーンの話で盛り上がっていたとき、なんだか不機嫌《ふきげん》そうに聞いていた真冬が、ぼくの背中をギターのネックで突っついたのだ。

「……改造したいの？　それともエフェクター？」

「よくわかんないけど、直巳《なおみ》がやって」

三百万円のヴィンテージギターを改造する度胸はなかったのだけれど、一応、背板を外して中を見てみた。そこで、見つけたのだ。ピックアップのちょうど真裏、ボディに切られた四角い穴の側面。

「なんか文字彫ってある……」

「……ロシア語じゃないの、これ」

一緒《いっしょ》にのぞき込んでいた千晶《ちあき》が言った。なるほど、キリル文字に見えなくもない。と、真冬《まふゆ》がいきなりぼくの手からギターを引ったくった。

「み、見ちゃだめ」

「え、な、なに?」

「閉めて。中はいじらなくていい」

なんでこんなにあわててるんだ。キリル文字なんてどうせ読めないぞ?

「真冬、これ知ってたの」と千晶。

「し、知らなかった」

「先輩《せんぱい》ならロシア語読めるんじゃないの。ロシアの人の本いっぱい読んでるでしょ」

「革命の国だからといって、なんでも読めるみたいに思われるのは心外だよ」と先輩。

真冬はぼくの手からドライバーまで奪《うば》い取ると、背板をつけなおしてねじをしめようとする。彼女の右手の指はまだあまりうまく動かないので、ドライバーを回すのにも一苦労。見かねたぼくは、かわってやってあげる。

「なんて書いてあったの?」と、訊《き》いてみる。真冬は元通りになったギターをぼくから受け取って胸に押しつけるように抱き、しばらくもじもじと迷った後で、つぶやいた。

「名前。くれた人の」

くれた人？

「もらいものだったんだ」千晶がストラトのネックをなでる。

「気前のいい人間もいたものだね。こんなにいいギターを」

「習い始めたときに、楽器は最初からいいもの使った方がいいって……」

「同志蛯沢《えびさわ》のギターは独学かと思っていた。ちゃんと先生がいたんだね。どんな人？」

「え、うぅ」

真冬はしどろもどろになって口ごもる。ぼくも、ひとりで練習してたんだとてっきり思っていたけれど……考えてみれば、真冬がギターを始めたきっかけってなんなんだろう。生まれたときからクラシック漬《づ》けで育った職業《しょくぎょう》ピアニストが、エレクトリックギターに手を出すなんて、よっぽどのことがなければあり得ない。

「そんなのいいから！」

なぜか真冬はぼくの足を踏んづける。質問責めしてるのは先輩《せんぱい》だろが。

「エフェクターのことも早く教えて。次のライヴまでに、響子《きょうこ》みたいに色んな音が出せるようになりたい」

「う、うん……」

ぼくは真冬の、エフェクターを一切使わずアンプに直結したあの心地《ここち》よい抜け方の音が大好きなのだけれど。そんなところで先輩と張り合わなくても、と思う。それに、こないだライヴが終わったばかりなのに……

「次のライヴって、いつ？　あたしも早くやりたいな」

千晶《ちあき》もかよ。先輩《せんぱい》は、まあまあそんなにあせらず、とでも言いたげに、真冬《まふゆ》と千晶の肩をまとめて抱き寄せる。

「そうそう対バンの話が来るわけでなし、次は文化祭だね」

文化祭。二学期の後半——十一月だ。あと三ヶ月ある。

「我々《われわれ》のはじめての単独ステージだ。準備期間はそれくらいあってもいいだろう」

「前回、ぼくらになんにも言わずに三週間後のライヴの予定をいきなり入れた先輩の言葉とはとても思えませんね」思わず皮肉が出てしまった。

「少年はレガッタをやったことは？」

先輩はぼくのあごに指をあてて訊《き》いてくる。なんだよいきなり。

「……ありませんけど」

「うん。ボートは最初、全員でオールを小さく、速く回転させるんだ。加速がついてきたら、大きくゆっくりと水を送り出すように変える」

「はあ」

「バンドも同じだよ」

またこの人は、こうやってうまいことを言って丸め込もうとするのである。しかし、一瞬《いっしゅん》でもなるほどと思ってしまった時点でぼくの勝ち目はない。だから、納得《なっとく》してやることにした。くそ。

「我々は今、スピードに乗ってしまっている」

ぼくら三人から離《はな》れ、部室の隅に立てかけてあったギターを肩にかけながら、背中越しに神楽坂《かぐらざか》先輩は言う。

「それはいいことばかりじゃない。文化祭にたどり着くまでに、また色々とたいへんなことがあるかもしれない。だからこそ水の手応《てごた》えを確《たし》かめながら、じっくり漕《こ》ぎ進めよう」

そこで先輩は振り返り、ちょっと可愛《かわい》らしいしぐさで人差し指を立てる。

「大事なのはスピードじゃないよ。四人で呼吸を合わせることだ」

すぐに千晶が、それから少しためらってから真冬が、黙《だま》ってうなずく。

ずっと後になってから考えてみると、このときの先輩には、なにか予感があったのかもしれない。実際に、たいへんなことはいっぱい起きた。この三ヶ月間ほど、個人的にも部活的にもしじゅうゴタゴタしていた時期は、他《ほか》になかったかもしれない。

その、あらゆる面倒《めんどう》ごとのそもそもの発端《ほったん》は、遡《さかのぼ》って思い返してみれば——

夏の終わりに哲朗《てつろう》がくれた、二枚のチケットだった。

1　女王様の歌合戦

思えば、父の哲朗《てつろう》はよくなにかをくれるやつであった。ただしもらって嬉《うれ》しかったことはほとんどない。哲朗は音楽評論家《ひょうろんか》という不思議《ふしぎ》な仕事をやっているので、買いもしないのにCDや雑誌や本がうじゃうじゃと届き、余ったものはどんどんぼくに押しつけてくるのだ。くれるのが「物」だけならまだいいけれど、哲朗のずぼらさは伊達《だて》ではない。

夏休み最後の日のことだった。ぼくが部活から帰ってくるなり、哲朗はやけにわざとらしい笑《え》みを浮かべて言った。

「ナオ、いいものをあげよう」

「要《い》らない」

「せめて物がなんなのか訊《き》けよ！」

「いいよ。どうせろくでもないもんでしょ」

「そんなつんつんした態度で、実はナオのほしいものだったらどうするんだよ？」

「なに、ぼくのほしいものって」

「たとえば、そうだなあ、若くて優《やさ》しくて美人な新しいお母《かあ》さんとか」

「そりゃ哲朗がほしがってるだけでしょ」

ていうか、四十過ぎてバツイチのくせに、いまだにご近所から浪人生かなにかだと思われてるようなやつに、再婚相手が見つかるわけないだろ。現実を見ろ現実を。

「おれだって、ナオに炊事《すいじ》も洗濯《せんたく》も掃除も任せっきりで悪いと思ってんだよ。だから積極的《せっきょくてき》に合コン行ったりキャバクラ行ったりして新しいお母さんを見つけてあげようと」

「おまえが家事やりゃいいだろうが！」ずっと家にいるくせに。原稿も書かずに。

「ひどい、ナオくんがそんなこと言うなんて。おれはナオくんを育てるためにこんなにがんばって働いてるのに」

「そう言いつつプレステ2がつけっぱなしで勇者のレベルがもう30なのはどういうわけ？」

「あー、これはまあ、今日《きょう》はすぎやまこういちの音楽を研究してたんで。我《わ》が国に現代音楽を普及させた第一人者ですからね」

ぼくはため息をついてプレステの電源を落とした。哲朗は青い顔で絶叫する。

「朝からレベル上げしてたのに、てめえなんてことするんだッ」

「仕事しろ！」


夕食を作っていると、味噌汁《みそしる》のにおいで早くも立ち直ったのか、哲朗がのそのそと台所にやってきて言った。

「それで、本題に戻るけど」

戻んなくていいよ、もう。ほんとに無駄《むだ》にタフなやつである。

「ナオにはこれをあげよう」

料理しているぼくの鼻先でひらひらと振られたのは、どうやらなにかのチケットだった。振り払おうとしたぼくは、チケットの端《はし》に書かれた『指揮者：蛯沢《えびさわ》千里《ちさと》』というのを目にして、すべての事情を察し暗澹《あんたん》たる気分になる。

「仕事じゃんこれ……」

「うんそう。だからナオにあげる」

蛯沢千里。世界的に有名なこの指揮者に、『エビチリ』という失敬なあだ名をつけたのは、高校でも音大でも同期だった哲朗《てつろう》だ。それくらい仲が良いのだと誤解されているのか、哲朗にはエビチリの演奏会やレコードのレビューの仕事がよく回されてくる。でも当人は知り合いの評論《ひょうろん》はやりたくないらしい。そうしたとき、哲朗はどうするかというと、なんとまあ呆《あき》れたことに、ぼくに仕事を押しつけるのである。でも、コンサートのレビューはさすがにはじめてだった。

「いや、無理無理。自分でやってよ」

「おれもやだよ。だれが振るのか訊《き》かずにてきとうに仕事受けちゃったんだよ。頼むって」

しかも、なんでペアチケットなんだ？

「女誘うのに使えるかと思って二枚くれって言っちゃったんだ。S席だぜ四万円だぜ？　いやあナオよかったな豪勢《ごうせい》なデートができて。じゃあよろしくな。S席に穴空いてると見栄《みば》え悪いから必ずだれか誘うんだぞ。ホテル代まで出してやろう」

「おい、哲朗、ちょっと待って！」

でも哲朗は、「はぐれメタルはぐれメタル」などとやばい文句をぶつぶつとつぶやきながらドラクエの世界に逃避《とうひ》してしまった。

ちくしょう。夕食抜きにしてやる。ぼくは腹を立てながらも、受け取ってしまったチケットをポケットにねじ込んだ。

しかたない。エビチリの演奏は好きな方だし、ただで聴《き》けて原稿料《げんこうりょう》までもらえるんだから、なんとかしよう。

翌日、始業式。一応だれか誘ってみようかと思って、ぼくはチケットを学校に持っていくことにした。

高校一年の九月一日というのは、クラスメイトたちの雰囲気ががらっと変わってしまう特別な日である。日に焼けたり髪を染《そ》めたり。

「ナオはどうして全然焼けてねえんだ」

「そうだ、おまえ海行ったんだろうが合宿で」

男子の中でも、わりと代《か》わり映《ば》えしない連中が寄ってきて文句を言う。

「いや、合宿って練習しに行ったんだよ?」

民俗音楽部の合宿である。そりゃ、ちょっとは泳いだけど。

「見えるところの変化よりも見えないところの変化だな」

「そうですなあ。色んな意味で一皮むけるのが高一の夏ですからなあ」

「で、ナオはだれと一皮むけちゃったわけ?」

「まさか女三人に男一人《ひとり》でなんにもなかったわけないしな」

ぼくの部活はぼく以外三人とも女なので、クラス男子のねたみの的なのである。実態を知ってからねたんでほしい。合宿中、料理も洗濯《せんたく》もずっとぼくの仕事だったし、おまけに色々たいへんだったんだから。

「許せんな。正直に言え。蛯沢《えびさわ》とか?」「蛯沢だな、たぶん」

「えっと、いや、べつにそういうことは」

「どいて。邪魔《じゃま》」

いきなり人垣の後ろで女の子の声がして、男子どもはびくっと飛び上がって散り散りになった。そこに、噂《うわさ》の当人が立っていた。

長い栗毛《くりげ》も、白い肌も、大粒の青い瞳《ひとみ》も、なにもかも少しずつ現実離《ばな》れしていて、だから真冬《まふゆ》が転校してきてすでに四ヶ月たっているのに、いまだにうちの制服を着ているのを見ると不思議《ふしぎ》な感慨《かんがい》を覚える。

「お、はよう」

ぎこちなく挨拶《あいさつ》してみると、真冬はむーっとした顔で見つめ返してきて、ちょっとだけうなずいて、水泡みたいな小声で「……おはよ」とつぶやく。

「お、おいお姫様が挨拶したぞ」「ありえねえ」

大騒《おおさわ》ぎするクラスメイト男子どもをじろっとにらむと、ぼくの隣《となり》の席に座る。

「これ返す。だいたい憶《おぼ》えた」

真冬は鞄《かばん》から数枚のCDを取り出した。昨日《きのう》ぼくが貸したスマッシング・パンプキンズである。彼女はうちのギタリストで、目下いろんなロックバンドを研究中なのだ。

「どうだった?」ていうか一日で憶えたのか。

「あんまり好きじゃない。でも参考にはなる」

そこで会話終了。

これでも大きな前進なのである。転校してきたばかりの頃《ころ》の真冬は、まるで怪我《けが》をして洞穴《ほらあな》に立てこもった猫みたいだった。春が終わって、一夏を一緒《いっしょ》に過ごして、はじめてのライヴを乗り越えて、ぼくらはほんの少しだけ近づいた。

外から見ただけじゃ、朝の挨拶《あいさつ》をするようになった以上のちがいはわからないかもしれなかった。遠巻きになった男子どもはひそひそ声で、「あの二人《ふたり》どうなったわけ」「おはようの挨拶もしてるってことはおやすみの挨拶も……」などと言っている。うるせえ静かにしてろ。さて、とぼくはポケットの中のチケットの存在を確認《かくにん》する。

虚《むな》しい試みだけれど、一応誘ってみるか。

「ねえ、真冬《まふゆ》。ドヴォルザークの交響曲《こうきょうきょく》でどれがいちばん好き?」

まわりの連中はそろって顔をしかめた。そりゃそうだ。朝の高校の教室で聞こえてきていい質問じゃない。

「どうして?」と、真冬は首を傾《かし》げる。

「ええと、まあ、アンケートみたいな」

「……三番と五番」

渋《しぶ》いな。でも、ちょっと望みが出てきた。

「チャイコフスキーは?」

「マンフレッド」

「やっぱり親子だと趣味《しゅみ》も似るのかな」

「なんのこと?」

ぼくはチケットをそうっと真冬の前に差し出した。演目はチャイコフスキーの序曲1812

年、マンフレッド交響曲、ドヴォルザークの交響曲第五番。そして指揮者は蛯沢千里《えびさわちさと》。それを見た真冬の顔がさあっと凍《こお》りつく。

「……どういうつもり?」

「いや……哲朗《てつろう》にもらったの。そんで、二枚あるから、だれか……誘おうかなって」

「ばかみたい。なんでわたしがパパの」

吐き捨てて、ふい、と黒板の方を向いてしまう真冬。彼女は父親のことをかなり嫌っているから、誘うだけ無駄《むだ》なのは最初からわかりきっていた。

「だめでしたな」「ふられましたな」「やっぱなにもなかったんじゃねえの」「教室でデートに誘うとか、ナオは無駄に度胸あるな」うるせえぞ実況席。

「じゃあ、やっぱり相手は相原《あいはら》じゃね」「そうだな。相原だな。女房みたいなもんだしなあ」

「だれかあたしのこと呼んだー?」

ぼくの右手後方の戸が開いて、そんな声が飛び込んできた。まわりのクラスメイトたちはまた飛び上がって驚《おどろ》く。

「おはよ!　ねえねえナオ聞いてよ、今日《きょう》から二学期って忘れてた。夏休みもずっと来てたから、今日も九時まで寝過ごすところだったよ。ナオはどうして起こしに来てくれないかな!」

ぼくと真冬の席の間をぱたぱたと通って、一つ前の席に座る千晶《ちあき》。元柔道家らしく、ショートヘアは片方だけゴムでくくっている。今朝《けさ》も屋上かどこかでドラムの練習をしてきたのだろう、鞄《かばん》からはガムテープで補強した古雑誌とドラムスティックがはみ出ている。

「おっ？　なにこれなにこれ」千晶《ちあき》はぼくの机の上のチケットを目ざとく見つけた。

「コンサート。おまえ行くか？　クラシックだけど」

「寝言いってもまわりの人許してくれるかな」

それ以前に寝るな。

「あ、これ真冬《まふゆ》のお父《とう》さんじゃん。エビチリコールとかエビチリダンスとかないの？　ライヴなんでしょ」

ぼくはため息をついた。千晶なんて連れていったらどうなるかわからない。


始業式の日なので、午後はロングホームルームがあった。我《われ》らが一年三組の女首相であるクラス委員長の寺田《てらだ》さんが、さっと教壇《きょうだん》に進み出て、てきぱきと話を進める。

「それじゃあ今日《きょう》のメイン議題《ぎだい》です」

寺田さんは、くっと眼鏡《めがね》を押し上げて言う。男子のクラス委員（寺田さんの奴隷《どれい》）が、プリントを配る。

「今月末に合唱コンクールがあるので、指揮者とか伴奏者とかを決めます」

そういえばそんなのあったっけ。うちの高校は昔は音楽科があったくらいなので、伝統としてクラス対抗合唱コンクールも毎年かなり盛り上がるのだそうだ。普通の学校ならだいたい体《たい》育館《いくかん》でやるんだろうけど、うちの学校には全校生徒が収容できる大音楽堂まである。

コンクールの概要《がいよう》が書かれたプリントを眺める。課題曲《かだいきょく》はモーツァルトの『アヴェ・ヴェルム・コルプス』だった。いい選曲《せんきょく》だ。短いし憶《おぼ》えやすい。

「指揮者はナオくんで決まりなので、あとは伴奏者を」

「そうだな」「ナオしかいないいな」

「おいちょっと待て！」

ぼくがプリントから顔を上げると、クラスじゅうの視線《しせん》が集まっている。

「いやなの？　ナオくん」寺田さんが民衆の代表みたいに居丈高《いたけだか》な視線で言った。「だっておさん音楽評論家《ひょうろんか》でしょ」

「それ関係ねえよ！　もっと民主的に決めようよ」

「じゃあ訊《き》くけど、ナオくんの好きな指揮者三人挙《あ》げて」と寺田さん。

「なんで」

「民主的な手続きです」

なんだそりゃ。意味わからん。でも、この教室には寺田さんに逆らえる人はいない。

「……ううん。ユージン・オーマンディ、ジョージ・セル、あとはシャルル・ミュンシュくらいかな」

「それじゃあ」寺田《てらだ》さんは教壇《きょうだん》の両端に手を置いて、教室を見渡した。「ナオくん以外で、指揮者の名前をぱっと二人《ふたり》以上言える人がいたら手を挙《あ》げてください」

核戦争の一万二千年後みたいな静寂《せいじゃく》が教室を覆《おお》った。もちろんだれも、挙手どころか身じろぎすらしなかった。

「――ということでナオくんに決定」

寺田さんの冷たい宣告に、ぼくは唖然《あぜん》としてなにも言えなくなり、民主主義が崩壊《ほうかい》していく音を聴《き》いた。今ならテロリストの気持ちがちょっとわかる気がした。

「それじゃ伴奏する人なんだけど」

寺田さんが言って、クラスメイトたちの視線《しせん》が、今度は遠慮《えんりょ》がちにぼくの隣《となり》の席に集まるのに気づいて、ぼくは自失から立ち直る。

うちのクラスでだれかがピアノを弾《ひ》く、という話になると、まず思いつくのは一人《ひとり》しかいない。真冬《まふゆ》だ。東欧の国際ピアノコンクールにおいて、史上最年少の十二歳で優勝《ゆうしょう》し華々《はなばな》しくデビューした天才少女ピアニスト。

でも、今の彼女はとある理由からピアノを弾きたがらないということを、もうぼくだけじゃなくクラス全員が知っていた。おそらくは心因性の疾患《しっかん》で――右手の中指と薬指と小指がうまく動かないのだ。

エビチリから聞いた話では、ぼくと出逢《であ》った頃《ころ》よりはだいぶよくなっているらしい。実際、ぼくは合宿中にこっそりピアノを弾いている真冬を見た。

でも、問題は身体《からだ》よりも心の方。真冬の指が動かなくなったのは、英国でのコンサートの演奏直前、ショパンのソナタの最初の一音を叩《たた》こうとしたまさにそのときだったという。そのことが残した傷は、今でも消えていない。たとえ学校のコンクールでも、ステージの上でピアノを弾くなんて無理だろう。

だから、だれの口からも真冬の名前は出なかった。

表情のない真冬の横顔をちらちらとうかがっていたので、けっきょく伴奏者がだれに決まったのか聞いていなかった。


「ふうん。一年三組はきみが指揮者か」

神楽坂先輩《かぐらざかせんぱい》は、なんだか愉快《ゆかい》そうに笑って言う。放課後《ほうかご》、民俗音楽部室にぼくたちよりも先に来ていたところを見ると、どうやら今日《きょう》はちゃんと登校したらしい。普段《ふだん》は授業を丸ごとさぼって、放課後ちょっとたってから学校に来たりする不良生徒なのである。

「先輩って二年一組でしたっけ。今日、やっぱり指揮者決めたんですか？」

「うん。話し合うまでもなく私だった。去年と同じだね。腕が鳴るよ」

「先輩歌わないの？　どうして？」と千晶《ちあき》。

ぼくもそこは疑問だった。先輩《せんぱい》はうちのバンドのメインヴォーカルをつとめるくらいだから、指揮をやらせるより歌ってもらった方がいいと思うのだけれど。

「背中で拍手を受けるというのは、代《か》え難《がた》い快感だよ。その味を知っている職業《しょくぎょう》はこの世界で唯一無二《ゆいいつむに》、指揮者だけだ。たしか、蛯沢千里《えびさわちさと》がインタビューでそんなことを言っていた」

「あの人ナルシストだから」

ギターを布で拭《ふ》いていた真冬《まふゆ》が、ぼそっとつぶやいた。憎々しげというよりは、あきれている口調《くちょう》。

「私とは話が合いそうな気がするよ。文化祭のライヴに来てくれないものか。予定さえ合えば喜んでやってきそうだけれど」

「ぜったいだめ」

真冬がものすごい形相《ぎょうそう》で斬《き》って捨てる。

「あ、そういえば」蛯沢千里の話で思い出したぼくは、チケットを取り出す。「先輩、これ行きます？　招待券なんだけど」

神楽坂《かぐらざか》先輩はチケットを受け取って、いきなり笑《え》みを消してしまう。どうしたんだろう。その日は都合《つごう》が悪いのかな。それともさすがに演目が渋《しぶ》すぎた？　ドヴォ5はともかく、マンフレッドだもんな。

「二枚あるということは、少年と、ということなのかな」

「え？　あ、はい。哲朗《てつろう》にまた仕事押しつけられたんです。あ、あの、無理ならべつに」

「いや。万難《ばんなん》を排して行くよ。これはつまりデートだということでいいんだね？」

「え？」え、ええ？

「あの熱《あつ》い夜から一ヶ月もたっていないのに、少年の方から誘ってくれるとは思わなかったよ。この喜びを万《よろず》の言葉にして耳元で囁《ささや》いて聞かせてあげたいと思うけど、ここには少年以外にも人がいるから、当日の夜にしよう」

　知らない人が誤解する言い方はやめろ。なんだよ熱い夜って。

「……って、当日の夜？」

「だってほら会場は東京《とうきょう》だろう。終演時間は八時だし、エビチリは調子に乗ってアンコールをやりまくるから、その後で食事をしたら帰ってくるよりも一泊した方が」

「だめ！」真冬がいきなり立ち上がった。

「もー、先輩！　なに言ってるの！」

　千晶《ちあき》もつられて立ち上がる。ぼくは思わず後ずさってしまう。

「可愛《かわい》い嫉妬《しっと》は大歓迎だよ」

　先輩は、迫ってきた千晶をぎゅっと抱きしめると額《ひたい》に口づけした。

「そういうのでごまかされないから！」と、千晶は先輩の腕の中でぷりぷり怒る。もう見慣《みな》れている光景なので驚《おどろ》かない。神楽坂先輩は骨の髄《ずい》まで女好きなのである。千晶は先輩のためにわざわざドラムスの練習をしてこの部活に入ったのだから、冗談《じょうだん》でもあんなことを言われると怒るだろう。でも、ええと、なんで真冬《まふゆ》まで怒ってんの？　こっちにらんでるし。

「同志蛯沢《えびさわ》も、嫉妬《しっと》してくれているのかな。それとも、自分で行きたい？」

今度は真冬に後ろから抱きつく先輩《せんぱい》。握ったままのチケットがちょうど真冬の顔の真ん前に来る。真冬は顔を真っ赤《まか》にして横に振った。

「じゃあ、べつに私が少年と一緒《いっしょ》に行ってもいいよね？」

「……だめ」

「だそうだよ、少年」

チケットを投げ返してくる先輩。もうどこからどう見ても、このわけのわからん状況を楽しんでいる目である。

「きみのだよ。だれに渡すかきみが決めて。でも、わかっているね？　同志蛯沢も同志相原《あいはら》も行く気はないようだよ」

「響子《きょうこ》。そういう言い方ずるい」

真冬は、先輩の腕の中で身体《からだ》をねじって反論《はんろん》する。先輩を下の名前で呼ぶのは、この学校では真冬だけである。抱き合ってそういうことをするもんだから、民音に対する誤解がさらに広まるんだろう。

しかし、ぼくはふと思う。もし真冬にチケットを渡したら、それを口実になんとか説得して、父親のエビチリと仲直りさせる糸口にできるんじゃないだろうか。

でも、ここで真冬にチケットを渡すのってあまりにも不自然だし……。

「それじゃあ、チケットを賭《か》けてなにかで勝負する?」

猛禽《もうきん》の笑《え》みを浮かべた先輩が言った。

「そんなの、先輩が勝つに決まってるよ」

千晶《ちあき》が文句を言った。ぼくも同感だった。先輩はギャンブルとか勝負事が大好きで、しかもその手のものに負けたことがない。

「ハンデをあげるよ。私の側はひとりでいい。同志蛯沢と、同志相原は協力していいよ。ついでに少年もそっち側に回ることを許可しよう。一対三だ。どうかな?」

その好条件が、かえって怪《あや》しすぎた。自分からこんなことを言い出すからには、先輩にはきっちり勝算があるってことだ。でも、ぼくがなにか言う前に真冬がぱっと顔を上げた。

「やる」

「嬉《うれ》しいよ、同志蛯沢」

先輩は真冬の額《ひたい》にキスした。真冬は顔を真っ赤にしてその唇を押しのけた。

「真冬がやるならあたしもっ」

いや、ちょっと待て二人《ふたり》とも。種目も聞かずに受けるなよ。

「勝負って、なにで勝負するんですか」

「じゃあサウナ我慢《がまん》勝負。お触りあり」

「あんた触りたいだけだろうが」

「少年も一緒《いっしょ》に参加でいいんだよ？」

なるほど、それなら触らないように監視《かんし》できますね……じゃねえよ！　ぼくは男です！」

この人はほんとに混浴可能なサウナを見つけてきそうだから怖い。

「サウナがいやなら、大食い対決はどうかな。お触りあり」

「大食いでお触りとか意味わかんねえ。いいかげんお触りから離《はな》れてください」

「じゃあ四人いるし麻雀《マージャン》」

「ルール知らない」と真冬《まふゆ》。

「簡単《かんたん》だよ。点数が減ったら服を脱ぐだけ」

「嘘《うそ》教えんな！」

「少年の知ってるルールは勝ったら脱ぐの？　そんなに脱ぎたいなら、べつにいいけど」

「脱ぎません！　本題忘れないでください！」

さんざん不真面目《ふまじめ》な意見を並べた後で、先輩《せんぱい》はようやく真顔に戻って言った。

「やはりね、ミュージシャンが四人いて勝負をするんだ。種目は音楽で決まりだろう」

ぼくと千晶《ちあき》と真冬の顔を順番に見る。後になって考えてみれば、数々のふざけた案はたぶん、この意見をなんとなく納得《なっとく》させてしまうための布石だったんだろう。

「合唱コンクールで勝負しよう」

勝負の噂《うわさ》は、翌朝のホームルームのときにはクラスじゅうに広まっていた。

「神楽坂《かぐらざか》先輩と勝負して、負けたらナオが脱ぐんだって?」「おまえが脱いでどうするんだよ。相原《あいはら》か蛯沢《えびさわ》が脱げ」

微妙に間違った情報。寺田《てらだ》さんは目を潤《うる》ませてこんなことを言う。

「ナオくんが指揮者やる気満々で、わたし嬉《うれ》しいな」

いや、べつにぼくはやる気ないけど。

勝負の内容はしごく簡単だった。先輩の二年一組と、ぼくらの一年三組で、合唱コンクールの順位が高い方が勝ち。全校二十四クラスのうち上位の五クラスまでしか発表されないのだけれど、「どちらも入賞《にゅうしょう》しないなんてことはあり得ないよ。少なくとも私のクラスは必ず五傑《ごけつ》に入るからね」というのが、自信満々の神楽坂先輩の言い分だった。

「てことは、俺《おれ》らが勝ったら神楽坂先輩が脱ぐのか」と、馬鹿《ばか》男子の一人《ひとり》が言って、まわりが色めき立つ。

「みんな力貸してね!」

千晶が言って、男子どもが拳《こぶし》を突き上げて応《こた》えた。なにこのノリのよさ。しかしなにより驚《おどろ》いたのは、真冬《まふゆ》が「練習中の伴奏はわたしがやる」と言い出したことだった。

「……いいの？　お姫様」

寺田《てらだ》さんが教壇《きょうだん》から心配そうに訊《き》いてくる。お姫様、というのは寺田さんが考案した真冬のあだ名で、今でも女子はみんなこの呼び方で、真冬を大切に大切に扱うようなふりをしていじっているのだ。

「いい。わたし、歌うの苦手《にがて》だし」

それからちらっとぼくを見る。

「練習中だけなら。直巳《なおみ》が伴奏をてきとうに編曲《へんきょく》してくれれば」

ぼくは思わず、うなずいてしまう。真冬がピアノを弾《ひ》くと自分から言い出すなんて。そこまでやる気だったのか。

課題曲《かだいきょく》のピアノ伴奏はごく単純だ。いくつか音符を省けば、限られた指しか動かせない真冬でも弾けるだろう。それでも、素人《しろうと》が弾くよりもずっと巧《うま》いはずだ。

「じゃあ、自由曲選《えら》びから、じっくり作戦を練らないとね」

千晶《ちあき》の言葉に、真冬はうなずいた。

その日の放課後。敵の選曲《せんきょく》を知るために、男子二人《ふたり》が神楽坂先輩《かぐらざかせんぱい》の教室に偵察に行ったのだけれど、一人《ひとり》しか戻ってこなかった。

「俺《おれ》を逃がすために、あいつは……うぅっ」

生還者《せいかんしゃ》は涙を詰まらせる。なにを大げさな。

「でも大丈夫だ。あいつは愛国心にあふれているから、どんな拷問《ごうもん》をされたって、一年三組だとは吐かないはず」

「襟章《えりしょう》見ればわかるだろうが」

「ああっそうかしまったっ」

ぼくのつっこみに、スパイは悶《もだ》えた。アホか。それでなくても、顔見てわかる人だっているだろうに。

「で、二年一組の自由曲はわかったの？」と寺田さん。

「いいや。俺らが行ったときは、女子のユニフォームの話をしていた。チアガール風《ふう》が却下されかけてたから、俺が思わず抗議《こうぎ》したら捕まっちった」

「役立たず」

「帰ってくんな」

あまりのばかばかしさに、ただでさえゼロに近かったぼくのやる気はさらに減退していく。

とどめを刺したのは、去年の合唱コンクールの録画《ろくが》だった。優勝《ゆうしょう》は一年一組。つまり神楽坂先輩のクラス。長い髪をアップにまとめて、きりっとした燕尾《えんび》服《ふく》に身を包んだ神楽坂先輩。自由曲は新実徳英《にいみとくひで》の合唱曲『聞こえる』。激《はげ》しい緩急《かんきゅう》のつけかたと、一糸乱れぬアンサンブルに、視聴覚室《しちょうかくしつ》の固い椅子《いす》で見ていたぼくらは圧倒されてしまう。

「優勝《ゆうしょう》するわけだよなあ」

「一年生の優勝って史上初だったんだって」

暗い中で、ぼそぼそとそんな会話が交《か》わされた。無理だろう、これ。そもそも、ぼくは先輩《せんぱい》が勝ってもべつにかまわないし。

先輩は、勝負にハンデをつけるために一対三にしたと言っていた。一見、戦力差は三倍に見えるかもしれないけれど、要するにクラス対クラスなのだ。ハンデにもなんにもなってない。あいかわらず見事な詭弁《きべん》で自分の有利な戦場に持っていくもんである。

弱々しくため息をついたときに、頬《ほお》に刺さるような視線《しせん》を感じた。隣《となり》の椅子の真冬《まふゆ》が、じっとぼくを見つめていたのだ。

「え、っと、……なに？」

ビデオが止められ、視聴覚室の明かりがつけられるまで、真冬は黙《だま》ってぼくに視線を注いでいた。

「ほんとうに、勝てないと思ってるの？」

みんながぞろぞろと視聴覚室から出ていき始めた頃《ころ》になって、ようやく真冬は言った。

「だって……真冬も見ただろ今の」

「あんなの、こけおどし」

「同志蛯沢《えびさわ》の言う通りだよ」

その日の部活で、神楽坂《かぐらざか》先輩は言った。

「合唱コンクールには、合唱コンクールの勝ち方というものがある。たとえば音の強弱を過剰に効《き》かせる、ポリフォニックな曲を選《えら》ぶ、指揮棒の振り方もかっこつける、とかね」

「はあ」

「審査員《しんさいん》も素人《しろうと》だもんね」と、千晶《ちあき》が付け加える。素人をびっくりさせるための演奏だから、こけおどしだと真冬は言ったんだろうか。

「そうじゃない」

真冬はギターを調弦《ちょうげん》しながら首を振った。

「審査員をやらされて気負ってる素人をびっくりさせるための演奏なの」

……なるほどね。普通の状態なら、素人だろうとプロだろうと、演奏の善《よ》し悪《あ》しなんざ聴《き》けばわかるもんだ。でも、審査をするとなると、高い点数・低い点数をつける『理由』を探すのに必死になってしまう。そこに、先輩の狡猾《こうかつ》な作戦が突き刺さるわけだ。

「全校生徒の投票で順位が決まるとでもいうのなら、ちがったやり方をするよ。でもたった四人の審査員《しんさいん》だからね。選曲《せんきょく》もそれに合わせた」

「そういえば、先輩《せんぱい》のクラスにしちゃおとなしい自由曲でしたね」

もっとロックな曲をやるかと思っていたら、いかにも合唱部のレパートリーにありそうな合唱曲だったので、ちょっと拍子抜けしたのだ。

「去年の審査員には、リベラルな社会科教師がいたから」

ぼくは嘆息する。そこまで考えてんのか。先輩たちが去年歌った『聞こえる』という合唱曲は、湾岸戦争の頃《ころ》に作られた、平和と自然保護《ほご》を訴える曲なのだ。その手の社会科教師の心にはびんびん響《ひび》くだろう。

「じゃあ今年《ことし》は？」と千晶《ちあき》。

「今年はロックをやる予定」

「へえ、なになに？」

「それは秘密。敵に塩を送るのはここまで」

先輩はギターを手に立ち上がった。

「練習しよう。合唱コンクールのことにばかりかまけていられないよ。文化祭も近い」

民音部員四人のうち、先輩だけが自転車通学だった。だから、クラブの活動時間が終わって駅まで歩く間、作戦タイムになる。

「自由曲決めるのっていつまでだっけ？　今週中？　じゃあじっくり考えないとね」

千晶は商店街の真ん中を鞄《かばん》を振り回して歩きながら言う。その目には体育会系特有の熱気《ねっき》が燃《も》えていて、ぼくはうんざりする。

「審査員ってだれなの？」

反対側を歩いていた真冬《まふゆ》が訊《き》いてくる。

「校長先生と、麻紀《まき》先生が毎年やってて、あとはだれだったかなあ」

麻紀先生は音楽教師で、ぼくらの民音の顧問《こもん》でもある。だったら買収できるんじゃないの、などと千晶が言い、できるなら響子《きょうこ》がとっくにやってる、と真冬が答える。ぼくの頭越しに、二人《ふたり》の言葉がぽんぽん飛《と》び交《か》っている。

「ナオ！」

いきなり足を踏んづけられて、ぼくはつんのめるようにして立ち止まる。

「いっつもぼーっとして！　もっとやる気出してよ、先輩に負けてもいいの？」

千晶が顔を近づけてくる。人通りの多い駅前の街路の真ん中なので、周囲の視線《しせん》が痛い。

「だって勝てる気しないし」

「響子と一緒《いっしょ》に、コンサートに行きたいの？」

真冬もそろってぼくの前に回り込んで、えぐるような視線で訊いてくる。

「いや、べつに……」

「はっきりして」

「なんで真冬《まふゆ》がそこまで気にするの？　千晶《ちあき》が怒るのはわかるんだけど」

「へえ？　あたしの方はわかるの？」

なんだか馬鹿《ばか》にした口調《くちょう》で千晶が言う。ぼくは自信なくうなずいた。千晶は先輩《せんぱい》のことが好きだから、冗談《じょうだん》でもぼくとデートなんて言い出されると困るんじゃないの？　でもそれを言うと、千晶は眉《まゆ》をひそめて、それから嘆息した。

「真冬。あたしたちの敵は、たぶん先輩じゃなくてこのバカの鈍感《どんかん》さかげんだと思う」

「わたしもそう思う」

一秒もためらうことなく真冬は同意すると、ぼくにほんの一瞬《いっしゅん》だけ濡《ぬ》れた視線《しせん》を向けて、それからふいと踵《きびす》を返して駅の方に早足で歩き出した。千晶も、ぼくにあかんベーをくれて、真冬のあとを追った。

ぼくはしばらく、わけのわからないまま立ちつくしていて、だから二人《ふたり》を追いかけて駅の階段を駆《か》け下りたときには、もう列車のドアが閉まるところだった。

ぐったりとプラットフォームのベンチに腰を下ろしたとき、後ろから声がかけられる。

「どうやら我《わ》が軍の楽勝のようだね」

ぼくはベンチからずり落ちそうになってしまった。振り返ると、神楽坂《かぐらざか》先輩のずるそうな笑顔《えがお》がそこにある。

「……なんでこんなとこに」

　自転車で帰ったんじゃないのかよ。

「きみたちの作戦をスパイしておこうと思って。その必要もなかったようだけれど」

　ため息をつくぼくの隣《となり》に先輩は腰を下ろす。

「どうせ先輩は勝負を持ちかけた時点で勝ってるじゃないですか。一対三とか言っても、なんの意味もないんだし。勝負になってないです」

　すると先輩は、おやおやという表情でぼくの顔をのぞき込んでくる。

「少年は私のことを少し誤解しているよ」

「なにがですか」

「私は、勝てる戦いしかしない。それはきみも知っている通り。もう一つ、戦いにならない戦いはしない」

　ぼくの膝《ひざ》の上に、先輩の手が置かれる。

「少年と、同志蛯沢《えびさわ》と、同志相原《あいはら》の三人なら、私の敵に値すると信じたからこそ、この戦いがあるんだ。なんの意味もないなんてことはない。むなしい勝利はほしくない」

　各駅停車がやってくることを、構内アナウンスが告《つ》げた。先輩はすっとぼくから身体《からだ》を離《はな》して立ち上がる。

「でも、今のきみでは——たしかに、勝負にならないだろうね。一対三どころか、三人まとめて私の半分にも及ばないよ。残念だ」

近づいてくる列車の音と、階段を上って遠ざかる先輩《せんぱい》の足音とをぼんやり聞きながら、ぼくは椅子《いす》の背から身体《からだ》を引きはがせなかった。

敵に値すると、信じたからこそ。

でも、今のぼくでは——

次の日の放課後《ほうかご》は、ぼくら一年三組が音楽室を使える日だった。自由曲はまだ決まっていないので課題曲の合わせ練習である。

K《ケッヘル》618『アヴェ・ヴェルム・コルプス』は、モーツァルトの傑作《けっさく》がおおむねそうであるように、ぱっと見はシンプルな曲だ。なのでパート練習は簡単《かんたん》だった。ただ、ソプラノ、アルト、テノール、バスに分かれた糸を、一本の歌に縒《よ》り合わせる作業は簡単じゃない。音楽をやっていない人にとっては、和声の感覚というものがうまくつかめないのだ。三十数人ぶんのばらばらの声を前にして、ぼくは指揮棒を手に途方《とほう》に暮れていた。

「ナオっ」

アルトパートの最前列にいた千晶《ちあき》が眉《まゆ》をつり上げる。

「あのねっ、メトロノームがわりに腕振ってるだけなら、あたしでもできるから！」

「ナオくん音楽以外に取《と》り柄《え》ないんだからしっかりしてよ」「そうだ。そんなことじゃ親父《おやじ》の跡継《つ》げないぞ」

おい、勝手なこと並べるなよ。ぼくはふてくされて指揮棒を譜面台《ふめんだい》に置く。音が合わないのまでぼくのせいにされても困る。

しばらく、気まずい沈黙《ちんもく》が音楽室を支配した。再びそれを破ったのは千晶だ。

「じゃあ、あたしらは外出てる」

え、な、なに？　クラスメイトたちも、いきなりの千晶の言いぐさにざわめいた。でも千晶はピアノの方を向いてさらに言う。

「真冬《まふゆ》、このバカにきっちり教えてあげて。あたしらは廊下でパート練習してるから」

冷房がかかっていて涼しい音楽室から出なきゃいけないことに抗議《こうぎ》の声も上がったけれど、委員長の寺田《てらだ》さんが千晶に賛同《さんどう》したので、連中はぞろぞろと廊下に出ていった。呆然《ぼうぜん》とするぼくと、ピアノの椅子に座ったままの真冬だけを残して。

なんだよそれ。なにがしたいんだ千晶は。

ぼくは真冬と視線《しせん》が合わないように、譜面台の前にべったりと腰を下ろす。

音楽室の分厚い金属扉の向こうから、クラスメイトたちの歌声が聞こえてくる。それだけじゃない。学校じゅうが、今はコンクールの練習時間だ。ぼんやりと混ざり合った、数百人ぶんの声。

「……指揮者、やるのいやなの？」

ぽつりと真冬《まふゆ》が訊《き》いてきた。

「いやなわけじゃ……ないんだけど」

なんだかみんなが、変な期待をかけてくるのがいやだった。昨日《きのう》の、神楽坂先輩《かぐらざかせんぱい》にしてもそうだ。ぼくがどうこうしたからって、去年の優勝《ゆうしょう》チームに勝てるようになるとでも思ってるのか？　指揮者は魔法使《まほうつか》いじゃないぞ？

「あなたの考えてることは、わかる」

つぶやく真冬の顔は、持ち上げられたピアノの上蓋《うわぶた》に遮《さえぎ》られて、見えない。

「素人《しろうと》合唱団に指揮者なんていてもいなくても同じって思ってる」

「……うん、まあ、そう」

「どうして？」

「だってさ。みんな、ぼくが振るタクトなんて見てないよ。楽譜《がくふ》を追うのが精一杯で。だから素人の合唱なんてピアノの伴奏で決まるんだ。伴奏者も指揮者なんて見て――」

ぼくの言葉は、そこで途絶《とだ》える。

そこまでは正しい。素人は指揮棒に合わせて歌うなんてできない。素人の伴奏者も自分のペースで弾《ひ》いてしまうから、そこに指揮者の必要はない。でも――

ぼくは指揮台の上で立ち上がる。真冬と、目が合う。どうしてわたしが、伴奏者に志願《しがん》したと思っているの？　そう問いかける目。

そうだ。ぼくらの伴奏者は、どこのクラスにでもいるような、「たまたまピアノを習っていたから」というだけの理由で選《えら》ばれた人間じゃない。

真冬なのだ。

真冬がいて、ぼくがいる。それは——神楽坂先輩の二年一組にはない、一つの武器。だからぼくは、そっと譜面台から指揮棒を取り上げる。真冬の肩が、ぴくっと敏感にそれに反応する。

宙にゆっくりと針を打ち込むように、拍を刻む。わずか四十六小節のこの歌は、まるで一小節が一拍であるかのように、荘重《そうちょう》に、けれど軽さを損なうことなく——

ピアノの歩みが始まる。ぼくはその音符の一つ一つを手ですくい取れるくらいに把握できる。真冬のためにぼくが編曲《へんきょく》したものだからだ。必要最低限の、三和音。ぼくの指先の細やかな動きにまでぴったりとついてくる、繊細《せんさい》な音。真冬の息づかいさえ、すぐそこに感じた。ぼくの耳の中で、歌が立ち上がる。主調《しゅちょう》からイ長調へ、翳《かげ》りを添えてへ長調へ。

祈りの歌声は大聖堂の高い天井《てんじょう》いっぱいに澄《す》み切って響《ひび》き、やがて彼方《かなた》を指したぼくのタクトの先に吸い込まれて、静寂《せいじゃく》を呼び戻す。

曲が終わった後も、ぼくはしばらく音楽室の後ろの黒板をじっと見つめて、身体中《からだじゅう》から力が流れ出ていくのを感じていた。

のろのろと指揮台を下り、ピアノに近づく。真冬《まふゆ》の顔も少し火照《ほて》って赤らんでいる。ぼくの視線《しせん》に気づいて、目をそらした。

「ごめん、真冬。ありがと」

「わたしは、ただあなたの指揮に合わせて弾《ひ》いただけ」

「うん。でも」

ぼくは、鍵盤《けんばん》の上に置かれたままの真冬の右手に目を落とす。特別な手。

真冬は、この手でぼくのために――

「あっ、あなたのためじゃない！」

「えっと……いや、そりゃそうなんだけど。じゃあどうして？　あのチケットほしいの？」

「そうじゃないの！　あ、あなたと、響子《きようこ》が」

ぼくと神楽坂先輩《かぐらざかせんぱい》が？　一緒《いっしょ》にコンサートに行くのがなにかまずいの？　でも真冬はそこで顔を真《ま》っ赤《か》にして言葉を詰まらせてしまう。

「もう、ばか！」

しまいにはそう言って、ぼくの腕を平手でべしべし叩《たた》いた。なんなんだよ。ぼくが真冬の手首をつかんで止めようとしたとき、真冬は耳まで赤くしてその手を振り払った。ぼくではなく、背中越しにもっと後ろを見ている。

　はっとして振り返ると、音楽室のドアがいつの間にか細く開いていて、そこにクラスメイトどもの顔がのぞいていた。

「なんだよ。おしまいか」

「短い痴話喧嘩《ちわげんか》でしたな」

「つまんねえなあ」

　見世物じゃねえ！

　千晶《ちあき》に尻《しり》を蹴飛《けと》ばされ、合わせ練習を再開したときには、もう一年三組の練習時間はほとんど残っていなかった。でも、そのたった一回の通しで、ぼくは神楽坂先輩の燕尾服《えんびふく》の裾《すそ》をつかんだ気がした。

　合わせ練習が終わって、音楽資料室に指揮棒や楽譜《がくふ》を戻しに行くとき、もう一度だけ真冬と二人《ふたり》だけになった。

「ねえ。本番でも……弾いてくれないかな」

　薄暗《うすぐら》い倉庫で、棚に楽譜を戻しながら、隣《となり》の真冬にそっと訊《き》いてみる。真冬はじっとぼくの頬《ほお》を見つめた後で、うつむいてしまう。

　だめか。真冬が消えない傷を負ったのは、ステージの上でのこと。練習では弾いてくれても、スポットライトの下では——

　でも、あのピアノはものすごい力で歌を引っぱり出すのだ。ぼくの指揮とみんなの合唱が噛《か》み合うためには、真冬《まふゆ》のピアノが必要だ。

そこでぼくは、ふと思いつく。

「……じゃ、じゃあ。せめてさ」

ぼくの提案を、切なそうな顔でじっと聞いていた真冬は、かなり長い間考え込んだ後、かすれそうな声で言った。

「……どうしても?」

「う、うん」ぼくはためらいがちにうなずく。

「響子《きょうこ》と一緒《いっしょ》に、コンサート行きたくないってこと?」

「いや、そういうことじゃなくて」真冬はどうしてかそこにこだわるけど、チケットどうのこうのは、もうどうでもいい。ただ——

「先輩《せんぱい》に、勝ちたいんだ。ぼくと真冬でどこまでできるか、聴《き》かせてやりたい。だから」

真冬は唇を噛《か》んで、目を伏せてしまう。

やっぱり、無理だよな。ぼくが謝《あやま》ろうと口を開いたとき、真冬が顔を上げた。

「……わかった。……やって、みる」

ぼくは思わずその手を取って、ぶんぶん振っていた。

これで、課題曲《かだいきょく》でも先輩と五分に持ち込めるかもしれない。あとは、自由曲だ。

敵に値するって、言ってくれたんだ。先輩はぼくを信じてくれてた。千晶《ちあき》も、真冬も。

楽勝だなんて、もう言わせない。

その日の部活の前に、ぼくは音楽準備室に行くことにした。麻紀《まき》先生に話を聞くためだ。審《しん》査員《さいん》の調査《ちょうさ》である。

「私を買収するのは無駄《むだ》よ？」

音楽準備室に入って顔を合わせるなり、麻紀先生は言う。アップにした髪に純白のブラウスにタイトスカート、男子生徒の女性教師に対する夢を凝縮《ぎょうしゅく》したかのようなルックスのこの音楽教師は、その実、たいへん本能に忠実な横暴女《おうぼうおんな》なのである。

「主任のご機嫌《きげん》取らなきゃいけないから。主任の採点に近い点数つけて、あらまあ早瀬《はやせ》先生ってば音楽のセンスありますわねオホホホってやんないといけないの。めんどいなあ」

ぼくはもう一人《ひとり》の審査員である、学年主任の早瀬先生の顔を思い浮かべる。有閑《ゆうかん》マダム風《ふう》のちょっときつそうなおばさま。

「そういう不純な裏話を生徒にべらべら喋《しゃべ》らないでください……」

「だって、あなたも不純な話しに来たんでしょ、神楽坂《かぐらざか》さんに勝つために買収しようって」

いつ買収するなんて言ったんだ。ていうか先輩との勝負の話は先生まで広まってんのか。

「いや、ぼくは審査員の先生たちの音楽の趣味《しゅみ》を訊《き》きに来ただけですから」

「いくら？」

「へ？」

「いくら払うの？」

おいてめえ、買収されないとかなんとか言っておきながら、自分から賄賂《わいろ》要求かよ。ぼくは膝《ひざ》をつかんでしばらく憤懣《ふんまん》を押し殺してから、言葉をしぼり出す。

「駅前の菓子屋のシュークリームで」

「四個ね」

足下《あしもと》見やがって。

「校長先生は、知ってるよね？　クリスチャンだから。課題曲《かだいきょく》決めたのもあの人だし。ゴスペルとかがいいんじゃないかな。実行委員の審査員《しんさいん》はやっぱり毎年ロックとかポップスっぽいのに高得点つけるみたい。早瀬《はやせ》先生はちょっとわかんないなあ。映画とかドラマが好きだから、そっち調《しら》べてみたら？」

「どうやってですか。直接訊《き》けってんですか。ぼく、あの先生の授業受けたことないし、一度も喋《しゃべ》ったことないですよ」

「さあ。そんくらい自分で考えなさいよ。神楽坂《かぐらざか》さんはちゃっちゃと訊きに行ったよ」

あ、先輩《せんぱい》にも同じこと話してんのか。後手《ごて》後手に回っちゃってる。

「さて甘いものが食べたくなってきたなあ。よろしくねナオくん」

あまりの賄賂ぼったくりに怒ったぼくが、シュークリームを一個だけ買って四つに切って持っていったところ、ぶん殴られたのは言うまでもない。

しかし、麻紀《まき》先生の話がまったく無駄《むだ》だったというわけでもなかった。早瀬先生に的を絞《しぼ》ればいいというのがわかったことは収穫《しゅうかく》だ。

そして、職員室《しょくいんしつ》でなんとなく早瀬先生の姿を捜していたぼくは、二年生の学年主任の机のそばに、早瀬先生と一緒《いっしょ》に神楽坂先輩の姿を発見したのである。

あわててパーティションの陰に隠《かく》れ、様子《ようす》をうかがう。先輩は先生につかまって小言を食《く》らっている。めったに授業に出ない不良生徒なので、たまに職員室に来ると説教責めに遭《あ》うのだそうだ。でも耳をそばだてていると、いつの間にか二人《ふたり》の話は「そうそう、あの曲ねえ、曲名がわからないんだけどサントラで」「ああ、それならたぶん」とかいって、音楽の話に移っているのだ。恐るべき話題誘導《ゆうどう》技術である。

ふと、思った。

先輩に張りついて、先輩の得た情報をそっくりいただけばいいんじゃないのか？

いや、でも。それだと先輩と同じところまでしかたどり着けないか。勝つためには、さらに踏み越えるなにかが必要だ。

考え込んでいるうちに、早瀬《はやせ》先生と神楽坂先輩《かぐらざかせんぱい》の話は終わっていた。なんてこった。肝心《かんじん》のところを聞き逃してしまった。

「二年一組が自由曲決めたっぽい」

そんな情報が入ってきたのは、翌日の放課後《ほうかご》だった。二年一組もどうやら勝負にノリノリらしくてスパイを警戒《けいかい》しており、うちのクラスメイトが音楽室に偵察に行ったところ袋《ふくろだた》叩きにされたそうだが、それでも貴重な情報を持ち帰ってきたのだ。

「なんか、手拍子が聞こえた。それに合わせて歌ってたから、あれは課題曲じゃないだろ」

「どんな歌だったの？」

千晶《ちあき》はスパイの首をぐいぐい絞《し》めて情報をしぼり出そうとする。

「い、いや、そこまで聞こえなかったから」

「もう決めたんなら、生徒会室に提出してるはずだから、そっちを調《しら》べればわかるんじゃね」

男子のだれかが言って、寺田《てらだ》さんの眼鏡《めがね》がきらーんと光る。

「よし、行け」

寺田さん怖いなあ。命令を受けたスパイは飛び出して五分後に戻ってきた。

「もうすげえよ生徒会室戦場ですよ。イベント近いとみんな殺気立《さつきだ》ってるし」

「いいから、情報は手に入れたの？」

寺田《てらだ》さんの口調《くちょう》はもう頭を靴で踏んづけてるみたいな凶悪さである。

「イエス、ボス。机にそれっぽい紙が積《つ》んであったので、なんとか写メで撮《と》ってきました！」

合唱コンクールでこれだけ（間違った方向に）がんばるんだから、体育祭とかになったらこのクラスどうなっちゃうんだろう。心配になりつつも、ぼくはスパイの差し出した携帯電話の液晶画面をのぞき込む。

ぐしゃぐしゃの机が写っていた。散乱した筆記用具とプリント類。どうやらコンクールのパンフレットの表紙見本らしきものの下に、見憶《みおぼ》えのあるプリントがはみ出して見えた。自由曲を書いて提出する紙だ。クラスを書く欄《らん》には、たしかに2－1とあるのが読める。が――

「曲名見えないじゃない、隠《かく》れてて。まったく役立たずなんだから」

寺田さんの容赦のない言葉に、スパイは縮《ちぢ》こまった。表紙見本の紙が、ちょうど曲名欄にかぶさっているのだ。

「待って。端《はし》だけ見える」

ぼくと額《ひたい》をくっつけるようにしてのぞき込んでいた真冬《まふゆ》が言った。

「なんて書いてあんの、これ。画像粗《あら》すぎて」

「たぶん筆記体」

真冬は携帯を傾けると、じっと目を細めた。それから、つぶやく。

「Queen──って書いてある」

クイーン？

「あ……」

ぼくの喉《のど》から、変な声が漏《も》れた。

ばちばちと火花を散らしながら、頭の中で色んなものがつながっていく。

「なにか、わかったの？」

真冬の言葉に、ぼくはうなずいた。

クイーン。

英国の伝説的なロックバンドだ。美しくキャッチーなメロディと、分厚いコーラスワークが特徴であり──合唱コンクールでロックをやるとしたら最適なバンドである。

もう一度、麻紀《まき》先生の言っていたことを思い出す。

校長先生はゴスペルが気に入るだろう。生徒審査員《しんさいん》はロックやポップスが高得点。この情報は神楽坂先輩《かぐらざかせんぱい》もとっくに手に入れている。おまけに、あの人は早瀬《はやせ》先生となにかを話して、情報を入手していた。今年《ことし》はロックをやる予定だとも言っていた。

その上で、クイーンの曲を選《えら》んだとしたら。

『手拍子が聞こえた』。

音楽室に偵察に行ったやつの言葉が、最後のピースをはめる。

「……わかった」

「え？」

「先輩《せんぱい》の選んだ曲が、わかったんだ」

千晶《ちあき》も、ぼくの顔をのぞき込んでくる。

「手拍子で、ゴスペル風で、クイーンで、合唱曲にできる歌だ。そんなの一曲しかない」

千晶には一瞬《いっしゅん》で通じた。二人《ふたり》の声がぴったり重なったからだ。

「『愛にすべてを《Somebody to Love》』だ」


「いいの？　同じ曲で」

駅のプラットフォームのベンチで帰りの電車を待っているとき、真冬《まふゆ》がそう訊《き》いてきた。

あの後、一年三組の自由曲もすぐに生徒会室に提出してきた。『愛にすべてを』だ。先輩のクラスと同じ曲をぶつける。それが、ぼくの考えついた唯一《ゆいいつ》の勝ち筋だった。

「先輩と同じ曲やったら、もろに比べられちゃうじゃない」

反対側で、千晶も不安そうに言う。ぼくは、どちらの顔も見ないようにして答えた。

「歌だけなら、先輩のクラスの方が断然巧《うま》いから、負けちゃうかもしれない。でも」

実はそれほど自信があるわけではなかったので、顔を見られなかったのだ。かわりに、自分の広げた手のひらを見つめる。

「それ言ったら、なんの曲でも同じだよ。だから、ぼくらにしかない武器を使う」

「武器って？」

　ぼくは、ようやく千晶の顔を見る。

『愛にすべてを』は、メインヴォーカルにほとんど曲中ずっと六部合唱がからみあう、非常にゴスペルっぽい歌である。でも、ロックナンバーであることにはかわりがない。

「ぼくらのクラスには、ギタリストとベーシストとドラマーがいる」

　千晶は目をまん丸にしてぼくを見つめ返してきた。

「……あ、あたしたち？」

　ぼくはうなずく。

　先輩は言っていた。一対三はハンデだと。それなら、そのハンデをまさにそのままの形で使ってやる。ぼくと千晶と真冬がいれば——ロックバンドができるのだ。それは、先輩のクラスにはない、ぼくらだけの武器。

「でも、でも、ギターはともかくドラムスなんて当日置かせてくれないよ？　どうすんの」

「うちに小型のシンセパーカッションが二つあるからそれ使う。音量的には、ちょうどいいくらいだよ。スピーカーさえあればいい。簡単《かんたん》だよ。いつもやってるみたいに」

　列車の音が、いつの間にか高鳴っているぼくの鼓動を押《お》し潰《つぶ》すように迫ってきた。ぼくはそれをはねのけて、二人《ふたり》の間から立ち上がる。白線際《はくせんぎわ》で振り向いて、呆《あき》れたような目をした千晶《ちあき》と、少し悔《くや》しそうな目をした真冬《まふゆ》に言った。

「――ロックを、演《や》ろう」


さすが、もともと音楽科を置いていた学校だけあって、合唱コンクールの当日は無駄《むだ》に空気が昂揚《こうよう》していた。朝から校内放送でハイドンの聖譚曲《オラトリオ》がかかっていたし、大音楽堂の緞帳《どんちょう》はコンクールの題字が入った専用のものを使っていた。その予算をちょっとは零細《れいさい》クラブに回してほしいもんだと思う。

すでに開演一時間と少し。一年三組の面々がすし詰《づ》めになった舞《ぶ》台上手《たいかみて》の暗がりから、幕をちょいとめくって客席を見ると、最前列には教職員《きょうしょくいん》たちのうんざりした顔が並んでいる。朝からもう十回近く『アヴェ・ヴェルム・コルプス』を聴《き》かされているのだ。当然だろう。

「麻紀《まき》先生寝てるよ……」

ぼくがつぶやくと、耳元で真冬が言う。

「あなたのタクトで起こせばいい」

言われなくたって、そうする。汗ばんできた手をズボンにこすりつける。

出番順は完全にランダムで決められていて、先輩《せんぱい》たち二年一組はぼくらの三つ後ろだった。

好都合《こうつごう》だ。先に聴《き》いちゃったら、勢いが萎《な》えてしまうかもしれないし。

「……ねえ、ナオ、プログラム見た？」

舞台裏から戻ってきた千晶が言った。

「朝配られたやつ？　見てない」

緊張《きんちょう》してて、そんな余裕なかった。

「そう……まあ、いいや。もう今さらね」

「……なに？」

「そろそろ終わるよ」

千晶の言葉は気になったけれど、舞台の方から聞こえてきたおざなりな拍手、そして下手《しもて》の方へ遠ざかっていく前のクラスの足音が、ぼくの不安を踏《ふ》み潰《つぶ》した。

我《われ》らが一年三組の面々は、きついライトが照りつけるステージへと流れ出していく。ぼくだけが最後に取り残される。

エビチリは、この孤独をもう何千回も味わったのか、と、指揮棒を握りしめてふと思う。指揮者ってたいへんだよなあ。もう二度とやりたくない。

でも、今だけは。

クラス名と、自由曲の演目、そして伴奏者と指揮者の名前を告《つ》げるアナウンス。ぼくは、後ろに立っていた実行委員の人を振り返る。その手にあるのは、ぼくのベースギター。

「無理言ってすみませんでした」

ギターやドラムの使用は、けっきょく運営側に無理矢理《むりやり》ねじ込んだのである。実行委員に神楽坂先輩《かぐらざかせんぱい》との勝負のことを知ってるノリのいい人がいて、こっそり引き受けてくれたのだ。

「じゃあ、課題曲《かだいきょく》終わったら、お願《ねが》いします」

「がんばってこいよ」

うなずきあうと、光の中へ、踏み出した。

拍手と歓声が横から吹《ふ》きつける。演奏前なのに、なんだこの盛り上がり方は。他《ほか》のクラスはこんなことなかった。「神楽坂をぶっとばせー」なんて野次《やじ》まで聞こえる。勝負の噂《うわさ》はどんだけ広まってるんだ。指揮台に上がる前に、ぼくは腕を広げて会場の喧噪《けんそう》を抑えなければいけなかった。

ふとピアノの方を見る。持ち上げられた黒い上蓋板の陰で、真冬《まふゆ》の白い顔が青ざめているのが見える。椅子《いす》に座ろうともしていない。じっと鍵盤《けんばん》を見下ろしている。まずい。

真冬の指が動かなくなったのは、ちょうどこんな光と歓声の中だった。

「ナオ――」

ひいていく会場のざわめきを押しのけて、千晶《ちあき》の声がする。合唱団が整列《せいれつ》した雛壇《ひなだん》の最上段。千晶は責めるような、あるいは哀願《あいがん》するような目配せで真冬を指す。なんとかしろ、と言いたげに。

そうだ、ぼくがなんとかしなきゃ。真冬に頼んだのは、ぼくなんだから。

ピアノに歩み寄る。真冬はぴくっと肩を震《ふる》わせ、椅子に腰を下ろす。

「だ、大丈夫」

そうつぶやく真冬の、鍵盤にのせられた手は、こわばっている。

ぼくは真冬の視界を遮《さえぎ》って、ピアノのすぐ横に立った。

客席は見なくていい。ぼくだけ見ていれば。

「うん。大丈夫」言葉を一つ一つ選《えら》びながら、ぼくは口にする。タクトをきつく握りしめたのを、真冬に気づかれないようにしながら。「こんなの、練習だよ。モーツァルトは、ライヴ前の肩慣《かたな》らしだ。どってことない」

真冬はぼんやりとぼくを見上げ、それから舞台袖《ぶたいそで》にちらと目をやる。そこには、ギタースタンドに立てかけられた真冬のストラトが、この後の熱狂《ねっきょう》を待っている。

向き直り、真冬はうなずく。もうぼくしか映っていないその目には、生気が戻っている。

ぼくがその場でタクトをわずかに持ち上げた瞬間《しゅんかん》、大音楽堂じゅうから息づかいさえぬぐい去られた。

空から、透明な階段を軽やかに踏みながら、だれかがおりてくる——そんな音が、どうしてピアノから奏《かな》でられているのか、ぼくにもわからなかった。指揮台に向かって一歩一歩後ずさる。真冬が遠ざかり、合唱団がぼくの視界に広がっていく。ぼくが指でつまんでそっと引くだけて、歌声はそこからにじみ出て、やがて泉のようにあふれた。

だれが気づいただろう。真冬《まふゆ》のピアノが、歌の昂揚《こうよう》を見送るように最弱音《ピアニシモ》に収束し、やがて消えてしまったことに、ぼくと彼女以外のだれが気づけただろう？　それはあのとき、真冬と二人《ふたり》だけで話し合ってこっそり決めたことだった。本来、『アヴェ・ヴェルム・コルプス』は合唱と弦楽とオルガンのために作られた曲で、ピアノの伴奏はその清澄《せいちょう》な響《ひび》きを濁《にご》してしまう。だから、本番では、だれにも気づかれないように途中《とちゅう》でフェイドアウトして消える。最初だけ、弾《ひ》いてくれればいい。ぼくはそう頼んだ。もうピアノは聞こえない。歌の背後で響《ひび》いているのは、まぼろしの弦楽だ。みんなにもこれは聞こえているだろうか。

最後の引き延ばされた和声を、指先で吸い取った瞬間《しゅんかん》、背中で拍手が轟《とどろ》いた。幻聴《げんちょう》はかき消えて、かわりに熱《あつ》い汗がいきなり背中に吹《ふ》き出す。クラスメイトたちの火照《ほて》った顔を見回す。みんな、信じられない、といった顔をしている。駆《か》け寄ってくるコンクール実行委員の足音を数えながら、ぼくはしばらく、背中からの拍手に身を浸《ひた》す。

先輩《せんぱい》はいつか言っていた。背中で拍手を受ける快感を味わえるのは、指揮者だけの特権だと。エビチリからの引用だったっけ？　なるほど、そうかもしれない。今、ぼくはそれを実感している。でも——

タクトを投げ捨て、差し出されたベースギターを受け取ると、ぼくは振り向いた。逆光の向こう、拍手にとってかわっていくざわめき。みんなびびってるびびってる。やっぱりぼくはロ

ックンローラーだ。

　正面からの方がいい。

　視界の端《はし》で、いつの間にか椅子《いす》から立ってギターを手にした真冬《まふゆ》が、弦にピックを叩《たた》きつけるのが見えた。やがて千晶《ちあき》が打ち鳴らす、チープでとげとげしい電子ドラムスがリズムの中に転がり込んでくる。『愛にすべてを《Somebody to Love》』。

　弦をはじくと、ボディが震《ふる》えて、懐《なつ》かしい低音がぼくの腹を突き上げる。歌はひとりでに喉《のど》から出てきてほとばしった。背中から吹《ふ》きつけるのは三十数人ぶんの分厚いコーラス。最高に贅沢《ぜいたく》なロック。もう勝負のことなんて頭から吹き飛んでいた。先輩《せんぱい》のギターのバッキングがないのを残念に感じたくらいだ。

　ひととき静まった中間部、手拍子の下から湧《わ》き上がるように積《つ》み重ねられていく不気味な詠《えい》唱《しょう》、やがて爆発《ばくはつ》してなだれ込む終結部《コーダ》。目に入るのは、きらきらと飛び散る汗の粒の光だけで、先輩がどこにいるのかはわからなかった。ちゃんと歌は届いただろうか。

　トイレに十五分くらいこもっていても、まだ身体《からだ》の火照《ほて》りが収まらなかった。ぼくの歌が終わった瞬間《しゅんかん》に押し寄せてきた拍手に、怒声《どせい》だか歓声だか罵声《ばせい》だかよくわからないものが混じっていて、それがまだ耳の中に残っている気がした。鼓動も浮ついたまま。

もうすぐ二年一組の演奏が始まってしまう。でも両脚は萎《な》えきっていて立ち上がれなかった。聴《き》くのが怖いのか、と自問してみる。怖くないわけはない。自分では、かなりいいところまでやれたと思う。ここまできたら勝ちたい。でも、なにか引っかかってる。敵は神楽坂《かぐらざか》先輩だ。たとえ、ぼくらの後から同じ曲を、ベースとドラムスなしでやるにしたって、なにか秘策を持っていたりしないだろうか。

縮《ちぢ》こまっていてもしかたない。膝《ひざ》に拳《こぶし》を叩きつけて、なんとか立ち上がる。純粋に、二年一組の合唱は聴いてみたかった。先輩が、どんなふうに仕上げたのか。

廊下を下って音楽堂の分厚い二重扉を押し開いたとき、ちょうど『アヴェ・ヴェルム・コルプス』の最後の和音が暗闇《くらやみ》の中に伸びていくところだった。ぼくは舞台《ぶたい》の上を見てぎょっとする。長い髪を二本に編《あ》んだ、すぐにそれとわかる神楽坂先輩の後ろ姿が真ん中にあって、それと向かい合って雛壇《ひなだん》に整然《せいぜん》と並ぶ、二年一組合唱団の灰色《はいいろ》の姿。

女子が着ているのは、頭巾《ずきん》こそないけれど明らかに修道女《シスター》の服だ。こういうコスプレが許されるんだから、心の広いコンクールである。

席に戻ると、まわりのクラスメイトが「どこ行ってたんだよ指揮者」「あの後アンコールとかされてたいへんだったんだよー」「もっかい歌いたいね」「ねー」と小声で囁《ささや》いてくる。

シートに身体を沈めたとき、後ろから手が伸びてきて、ぼくの目の前になにかを——合唱コンクールのプログラムを差し出した。振り向くと、千晶だ。

「……なに？」

「先輩《せんぱい》たちの自由曲。『愛にすべてを《Somebody to Love》』じゃないよ」

ぼくはしばらく、千晶《ちあき》の言ったことが呑《の》み込めなかった。唖然《あぜん》としたままプログラムを受け取ったとき、舞台《ぶたい》の方でピアノが鳴る。

向き直り、ぼくはその歌声を耳にする。

最初は静かな、聖母マリアを讃《たた》える祈りの歌。無伴奏のシンプルな和声。そうしてぼくは、自分の間違いに気づいた。

崇高《すうこう》な聖歌は、唐突《とうとつ》なピアノの強打で断ち切られ、足踏みと手拍子の浮き立つようなリズムが走り出す。さっきと同じ旋律が、そのリズムに乗せられ、ときに掛け合いながら、ときにシャウトをきかせながら――

それは、映画『天使にラブ・ソングを…』の劇中歌《げきちゅうか》だった。

"Hail Holy Queen"

讃美歌《さんびか》をアップテンポにアレンジしたこの歌は、劇中でシスターたちの心に火をつけ、若者たちを教会へと引き寄せ、そして今――現実のぼくらを、ステージに釘付《くぎづ》けにしている。もう息もできなかった。どうして気づかなかったんだろう。あのとき真冬《まふゆ》が写メから読み取ったQueenは、バンド名なんかじゃなかった。曲名の最後の一語だったのだ。どうして気づかなかったんだろう。聖歌でもあり同時にロックでもある音楽が存在し得ることに。どうして気づかなかったんだろう。声と手と足だけでも、ロックは生み出せるってことに。

ステージの上で、鳥の尾羽《おばね》みたいな黒髪がひるがえって、神楽坂《かぐらざか》先輩が振り向いた。先輩が頭の上で手を打ち鳴らすと、それはあっという間に客席に伝染して、大音楽堂を呑み込んだ。コーラスと手拍子を突き抜けて、何度も先輩の力強いソロパートが噴《ふ》き上がる。歌は山崩《やまくず》れみたいな拍手喝采《はくしゅかっさい》にそのまま流れ込んだ。めちゃくちゃ悔《くや》しかったけど、ぼくも手首が折れるくらい拍手した。

結果発表なんて見るまでもなかった。二年一組の後に演《や》るはめになったクラスには心底同情する（実際、帰っちゃった生徒もいたらしい）。付け加えておくと、我《われ》らが一年三組は堂々の二位入賞《にゅうしょう》だったという。賞状は、脱力していたぼくのかわりに千晶が受け取った。その後、丸めた賞状でぽかぽか叩《たた》かれたけど、気力は戻ってこなかった。

教室に戻ってからも喜び合うクラスメイトたちの中で、ぽつんと黙《だま》り込んだ真冬の、たいへん複雑《ふくざつ》そうな表情だけが、印象に残っている。

コンクールから二日後——
日曜日《にちようび》の夜。待ち合わせ場所は乗降客の多い都内の駅の改札で、はぐれたりしないかと不安だったけれど、そんな心配はなかった。階段口に現れた神楽坂先輩は、華美《かび》な紫《むらさき》のドレスを着ていた。二百メートル先からでも目を引く。レースのショールの下、大きく開いた背中が透《す》けて見えて、ぼくはどきりとしてしまう。髪は上品にアップでまとめていて、貴族のパーティに呼ばれた女優《じょゆう》みたいないでたち。しょぼいスーツを着たこっちが恥《は》ずかしくなってくる。

しかも、「遅くなってごめん。行こう」と言って腕をからめてくるものだから、ぼくはつんのめりそうになる。

「なんだか緊張《きんちょう》してるね。クラシックのコンサートははじめてってわけでもないんだろう？」

「いや、そうですけど……」女の人をエスコートするのははじめてです。

「それにしても、私の方が驚《おどろ》いたよ」

会場までの道すがら、先輩《せんぱい》はコンクールのことを話し始める。ぼくにとっては情《なさ》けない結果に終わってしまったので、あんまり持ち出してほしくない話だった。

「そんなに不本意な結果？　選曲《せんきょく》も演奏も、かなりよかったじゃないか。まさかクイーンを合唱コンクールでほんとうに演《や》るなんてね」

「いや、まあ、色々ありまして」

けっきょく、どうして『愛にすべてを』を選曲したのかは、先輩には話していない。恥ずかしい勘違いだし。

後から実行委員の一人《ひとり》に聞いたところによると、優勝《ゆうしょう》と二位の間にはかなりの点差があったらしい。校長先生が讃美歌《さんびか》だからと高得点をつけただけではなく、会場のノリでも二年一組が勝っていた。完敗だ。

「ああ、それはね——」

先輩が、組んだ腕をぎゅっと引き寄せて、教えてくれる。

「たぶん、もっと単純なことだよ。演奏の善《よ》し悪《あ》しじゃなくてね。『愛にすべてを《Somebody to Love》』は八分の六拍子だろう。横ノリなんだ。座ったままだとノリにくいんだよ。実は、私もあの曲を演ろうかどうかちょっと検討したんだ」

ぼくはしばらく先輩の横顔を見つめ、それからため息をついた。

「ん？　どうしたの」

「いえ。なんでもないです」

まだ、全然考えが足りない。ほんとに、いつになったらこの人に追いつけるんだろう。

でも、コンサートホールの屋根がビルの合間に見えてきたあたりで、先輩はふと、こんなことを言う。

「手強《てごわ》い相手だったよ。きみたちと戦えたことを誇りに思う」

それから、ちょっと立ち止まってぼくの顔を見つめて、妖《あや》しく微笑《ほほえ》む。

「その上、勝てたんだから今夜は気分がいい。きみにならなんでもしちゃいそうだ。ホテルの予約はしてくれたのかな？」

「いやいやいや」

どこまで本気なんだか。

ホールは満席だった。さすが世界的に有名な指揮者エビチリである。着飾った年配の客ばかり、若い人の姿なんて全然ない。夏の夜の気配《けはい》に立ちこめる香水のにおい。ぼくはレビューの仕事だということを思い出してポケットのメモ帳を探りながら、先輩《せんぱい》の腕を引いて、最前列S席の自分の番号を探した。

二つ並んだ目当ての空席を発見した次の瞬間《しゅんかん》、ぼくは固まってしまう。

空席の左隣《ひだりどなり》に座っていたのは、薄桃色《うすももいろ》のワンピースドレスを着た、真冬《まふゆ》。空席を二つ挟《はさ》んで反対側には、空気を読まずうちの学校の制服を着た、千晶《ちあき》。

……な、なんで？　なんでここにいるの？

「おや。奇遇だね」と先輩。奇遇じゃねえよ！　こんな奇遇あってたまるか！

「早く座って。もうすぐ開演」

真冬が不機嫌《ふきげん》そうにぼそっと言う。先輩は、真冬の隣のシートにぼくを押し込むと、優雅《ゆうが》なしぐさで千晶の隣に腰を下ろす。

「チケット、真冬が無理矢理《むりやり》取ってくれたのっ。なんとかなるもんだね」

ぼくは頭痛を覚えた。なるほどエビチリの娘だからそういう無理が利《き》くのか。しかし、わざわざぼくと先輩の隣の席を押さえるとは。どんだけ横暴《おうぼう》なんだ。なんでそこまでして。

「そこまでして、二人《ふたり》きりにしたくなかったのかな？」

先輩がにまにま笑いながら、ぼくの肩越しに真冬の顔をのぞき込む。真冬は口をつぐんだまま、ちょっとだけ頬《ほお》を染《そ》めてうなずく。なんでだよ。意味わかんないよ。ていうか、勝負とかなんとかめんどくさいこと言わずに、最初からこうしてりゃよかったんじゃないのか？

「いいじゃないか、少年」先輩がぼくの肩を肩で突いた。「最後には全員が勝者だ。あらゆる戦いの結末がこうだったら、幸せなのにね」

先輩のさらなる一人《ひとり》勝ちのような気もしなくもないけど。まあ、いいか。

「ところで今からホテルの予約は四人に変更できるのかな？」

「ナオほんとにホテル予約してんのっ？」千晶が飛び上がる。

「ちょ、先輩やめてくださいそういう嘘《うそ》は、あ、いてて、真冬やめろって痛い痛い人間の指はそっちには曲がらない！」

そうしているうちに、オーケストラの音合わせが終わり、万雷《ばんらい》の拍手で迎えられて蛯沢《えびさわ》千里《ちさと》が舞台《ぶたい》に出てきた。

2　ある天使の想い出に

休憩時間《きゅうけい》を挟《はさ》んだ、その夜三曲目の演目——『マンフレッド交響曲《こうきょうきょく》』は、チャイコフスキーが作曲した交響曲の中では最も演奏時間が長い。指揮者にもよるけれど、およそ一時間。おまけに第一楽章はえらく陰鬱《いんうつ》でのろのろとしたテンポで始まるので、エビチリのこってりたっぷり重厚な指揮ともあいまって、非常にかったるかった。ぼくの二つ隣《となり》の席で、千晶《ちあき》は神楽《かぐら》坂先輩《ざかせんぱい》の肩に頭をのっけて寝ていた。

最初は、なんでこんなに遅く演《や》るんだろう、辛口《からくち》レビューになっちゃいそうだなあ、なんて思いながらも聴《き》いていたら、いっそう重苦しい第三楽章で瞑想的《めいそうてき》な響《ひび》きの中に無理矢理《むりやり》引きずり込まれて、厳格《げんかく》な軍楽調《ぐんがくちょう》の終楽章に入ると思わず姿勢を正してしまう。

ラストに差しかかったときに、隣の席で真冬《まふゆ》が身を固くするのがわかった。

エビチリが拳《こぶし》を振るってオーケストラをすさまじい高みに持ち上げ、タクトを振り下ろして昂揚《こうよう》を頂点で断ち切る。

断崖絶壁《だんがいぜっぺき》を見下ろすようなぞっとする空白の後——

天から降り注ぐ光輝《こうき》。パイプオルガンの崇高《すうこう》なコラールだ。背筋が震《ふる》え、粟立《あわだ》った。

ぼくはこれまで『マンフレッド交響曲』を駄作《ださく》だと思っていた。これほどまでに凄絶《せいぜつ》でドラマティックなクライマックスの築《きず》き方《かた》をした演奏を、聴いたことがなかったからだ。

空に吸い込まれるように曲が終止しても、しばらくだれも、拍手どころか咳払《せきばら》いさえしなかった。エビチリが指揮棒を下ろした瞬間《しゅんかん》、ふと我《われ》に返るようにしてまばらな拍手が起こり、やがてそれが膨《ふく》れあがってコンサートホールは大喝采《だいかっさい》の渦《うず》に呑《の》み込まれた。気づけばぼくも立ち上がって拍手していた。

隣をちらと見ると、真冬もむすっとした顔でシートに身を沈めたまま拍手している。

「すごいね」

かすかに聞こえた、神楽坂先輩の声。

「こんなにオルガンがはまっている『マンフレッド』は聴いたことがなかったよ。我慢《がまん》を強《し》いるようなテンポは、みんなあの瞬間から逆算してのもの、か」

ぼくは振り向いて歓声に応《こた》えるエビチリを見つめながらうなずく。同じ意見だった。来た甲斐《かい》があった。なんとか、読めるレビューが書けそうだ。

エビチリが舞台袖《ぶたいそで》に引っ込んでも、拍手は鳴りっぱなし。オーケストラも音合わせを始める。エビチリのコンサートの名物はアンコール。毎回、趣味《しゅみ》丸出しの面白《おもしろ》い演奏をやるのだ。ぼくはその間に、思いついたことをまとめようと、メモ帳とペンを取り出す。

指揮台に戻ってきたエビチリが両手を広げて示すと、会場はようやく静かになる。

「今宵《こよい》の出逢《であ》いに感謝《かんしゃ》を」

エビチリが、にこりともせずに言った。これはアンコール前の決まり文句。隣《となり》で真冬《まふゆ》がぼそりと「ナルシスト」とつぶやく。ぼくもちょっと同意。

「今日《きょう》は特別ゲストのソリストが来ています。ほんとうはここに来ていてはいけないはずの人間なので、ご列席の音楽関係者の方々は、あまり触れ回らないように。私がレコード会社から怒られる」

いくつか笑い声が漏《も》れる。アンコールにだけ出てくる独奏者？　そんなの聞いたことない。

「おそらく皆さんもご存じだと思うが、ご紹介しよう。ジュリアン・フロベール」

会場がどよめいた。ぼくにもその名前は聞き憶《おぼ》えはあった。必死で記憶《きおく》を探っていたせいで、そのとき隣で真冬がなにかを言ったのだけれど、気にも留《と》めなかった。

ジュリアン。ジュリアン・フロベール……

ホールのざわめきが、再び熱《ねっ》っぽい拍手に変わる。ぼくははっとして顔を上げた。

舞台袖《ぶたいそで》から、ヴァイオリンを小脇《こわき》に抱えた小さな人影《ひとかげ》が、楽団員の間を縫《ぬ》ってステージ中央の指揮台に歩み寄ってくる。

最初、女の子だと思った。上半身しか見えなかったからだ。ライトをきらきらと照り返す、透《す》き通ったブロンドの髪。大粒の瞳《ひとみ》に、燃《も》え立つように赤い唇。

でも、エビチリのすぐ隣に出てきたそのヴァイオリニストは、華奢《きゃしゃ》な身体《からだ》を燕尾服《えんびふく》に包んでいた。真冬が「……ユーリ？」とつぶやく。それでぼくも思い出す。

ジュリアン・フロベール。

本名よりもむしろ、モスクワ音楽院時代の愛称だという「ユーリ」の呼び名で知られるヴァイオリニスト。日本でもその名前で売り出されている。天使のような容貌《ようぼう》と、メニューインの再来などと評されるほど研《と》ぎ澄《す》まされた演奏技巧とで、世界中に熱狂《ねっきょう》的なファンを持つアイドル的存在だ。写真を載《の》せると売り上げが倍増するとかで、最近よくクラシック専門誌の表紙を飾っているので、ぼくも顔は見知っていた。グラビアではいつも凛《りん》とした澄《す》まし顔《がお》で写っているけれど、実物は中学生の女の子で通じそうなほどのあどけなさ（男だけど）。背丈も、たぶん真冬と同じくらい。たしか、ぼくの一つ年下だったか。

ジュリアンは指揮台の脇で、優雅《ゆうが》に一礼した。それだけで、会場のざわめきはぬぐい取られてしまった。

もう、言葉はなかった。ジュリアンが弓を持ち上げる。エビチリのタクトの動きはほとんどわからなかった。クラリネットとオーボエが、厳《おごそ》かになにかを問いかける。ジュリアンの独奏ヴァイオリンがそれに応《こた》える。その下に弦楽合奏がゆっくりと翼《つばさ》を広げる。

この曲は――

アルバン・ベルクのヴァイオリン協奏曲。

『ある天使の想《おも》い出《で》に』と献辞《けんじ》されたこの曲は、幼くして死んだ一人《ひとり》の少女のために書かれたものであり――同時に、敗血症で倒れたベルク自身の遺作《いさく》ともなった。ソロとオーケストラが哀切《あいせつ》な摩擦音《まさつおん》をたててこすれあう、すすり泣きのような調《しら》べ。

ぼくは、自分の手からメモ帳が落ちたことにも気づかなかった。

ほんとうに、だれかの泣き声がずっと高いところから聞こえたような気がした。

病と闘《たたか》う少女の苦しみを描いた苛烈《かれつ》な第二楽章アレグロ。ジュリアンがその華奢《きゃしゃ》な身体《からだ》から削り出すようにして奏《かな》でる半音階の激《はげ》しいパッセージは、やがて、すべてを浄化する死の平穏《へいおん》に包まれたアダージョに溶け込む。

独奏ヴァイオリンが最高音を震《ふる》わせながら、オーケストラすべての音を吸い取り、全曲を終えて静寂《せいじゃく》に消えた後、会場には生きているものの気配《けはい》はなにひとつ残っていなかった。『マンフレッド』のときとはまたちがう。

それでも、ステージの真《ま》ん中に立った少年が弓とヴァイオリンを下ろし、天使の微笑《ほほえ》みを見せると、会場の空気がふと融解《ゆうかい》する。

拍手は、際限なく続く雪崩《なだれ》みたいだった。

呆然《ぼうぜん》と手を打ち鳴らしながらもぼくは、彼の微笑みが客席を埋め尽くす人々全員にではなく、だれか一人《ひとり》だけに向けられているのに気づいた。

ぼく？　いや――

はっとして、隣《となり》を見る。真冬《まふゆ》はシートに身を埋めて、放心したような顔をしていた。

哲朗《てつろう》は、ちゃんとぼくにエビチリ宛《あて》の花束を持たせてくれていた。失礼なことに、季節外れの水仙《すいせん》。「いいか、花言葉は『うぬぼれ』だからな。渡すときにちゃんと解説しろよ」とか言ってた。アホか。

終演後、みんなをロビーに待たせておいて楽屋に行こうとすると、真冬がぼくのスーツの裾《すそ》をつかんで引っぱった。

「なに？」

「……わたしも行く」

なんで？　と訊《き》きそうになってしまう。だってエビチリがいるんだよ？　わざわざ逢《あ》いたい相手でもないだろうに。でもそこで、ぼくはあのジュリアン・フロベールが（たぶん）真冬に視線《しせん》を注いでいたことを思い出す。

なにかあるんだろうか。知り合い？

楽屋すぐ外の廊下は団員とかさばる楽器類でごった返していて、おまけにボストンの楽団なので英語ばかり飛《と》び交《か》っていて、ぼくは廊下の口で途方《とほう》に暮れてしまう。

と、団員の一人が、ぼくの背中に隠《かく》れていた真冬を発見し、「オウ！」とか言って近寄ってくる。ぼくらはたちまち包囲されてしまう。そういえばこいつはこの業界ではかなりの有名人なのだった。

「えっと、あのぅ」

思いっきり日本語で対応しようとするぼくを押しのけて、真冬《まふゆ》が前に出た。ネイティヴとしか思えない見事な発音で、初老のホルン奏者と問答を交《か》わすと、ぼくを振り返って、ちょっと苦《にが》い顔で廊下の奥を指さす。

「パパたちは、雑誌の取材がうるさいから、奥の部屋《へや》に隠《かく》れてるって」

そうか、帰国子女だもんな。英語できるんだ……なんだか情《なさ》けなくなってくるぼく。

奥まった場所にある、小さめの楽屋に案内してもらった。ドアノブをつかんで引いた瞬間《しゅんかん》、ものすごい勢いで向こう側から押し開かれると、「真冬！」というきらきらした声と一緒《いっしょ》に小さな人影《ひとかげ》が飛び出してきて、ぼくにいきなり抱きついた。

「……うあああっ？」

「真冬、逢《あ》いたかった！」

さらさらの柔らかな金髪がぼくの鼻先に触れる。ジュリアン・フロベールだ、と気づいた次の瞬間には、ぼくは細腕にきつく抱きすくめられて、胸に顔を強く押しつけられていた。ジュリアンの髪からはかすかに薔薇《ばら》の香りがして、——じゃなくて！　ぼくは泡を食って彼の身体《からだ》を引きはがす。

「な、なにす——」

「あ、ごめん間違えた」

ジュリアンはぼくの顔を見てしれっと言うと、ちょっと背伸びしてぼくの頬《ほお》にちゅっと軽く口づけしてきて、ぼくが凍《こお》りついている間に、今度は脇《わき》にいた真冬に飛びついた。

「逢いたかった、愛しい人《マ・シェリ》！」

もっと仰天《ぎょうてん》したことに、真冬は抱きつかれても、殴りもしなかったし声もあげなかった。ほんの少しだけむっとした顔で、それでも黙《だま》って頬への軽いキスを受けている。すごいなあフランス人、なんてことを、半ば機能《きのう》していない頭で考えてしまう。

そのうち真冬もぼくの視線《しせん》に気づいて、真《ま》っ赤《か》になってジュリアンを押しのける。

「……い、いつ日本に来たの？」

「昨日《きのう》。しばらく滞在するつもりだから、毎日でも逢えるよ。今日《きょう》のアンコールはね、真冬が聴《き》きに来るって蛯沢《えびさわ》先生から聞いたから、無理言って──」

そこで、咳払《せきばら》いが聞こえた。部屋の奥、鏡台《きょうだい》の前に座っていたエビチリの存在に、ぼくはそのときようやく気づいた。

「桧川《ひかわ》の代理なんだね？　レビューもきみが？　ふうむ。楽しみにしている」

エビチリはにこりともせずに言う。楽しみにされても困る。

楽屋《がくや》の奥まったところにある向かい合ったソファに、ぼくら四人は座っていた。正面にエビチリ、隣《となり》に真冬《まふゆ》、ジュリアンはなぜかぼくと真冬のすぐ背後の背もたれに尻《しり》をのせている。落ち着かないから普通に座ってくれないかなあ。

「レビュー？　この人が？」

ジュリアンはいきなりぼくの頭をもしゃもしゃとなでる。しかも真上から顔をのぞき込んでくるので、ぼくはのけぞりそうになる。至近距離《きょり》でも女の子に見えるし、おまけにすぐ目の前にあの桜色《さくらいろ》の唇があると、さっきのを思い出してしまう。離《はな》れててほしい。

「フロベール君。行儀《ぎょうぎ》が悪い、きちんと座りたまえ。それから、きみが髪をいじくり回しているその人物は、若いが音楽評論家《ひょうろんか》だ。我々《われわれ》が競《きそ》うべき敵だよ」

ぼくの目の前から、ジュリアンの顔がぱっと消える。起き上がったのだ。目を丸くしてエビチリを見つめ、それからソファの脇《わき》に立つと、ぼくの顔をまじまじと見る。近くで見るとほんとに小さくて細い。下手《へた》をすると真冬よりも小柄なんじゃないのか。

エビチリの隣に座るのかと思ったら、腰を据《す》えたのはぼくの隣だった。二人《ふたり》がけのソファなので、ぼくは真冬ともジュリアンとも密着するはめになる。なんですか嫌《いや》がらせですか？

「そう。それはごめんね？　はじめまして評論家さん。知っての通り僕はヴァイオリニストだよ。ユーリと呼んでくれると嬉《うれ》しいな」

妙な挨拶《あいさつ》をしながら手を差し出してくる。えらい流暢《りゅうちょう》な日本語である。エビチリに習ったんだろうか。ジュリアンの目には、不思議《ふしぎ》な感情の色が浮かんでいる。よくわからないけど、敵意？　軽蔑《けいべつ》か、警戒《けいかい》？　あるいは好奇心。そのどれもが微妙に混じりながら、そのどれでもない表情。

かなり迷ってから、ぼくはおずおずとその手を握った。そのとき、妙な違和感を覚える。なんだろう？

「僕の敵の名前はなんていうの？」

「……え？　あ、あ。桧川《ひかわ》です。桧川直巳《なおみ》」思わず、タメロの年下相手に敬語。

「ナオミと呼んでもいい？」

ぼくは面食らう。隣《となり》で、真冬《まふゆ》もなにか言いたげに口を開きかけた。ぼくを下の名前そのままで呼ぶのは、離婚《りこん》して月に一度しか顔を合わせない母親をべつにすれば、真冬だけだ。

でもジュリアンの発音は真冬のそれとはちがっていて――ナオミは英語圏にも存在する名前だからだろうか――なんだか自分の名前じゃないみたいに聞こえる。

「ユーリ」いきなり反対側で真冬が言った。「だめ」

「なにが？」ジュリアンはひょいとぼくの肩越しに真冬の顔を見て訊《たず》ねる。

「そうやって呼ぶの、だめ」

「どうして」

「どうしても」

どうしてだよ。ぼくもわからないよ。ていうか、なんでエビチリが怒った顔をするんだ。

「え、ええと。みんなぼくのことナオって呼んでるし、できればそれで」

「ナオミはなにか楽器をやるの？」

「ひとの話聞けよ！」「ユーリのばか！」

「だって、名前を略したり呼《よ》び換《か》えたりはよくないと思うの」

「おまえさっき自己紹介のときユーリって呼べって言っただろが！」

ジュリアンは涙目になってソファから立ち上がり、エビチリの背後に隠《かく》れた。子猫みたいなしぐさでソファの背もたれに両手をついて言う。

「先生、どうして彼はあんなにつっこみが厳《きび》しいんですか」

「きみなど問題にならんくらい、まともに話していると疲れる男が父親だからだよ。他《ほか》にも、まわりにそういう人間が大勢いるから、あんなふうに育つ」あんたもその一人《ひとり》だエビチリ。

「だから評論家《ひょうろんか》向きなのかな」とジュリアン。評論家をいったいなんだと思ってるんだろう。話の通じない音楽家につっこむ仕事じゃありませんよ？

「でも、左手の指の皮が固かった。なにか楽器やっているんだよね？」

ぼくははっとする。ジュリアンが隣に戻ってきて、ぼくの左手を取る。

「えっと……」

「直巳はわたしのバンドのベーシスト」と、真冬が言った。ぼくもジュリアンもちょっと驚《おどろ》いて真冬《まふゆ》の顔を見る。視界の端《はし》に、ちょっと苦々《にがにが》しそうなエビチリの顔が引っかかる。

「ふうん？　真冬の相棒なんだ」と、ジュリアンはぼくの指をいじくり回す。あれ、とぼくは思う。真冬がバンドをやっていることには驚《おどろ》かないのか。知ってるの？　この二人《ふたり》、いったいどういう関係なんだろう。今は訊《き》けそうにもない雰囲気だけど……。

「ベースは巧《うま》いの？」

「ううん下手《へた》」「下手だな」

蛯沢親娘《えびさわおやこ》の声が重なったのでぼくはひどく落ち込む。ハモるなよ。下手なのは自分でよくわかってるよ！

「わかる気がするよ。この指は、音を紡《つむ》ぐための指じゃなくて、言葉を無駄《むだ》にいじくり回すための指だよね」

ぼくは、ぱっとジュリアンの手を振り払った。なんなんだよ。さっきからいちいち棘《とげ》がある。はじめて逢《あ》ったのに、恨《うら》まれる憶《おぼ》えなんてないぞ？

「……評論家《ひょうろんか》きらいなの？」と、ぼくは訊いてみる。そういう音楽家はけっこう多い。

「うん。きらい」

雨上がりの晴れ間みたいに透《す》き通った笑顔《えがお》を浮かべて、ジュリアンはさらっと答えた。あやうく、そうかきらいなのか、と笑って納得《なっとく》してしまいそうになった。

「だってあいつらが僕の大事な真冬になにをしたのか、ナオミは聞いてないの？」

「あ……」

ぼくは言葉に詰まる。

「ユーリ、やめて」

真冬がぼくの目の前にまで身体《からだ》を乗り出してきて、きつい口調《くちょう》で言う。

「真冬も、連中はきらいだって言ってたのに」

「直巳《なおみ》にそんなこと言わなくても」

「評論家なんて束《たば》にして天日干《てんぴぼ》しにして葡萄畑《ぶどうばたけ》の肥料にしてやるって言ってたよ。僕は、日本人て怖いこと考えるなあって思った」

「言ってない！」真冬は顔を真《ま》っ赤《か》にして立ち上がった。

「それを言ったのはフロベール君だ」

エビチリがため息をつく。フランス人て怖いこと考えるなあ。

「あ、そうだっけ？　真冬は葡萄が不味《まず》くなるからやっぱりやめようって言ったんだっけ」

「それ言ったのもユーリ！　もう、ばか！」

真冬は立ち上がって、ぼくの肩越しにユーリの頭をべしべしと平手で叩《たた》く。エビチリとぼくはあきれた顔を見合わせる。どうでもいいんだけど、ぼくを間に挟《はさ》んでけんかするのはやめてくれないだろうか。

ぼくが巻き添えを食わないように頭を腕で覆《おお》いながらソファから避難《ひなん》すると、ジュリアンは、なおも殴りかかってくる真冬《まふゆ》の右手をぱっと受け止め、いきなり指と指をからめる。

「……弾《ひ》けなくなってから、あいつらがどれだけ勝手なことをさんざん書いたのかも、憶《おぼ》えてるでしょ？　最近は真冬の指のことも広まっちゃったから、プロ意識《いしき》が足りないとかステージから逃げてるとか好き放題書くやつもいる」

ぼくははっとして立ち上がり、向き直る。ぼくが言えたことじゃないけど――真冬の指のことに、こんなに無神経に触れるなんて。

「リハビリは進んでるの？　だいぶよくなってきたそうだけど」

でも、真冬は怒りもしなかったし、ジュリアンの手を振り払おうともしなかった。ただ、小さくうなずいて、つぶやく。

「心配しないで、自分でなんとかするから」

ぼくは呆気《あっけ》にとられて真冬の横顔を見つめる。

彼女と出逢《であ》って以来、何度か、指のことについて遠回しに話した。指が動かなくなったのは、心の問題が大きいという。またピアノが弾けるようになりたいと思っているのかどうか、ぼくはまだ真冬の口からはっきりとした答えを聞いたことがなかった。

自分でなんとかする。たしかに今、真冬がそう言った。はじめて聞いた。

それは、「またピアノが弾けるように」なんとかする、という意味なのか？

でも、それなら、どうして――ぼくに、言ってくれなかったんだろう。

ジュリアンだから？　同じ世界に生きてきて、同じ光と同じ歓声と罵声《ばせい》を浴びて、同じ孤独を味わってきた者どうしだから、その言葉を伝えられるんだろうか。だとしたら――

エビチリがなにか話しかけてきた。ジュリアンも、ぼくの顔をのぞき込んでなにか言った。なにを答えたのかもほとんど憶えていない。どうしてぼくはここにいるんだっけ？　なんてことを、半分空っぽになった頭で考えていた。

・

「そうか、やっぱりあれは男の子なのか……残念だよ」

そろそろ人気《ひとけ》のなくなりつつあるロビーで、神楽坂先輩《かぐらざかせんぱい》はそう言って額《ひたい》に手をあてて首を振った。ジュリアンに逢ってきたと言ったら、まっさきに性別について食らいついてきたのだ。なに考えてんだこの人。

「女の子だったらどうするつもりだったの？」

一緒《いっしょ》に待っていて眠そうな目の千晶《ちあき》が、先輩のドレスの脇腹《わきばら》を突っつく。

「うん？　まずはフランス語の勉強からかな」

「ユーリは日本語できる。わたしよりうまい」

真冬がぼくの背後でぼそりと言う。たしかに、えらい流暢《りゅうちょう》だった。

「でもベッドの中ではきっとフランス語だと思うから」と先輩。

沈黙《ちんもく》がおりた。千晶《ちあき》が、じっとぼくのことを見る。

「……えっと。なに？」

「つっこまないの？」と、千晶は先輩《せんぱい》を指さす。

「……ぼくはべつに、まわりの人間のアホな発言をとがめるために生きてるわけじゃないんだけど」

「私もべつに恋のためだけに生きているわけじゃないよ。革命だって忘れていない。ほらフランスは革命の国だからそっちの勉強にもきっと役に立つ」

「あんたそれ今考えついただろ？」

「おっ、ナオ調子《ちょうし》出てきた！」と千晶。喜ぶなよ。ついつっこんじゃったじゃないか。

これ以上馬鹿話《ばかばなし》を続けていると、演奏会の内容を忘れてしまいそうだったので、ぼくはコンサートホールの出口に向かってひとりで歩き出す。早く帰って原稿を書いちゃおう。

「待って待ってナオひどいよー、あたしと先輩待たせといて、戻ってきたらさっさと帰っちゃうわけ？」

千晶の声と足音がぱたぱた追いかけてきた。そこにもう一つ、さらに一つ、足音が加わる。気づくとぼくの隣《となり》に千晶だけじゃなく真冬《まふゆ》が追いついていて、神楽坂《かぐらざか》先輩もその隣にいて、ぼくらはけっきょく四人並んでエントランスを出た。

巨大なコンサートホールをぐるりと取り巻く背の高い木々の向こう、首都高速の防音壁《ぼうおんへき》の上に並ぶライトの列が見える。もうだいぶ遅い時間だ。聴《き》いている最中は全然気にならなかったけれど、アンコールがかなり長かった。協奏曲をまるまる一曲演《や》ったのだから。あんなに複雑《ふくざつ》な響《ひび》きを持つ難解《なんかい》な曲なのに——時を忘れるほど、引き込まれてしまった。

「——直巳《なおみ》」

呼ばれて、真冬の方を向く。

「怒ってない？」

「……なんで？」怒ってる？　ぼくが？

訊《き》き返すと、真冬はひどく困った顔になる。

「同志蛯沢《えびさわ》と、あのジュリアン・フロベールはどういう関係なのかな。私も聞きたい。少年だって聞きたいだろう」

「あたしも聞きたいなー」

いきなりつるし上げられたようなかっこうになって、真冬は顔を赤らめ、立ち止まって縮《ちぢ》こまってしまう。振り向くと、助けを求めるようにぼくの顔を見る。

「え、えっと」たしかに、ぼくも知りたかった。「お父《とう》さんの知り合いだったの？」

真冬は口の中でなにかもにゅもにゅとつぶやいて、ほんのちょっとうなずく。

「あたしファッション誌かなんかで読んだよ、あの子、前はエビチリと一緒《いっしょ》にアメリカ回ってたんだよね」

千晶《ちあき》もジュリアンのこと知ってたのか。ファッション誌にまで載《の》ってるとは思わなかった。

「……それはだいぶ前。パパがまだボストンの常任じゃなかった頃《ころ》」

それは真冬《まふゆ》とも一緒《いっしょ》に演奏旅行してたってことじゃないのか？　さっきも、日本に滞在している間は蛯沢《えびさわ》邸に厄介《やっかい》になる、みたいな話をしていたし。

真冬はぼくの顔をじっと見て、ぼくがその視線《しせん》に気づくと、ぶんぶん手を振る。

「そ、そんなにわたしと一緒にいたわけじゃない。忙しかったし」

「でも飛行機《ひこうき》やホテルは一緒だったんでしょ？」と横から千晶が言う。

「う、うん……」

「あの子は男湯と女湯のどっちに入るのかな？」

「アメリカのホテルにンなもんあるわけねえだろ」

「ねえねえユーリと一緒にコンサートしたりしなかったの？　ピアノとヴァイオリンだけで演《や》る曲だってあるんでしょ？」

「企画だけはあったけど……」

「あの子はわざわざ同志蛯沢に逢《あ》いに来たわけだよね？　それほど仲が良かったわけだ」

「え、う、うう……」

二人《ふたり》に両側から質問責めにされて、真冬はどんどん萎《しお》れていく。ぼくはちょっと後ろをついて歩きながら、真冬の後ろ髪を見つめ、ジュリアンのヴァイオリンを思い出す。それから、彼

の透《す》き通るような目と肌を、薄桃色《うすももいろ》の唇を、ぼくの手にからみついてきた、冷たく細い指を。

ああ——そうだ。指だ。

あのときふとよぎった違和感。ジュリアンがぼくの左手のそれに気づいたように、彼の左手の指もまた、皮膚《ひふ》が硬くなっていた。もちろんヴァイオリニストだから不思議《ふしぎ》はないのだけれど、なんとなく、あの指先はヴァイオリニストの繊細《せんさい》な指じゃないような気がしたのだ。

どうしてだろう。

「あ、あのっ」

真冬《まふゆ》がいきなり立ち止まって振り向くので、すぐ後ろを歩いていたぼくはぶつかりそうになってしまう。

「あのねっ、ユーリとは、べつに、そんな、ただの友達で、な、なんにもっ」

ぼくも呆《ほう》けたようになってしまう。いきなり、なに？

真冬は湯気《ゆげ》が出そうなほど赤面して言葉に詰まると、またくるっと向き直り、駅の方へと早足で歩き出した。

神楽坂先輩《かぐらざかせんぱい》はくすくす笑いながら、ぼくと千晶《ちあき》の腕を引いて、真冬の後を追いかける。

ぼくと千晶が地元の駅に着いたのは、もう夜の十時過ぎだった。東京《とうきょう》は遠い。

列車のドアが開いてからも、しばらくぼくはぼけっとシートに座ったままで、千晶に足を踏んづけられてようやく気づき、降車する。

「なに、ぼーっとして。真冬とユーリのことでも考えてた？」

自動改札を出るとき、千晶が意地の悪い目つきで言う。

「え……うん。まあ」

真冬とあんなふうに言葉を交《か》わせる人間を、ぼくははじめて見た。そもそも、真冬の方からわざわざ逢《あ》いに行ったわけだし（エビチリが一緒《いっしょ》にいるとわかっているのに）。先輩じゃなくても、あの二人《ふたり》がどういう関係なのかは、気になる。

「友達だって真冬が言ってたじゃん」

「うーん……そうなんだけど」

なんだかあのときの真冬は様子《ようす》が変だった。妙にあわてていた。必死にただの友達だって弁明してたのは、照《て》れ隠《かく》しだったりしないかな。

「なに照れ隠しって？」

「だって千晶は見てないからわかんないと思うけど、抱きつかれてキスされても平気そうな顔してたし、……恋人同士、だったのかも」

いや、二人ともまだそんな年齢《ねんれい》じゃなかったか？　あと、ぼくも抱きつかれたっけ。

人気《ひとけ》のないバスロータリーで、千晶は立ち止まってあんぐりと口を開いてぼくを見る。

「……なに？」

「あんたそれ本気で言ってんの？」

なんだおい目つきが怖いぞ猫みたいに光ってるぞ？

「え……うん」

ぼくは、『県大会確実《かくじつ》』といわれた現役柔道選手《せんしゅ》時代の千晶《ちあき》の試合を一度だけ会場で見たことがある。そのときの見事な足さばきを思い出させる、電光石火《でんこうせっか》の踏み込みと引き手だった。なにをされたのかよく理解できないうちに夜空が視界をぐるっと通り過ぎて、ぼくは背中からアスファルトに叩《たた》きつけられた。身体中《からだじゅう》の空気が口からしぼり出されて、背中にびりびりと痺《しび》れが走る。

「いっ……てぇ」

なにするんだよ！　顔をしかめながら起き上がると、ぼくの頭を踏んづけようとした千晶の靴が髪をかすめる。

「殺す気か！」

「信じらんない！　ナオなんて死んじゃえばいい！」

ぼくはおののいて歩道脇《わき》の植え込みの中に逃げ込む。な、なんでこんなに怒ってんの？

「もう我慢《がまん》できないからあたしが殴る！　真冬《まふゆ》がかわいそうだよっ」

「なんで？　ごめん、とりあえず謝《あやま》っとくけど、真冬がどうしたの？」

「とりあえず謝るな！　いいから出てこい、さっきの大外刈《おおそとが》りは真冬のぶん、これからあたしのぶんの払い腰かけてやるから！」

そう言われて素直に出ていくほど、ぼくは命知らずではない。頭を抱えて植え込みの陰に隠《かく》れていると、芝生《しばふ》を踏む音が近づいてきて、首根っこをつかまれる。見上げると憤怒《ふんぬ》に燃《も》える千晶の目がある。

「いい？　さっきみたいなこと真冬に直接言ったりしたら、腕ひしぎ十字固めだから！」

「は、はい……」

思わず土の上に正座してしまうぼく。

言いたい放題並べ立てた千晶は、恐竜《きょうりゅう》みたいな足音を立てて歩き去った。まったく、ほんと色々たいへんな夜だった。なんなんだろう、どいつもこいつも。

週明けからの学校では、いささか居心地《いごこち》の悪い日常が始まった。真冬は目が合うたびに視線《しせん》を泳がせるし、千晶はにらむし、神楽坂先輩《かぐらざかせんぱい》はそんなぼくらを見て愉《たの》しそうだし。おまけに合唱コンクールで盛り上がった我《われ》らが一年三組のテンションは、落ち着くどころか、今度は体育祭を目標にして別方面でぎらぎらし始めたのである。正直、教室にいるだけで疲れる。放課後《ほうかご》は、文化祭のライヴに向けての猛練習で、さらに疲れる。

その週の水曜日《すいようび》のことだった。バンドの練習を終えて家に戻るなり、哲朗《てつろう》がリビングから飛び出してきたので、いやな予感。

「ナオくんナオくん！　ナオくんて業界関係者に知り合いつくったの？　まさか？」

「……なんの話？」

「M社からナオくんに手紙がっ」

ぼくは哲朗が突きつけてきた水色《みずいろ》の封筒を見る。いつも哲朗が世話になっている雑誌社からのものだ。でも、宛名《あてな》にはたしかに『桧川直巳様《ひかわなおみ》』とある。なんで？

「いいかナオ、音楽業界はぶっちゃけゴロツキと守銭奴《しゅせんど》と性倒錯者《せいとうさくしゃ》の巣だからな、だれとも知り合いにならない方がいいぞ」

「ぜんぶ哲朗のことじゃんか」

「おっ、おれは性倒錯者じゃありません！　ちゃんとナオが生まれただろ！」

「あーもー黙《だま》っててよゴロツキ守銭奴」それからすべての音楽業界関係者に謝《あやま》れ。「って、なんで開封してあんのッ？」

ぼくは哲朗の手から封筒を引ったくる。

「いやあ、おれがいつもナオの手料理美味《うま》い美味いってコラムに書いてるから、婚期を逃しそうな二十八歳美人OLからファンレターが来たものかと思って検閲《けんえつ》」

頼むから素直にそのまま渡してくれよ……。

リビングのソファに腰を下ろして、封筒の中身を見る。簡素《かんそ》な文面で署名もない招待状と、チケットが一枚だけ入っていた。クラシックのコンサートかと思ったら、どうやらロックバンドのライヴだ。会場の住所を見るに、さほど大きな箱《ハコ》じゃないっぽい。

「おれ宛の間違いかなーと思ったんだけど」と、哲朗が上からのぞき込んでくる。「どうも本気でナオ宛みたいだよな」

「う、うん……でも」

心当たりがない。出演者は、現代日本のポピュラー音楽に疎《うと》いぼくでも知っているくらいの有名バンドだ。しかもファンクラブ限定ライヴって書いてある。なんでこんなのが音楽出版社から？

「編集《へんしゅう》さんに電話して訊《き》いてみたら？」

「訊いてみたよ。そのバンドのメンバーからのつてで頼まれて、うちに送ったんだって」

「えええぇ？　全然心当たりがないけど」

ぼくの知っている、ポップス方面のプロといえば、夏休みのライヴで対バンした弘志《ひろし》さんと古河《こが》さんくらいだ。今でもたまにライヴハウスで逢《あ》う。そこからなにか巡り巡って……いや、あり得ないだろう、それは。

「まあ、行ってきたら？　いたずらってわけじゃなさそうだし。仕事の話されたら逃げろよ」

哲朗は無責任に言って、オーディオの方に行ってしまう。親として、こんないかがわしい招待はやめとけと言うべきじゃないのかと少し思う。

でも、日本の若手にしては珍しくライヴに定評があるバンドだったので、興味《きょうみ》はあった。まず手に入らないチケットだし、行ってみようかな。一枚だけってのがさみしいけど、こないだみたいな妙な争奪戦《そうだつせん》が盛り上がるのもかんべんしてほしいし。


土曜日《どようび》の夜。ぼくは代々木《よよぎ》まで来ていた。ライヴハウス出演以来、夜中にこういう場所にひとりで来ることにわりと抵抗感がなくなっていて、ふと思い返すと怖い。

ちょっと退廃的なファッション関係の小さいお店が並ぶ通りを下っていくと、角にある新しめのビルに人だかりが見えた。どうやらあそこみたいだ。それにしても、小さいライヴハウスは開場後でも階段の途中《とちゅう》や外に客がたむろするのをどうにかできないだろうか。通行人の迷惑《めいわく》だろうに。

シークレットライヴなので立て看板などの大きな告知はなく、ぼくは何度もチケットとビルの名前を見比べてから、地下への階段に足を踏み入れる。切符もぎのおねえさんは、ぼくのチケットを見ると、なぜかにっこり笑って、胸ポケットに青い造花をさしてくれた。なんだろうこれ。このバンドのライヴは、これをつけるきまりなんだろうか。でも、ぼく以外にそんなことしている客はいないし。わけがわからないまま、階段を突き当たりまで下りる。

防音扉を開くときのごりっとした抵抗感だけは、何度経験《けいけん》しても慣《な》れない。帯電したような、ライヴハウス内特有の空気。真《ま》っ暗《くら》なステージに沈むドラムセットの青いシルエット。すし詰《づ》めになった観客《かんきゃく》たちが、ひそひそ声を交《か》わしながら開演を待っている。さすがに場違い感を覚えたぼくは、ドリンクカウンターでジンジャエールをもらうと、客席の後ろの方にある丸椅子《まるいす》の一つに腰を下ろす。

ぼくの後からも、何人もの男女が入ってきてはステージに押し寄せる肉の壁《かべ》に加わっていく。さて、どんなバンドなんだろう。だれが、いったいどういうつもりでぼくを呼んだんだろう？期待半分に不安半分で、ぼくは膝《ひざ》を抱えていた。

暗転。

髪の毛を引きちぎられるような歓声が飛ぶ。ステージにぼんやりといくつもの人影《ひとかげ》が見え、きいんというフィードバック音が耳を突く。ぼくはステージをよく見ようと椅子の上で膝立ちになった。

フットライトが一斉にともる。歓声が弾《はじ》ける。分厚いビートがぼくの顔に叩《たた》きつけられた。たっぷりとした声量を響《ひび》かせながらときおりすさまじいシャウトを聴《き》かせるヴォーカルは、テレビかなにかで見憶《みおぼ》えのある顔だった。さすがメジャーシーンで幅を利《き》かせているバンドだけあって、きっちりしたリズムのうねりに支えられたグルーヴ感は、ぼくも思わず椅子から下りてステージに一歩二歩寄ってしまったくらいだ。

ヴィジュアル的にも、気合いの入ったいわゆる「黒系」で統一されたキメキメの衣装《いしょう》なのだけれど、無理なく似合っている。ステージ映《ば》えするバンドだった。そのくせ喋《しゃべ》りはやけにざっくばらんで、ヴォーカルの人が遠慮《えんりょ》なく飛ばす下ネタがかなりきわどかった。

「俺《おれ》ら、最初のバンド名の案で、『ホールブラザーズ』ってのがあったわけよ。全員マネージャーと寝てたから」

「おい、それ初耳だけど！」とベースの人。もうこのバンドだめじゃないのか。観客《かんきゃく》大受けだけど。こんな話するの、シークレットライヴだけだろうなあ。

演奏もなかなかよくて、アンコールに突入する頃《ころ》にはぼくも、だれが招待してくれたのかなんてどうでもよくなって満足な気持ちだった。

ところが——

「今日《きょう》は特別ゲストのギタリストが来ています。ほんとはここに来てちゃいけないやつなので、正体は秘密で」

どこかで聞いたことのある前口上だった。思い出そうと頭をひねっていると、スポットライトが目まぐるしく飛び回った後でステージ左端で交差し、その小さな人影《ひとかげ》が浮かび上がる。

中高生くらいの女の子だった。少なくとも最初はそう見えた。バンドに合わせたのか黒のゴシックロリータファッションで、ふわふわに広がったスカートはえらく短くて、両肩むきだしで、ギターはヴィンテージらしき傷だらけのストラトキャスターで、ヴェールつきの帽子《ぼうし》で顔を隠《かく》していた。ライトを受けて、プラチナ・ブロンドの髪が燃《も》え立つ。

って、おい。

「ジュリアン……?」

思わず漏《も》れたぼくのつぶやきは、あまりに意外な外見のゲストに沸《わ》き立つ観客たちの歓声に呑《の》み込まれてしまった。でも、間違いない。ジュリアンだ。ぼくは椅子《いす》から転げ落ちそうなほど混乱していた。なんでジュリアンが? しかも女装して? ていうかほんとに彼なのか?

ドラマーがスティックを打ち鳴らしながら4カウントを叫ぶ。

歯の根をがたがたに揺《ゆ》さぶられるような、ツーバス連打のメタルビートが走り出す。ヴォーカルの人が、マイクに噛《か》みつかんばかりにして、激《はげ》しく歪《ゆが》んだ声を吐き出す。

そのどろどろに灼《や》けた混沌《こんとん》を切り裂いて、稲光《いなびかり》のようにライヴハウスの闇《やみ》に突き刺さる甲高《かんだか》いリードギターの旋律――ジュリアンだ。その小さな手が弦の上を目まぐるしく滑り、神経を直接掻《か》きむしるような鮮烈《せんれつ》なサウンドを弾《はじ》き出す。ぼくはもう、立っていられなかった。膝《ひざ》が震《ふる》えている。

ぼくはそれまで、デスメタルというものを真面目《まじめ》に聴《き》いたことがなかった。歌声を伴奏として、ギターの主旋律が空間いっぱいに暴《あば》れ回るロックなんて、どうやって想像できる? でも、そのときぼくを呑み込んだのはそんな音楽だった。だから、奔流《ほんりゅう》のような音の中でも、ジュリアンの音がはっきりと光って聞こえる。

ときに音楽は、百万の言葉を尽くしても伝えきれない真実を、通じさせてしまう。

ぼくには一瞬《いっしゅん》でわかった。あのとき、ぼくを揺《ゆ》さぶったのと同じ音。

間違いない。真冬《まふゆ》のサウンドだ。


若くて美人なマネージャーさんは、ぼくの服の胸ポケットにさしてあった造花を見ると、ああ、とうなずいて、楽屋《がくや》に通してくれた。なるほど、これのためだったのか。

「あの、ジュリアンだけ呼んでくれればいいんですけど……」

「いいからいいから」

開いたドアに押し込まれる。

楽屋といってもアンプとかドラムセットとか照明器具を雑多に詰め込んだ狭苦しい倉庫に、長机とパイプ椅子《いす》を置いただけ。汗臭《あせくさ》さと金属臭と、その他いろんなにおいが入り混じっている。ステージが終わってラフスタイルに着替えたバンドメンバー四人の真ん中に、まだ黒ラバーの袖無《そでな》しの衣装《いしょう》を着たままのジュリアンがいた。ヴェールはさすがに外している。なんか……こういう想像はどうかと思うけど……怖いお兄《にい》さんたちによってたかってひんむかれてる小娘みたいだ。まわりとのギャップがあきらかに限界を超えてる。

「ナオミ！」

椅子から跳《は》ねるように立ち上がって駆《か》け寄ってくるジュリアン。

「来てくれたんだ、よかった！」

また抱きついてこようとするのでぼくはその顔を押しのける。落ち着けフランス人。

「それ、ユウが呼んだってやつ？」

「なにもん？」

バンドメンバーがぞろぞろ寄ってくる。怖い。みんなガタイいいし。

「えっとね。僕の大切な人の大切な人」とジュリアンが振り向いて言う。

「ってことは、俺《おれ》の大切な人の大切な人の大切な人か」

「すると、俺の大切な人の大切な人の大切な人の大切な人ってことになるな」

「俺がいつからおまえの大切な人になったんだホモ」

「おまえもホモだろうがユウは男だ」

「表へ出ろ！」

「上等だ！」

ヴォーカルとギタリストはお互いの襟首《えりくび》をつかんでにらみあったまま廊下に出てしまった。

なんなんだこのバンド……。苦労性っぽい顔のドラマーさんが、「あれは気にせんでええよ両方バカだから」と椅子をすすめてくれた。でも廊下の方からなんだかものすごい音と怒声《どせい》が聞こえ始めて、ぼくはこの状況でのんびり座ってお喋《しゃべ》りできるほど人間ができていない。

「悪い、ユウ、ちょい避難《ひなん》しててくれ、マジ喧嘩《けんか》っぽい」

廊下の様子《ようす》をうかがっていたベーシストさんが、苦《にが》い顔で振り向いて言った。

「ナオミごめん、出てよう」

「え、え?」

ジュリアンに腕をとられて、ぼくは部屋《へや》の奥——ステージにつながっている方の扉から逃げ出した。背中に、ぶっ殺すとか妊娠させてやるとかいう口汚い罵声《ばせい》が吹《ふ》きつける。


「LA公演のときに、みんなとたまたまホテルが一緒《いっしょ》になったの」

ぼくの隣《となり》のストゥールに座り、紙コップを傾けながらジュリアンは言う。客の多いマクドナルド店内の喧噪《けんそう》も、BGMのJ―POPも、そのときはなんだか心安らぐものに聞こえた。

「あのヴォーカルの人、ガタさんていうんだけど、酔っぱらって僕の部屋に乱入してきて、どうも部屋間違えたらしいんだけど、僕のヴァイオリンをギターだと思ってじゃかじゃか弾《ひ》き始めて、僕が怒って殴り倒したのがきっかけで、仲良くなったんだ」

ぼくは全力でため息をついた。どこからつっこめばいいのかわかんねえ。

なんだかもう、自分がその場にいることが不思議《ふしぎ》でしょうがなかった。なにがどう間違って、雑誌のグラビアを飾るような天才少年ヴァイオリニストの隣でぼくはフライドポテトをかじりながら馬鹿話《ばかばなし》を聞いているんだろう。

なんでジュリアンは——ぼくを呼び出したんだろう？　しかも、わざわざライヴに。

「あのさ、色々訊《き》きたいことがあるんだけど、まず」

「うん、なに？」

「なんでまだ女装してんの？」

ライヴハウスを出る前にトイレで着替えてたから、てっきり普通の服装に戻るのかと思いきや、神楽坂先輩《かぐらざかせんぱい》がよく着てるような短いデニムスカートとTシャツというかっこうで出てきやがったのだ。おまけにサングラスはオレンジ。そんで金髪。ハロプロが新しくソロで売り出す女の子ですって紹介したらたぶんみんな信じる。一緒にいるのが恥《は》ずかしい。

「あー、これ、変装なんだ、一応ね」

なるほど。有名人だっけ、こいつは。それにしたって他《ほか》にやりようがあるだろうに。

「もっと他に訊きたいことがあるんじゃないの？」と、ジュリアンはサングラスを少しずらして首を傾《かし》げる。

調子《ちょうし》くるうなあ、こいつと喋《しゃべ》ってると。なんだか、忘れ物をほっといてずーっと先まで行っちゃったせいで、背後が気になってしょうがない感じ。

でも、たしかに、訊きたいことは他にいっぱいあった。

その中でも、いちばん気になること。

「……真冬《まふゆ》と一緒《いっしょ》に、ギター習ってたの？」

「ううん」

なんだか得意げな顔になって、ジュリアンは首を振った。

「僕が真冬に教えたの。あと、真冬が使ってるギターも僕があげたやつ」

ぼくはしばらく言葉を失う。その発想は、さすがになかった。

それじゃあ、こいつは真冬の——師匠《ししょう》、なわけか。

そこでぼくは、真冬のストラトの内部に刻まれていた名前を思い出す。そうだ。『ユーリ』というのはモスクワ音楽院時代のあだ名。ロシア語なのだ。

だれも読めなかっただろうに、真冬は、あれを隠《かく》したがっていた。それはやっぱり、こいつとの関係を知られたくなかった、のかな。

「真冬は、蛯沢《えびさわ》先生とずっと仲悪くて……ピアノのことでも、悩んでて。僕にもそういう時期があったんだ。もっとずっと小さい頃《ころ》。それで、内緒《ないしょ》でギターを始めた。同じやり方で、真冬も逃げ場所がつくれるんじゃないかって、思ったんだ」

ジュリアンはふと、ぼくから視線《しせん》をそらす。

けっきょく真冬は、うまくいかなかったけど。彼のつぶやきが、紙コップの中のオレンジジュースの水面を揺《ゆ》らす。

「——逃げ場所なんかじゃないよ」

ジュリアンがはっとして顔を上げた。ぼくも、自分で自分の言葉に驚《おどろ》いていた。

でも、それはほんとうのことだった。だから、もう一度繰《く》り返す。

「真冬はギターに、逃げてきたわけじゃない」

「……どうして、わかるの」

どうして。そんなのは——聴《き》けばわかる。ぼくはすぐにわかった。エビチリだってあのときテープで聴いてわかったはずだ。言葉には、できないけれど。

「ナオミは、なんなの」

「……え？」

「今日《きょう》は、それが訊きたくて呼んだんだ。どうしてナオミは真冬の隣《となり》にいるの？　評論家《ひょうろんか》のくせに」

「評論家のくせにって言うな」

「だって、蛯沢先生がナオミの書いたやつ読ませてくれたよ？」

エビチリ、余計なことを……。

「もう、頭のてっぺんから爪先《つまさき》まで、評論家の文章だった」

「そりゃどうも」褒《ほ》め言葉じゃないよね？

「僕らを馬鹿《ばか》にしたり褒めたり分類したりまとめたりしてお金稼《かせ》いでるのに、どうして真冬のそばにいられるの？」

「いや……」評論家《ひょうろんか》をなんだと思ってんだよ？　そりゃ、ぼくの文章は下手《へた》だけど。

「そっちこそ、なんでそんなの気にするんだよ」

「だって、真冬《まふゆ》は僕の大切な人だから」

ぼくの目をまっすぐ見つめて、唇にかすかに笑《え》みを浮かべて、ジュリアンはきっぱり言う。

ぼくはその視線《しせん》を受け取れず、目をそらしてしまう。

大切な、人。

やっぱり、恋人同士だったのかな。同じように小さい頃《ころ》から天才と騒《さわ》がれて、ステージの上で焼けつくような孤独を味わってきて。そんな二人《ふたり》が、アメリカで出逢《であ》ったら。

訊《き》けばいいのに、どうしてかぼくはそれを口にできない。かわりに、ジュリアンがまったく同じ問いを口にする。

「ナオミは、真冬の、なんなの？」

まっすぐにぼくの胸に突き刺さる、ジュリアンの言葉。

真冬は、ぼくの——なんだって？　そんなの、考えたこともなかった。ぼくらは偶然出逢って、一緒《いっしょ》に逃げ出したり、追いかけたりして、気づけばいつも隣《となり》に真冬がいる。それがなぜなのかなんて。

ジュリアンはふわりと首を傾《かし》げる。

「そんなに難《むずか》しいこと？」

「……難しいよ」

「バンドメンバーだっていうのは、なしだよ？　それは真冬から聞いた」

「うっ」

ぼくはチーズバーガーの包み紙を握《にぎ》り潰《つぶ》す。もう、なんにも言えなくなってしまう。

「言葉こねくり回すのが商売なのに、答えられないんだ？」

こういうことを、天使の微笑《ほほえ》みを浮かべてさらっと言いやがるのだ。そもそもぼくは評論家じゃない。小遣《こづか》い稼《かせ》ぎで何度か原稿を書いただけ。ただの高校生だ。評論家を馬鹿《ばか》にされて怒る理由だって、とくにない。実際、ぼくが知っている唯一《ゆいいつ》の音楽評論家は、ジュリアンが思っているよりもずっとろくでもない人間だし。

だから、黙《だま》ってうなずいた。いくらでも馬鹿にするといいよ。

でも、いきなりジュリアンは濡《ぬ》れた目になって言う。

「……僕はね、悔《くや》しいんだ」

悔しい？　なにが？

「ほんとは、真冬といっぱいレコーディングしたかった。ずっと一緒に、アメリカもヨーロッパも回ってコンサートしたかった。でも、真冬がいちばん苦しいときに、そばにいられなかった。僕じゃやだめだった」

ジュリアンの視線はふうっと虚空《こくう》に浮き上がって、海を飛び越えて遠く北米の曇《くも》り空《ぞら》にさまよう。彼のか弱い声は、あのベルクのヴァイオリン協奏曲の最後を思わせる。天使の、空に溶け込んで消えてしまいそうな羽音《はおと》。

「真冬《まふゆ》の音は、ほんとに、ほんとにとくべつなんだ。でも守れなかった。なのに。なのに、どうしてナオミが」

ジュリアンはいきなりぼくの手首を握って、ぐっと顔を寄せてくる。

「どうして。ナオミは真冬の隣《となり》で、ベース、なんて……」

彼の小さな白い手は、力を失って、ぱたりとトレイの上に落ちた。長いまつげを伏せて、うつむいてしまう。泣いているのかな、と思った。

ようやく、ジュリアンがなにを考えているのかがわかった。

ぼくが立っている場所は、ほんとうなら、彼の居場所。ぼくは真冬とジュリアンがお互いに音楽に対して無傷でいられたとしたら、きっと録音《ろくおん》していたであろういくつものヴァイオリンソナタの響《ひび》きを、ありありと思い浮かべることができた。

海を渡れずに波間に呑《の》まれた、夢。

「……ごめんね」

ジュリアンが顔を上げる。照れくさそうな笑《え》み。

「ナオミにこんなこと言っても、しょうがないよね」

ただの評論家《ひょうろんか》だから。そうジュリアンは付け加えたような気がして、でもそれは僕の卑屈な空耳だった。

「蛯沢《えびさわ》先生から、聞いてない？　真冬がピアノ再開したってこと」

「え……」

ぼくは、これまでのジュリアンの話が全部吹《ふ》っ飛ぶくらい驚《おどろ》いていた。真冬がまたピアノを始めた？　ほんとうに？　コンサートの後で、そんなことはちらと言っていたけど……でも、だって、指は？

「だから、治ってきたの。リハビリして、もう毎日の練習ができるくらいまで動く」

「そ……そんなの」真冬はなにも教えてくれなかった。どうして？　あの指の障害は心因性のものだと言っていた。合唱コンクールでだって、まだ両手で完全に弾《ひ》くことはできなかった。それから、なにかあったんだろうか。なにか、きっかけが？

ぼくは、目の前に座っている、神様の冗談《じようだん》みたいに美しい少年を見つめる。

ジュリアンに、逢《あ》ったから——なのだろうか。

「それで、レコードもまた出すことになったの」

言葉が出てこなかった。

ただピアノをまた弾くようになっただけじゃない。楽壇《がくだん》に、戻るのか。かつて、真冬をどうしようもないほどに傷つけたあの世界に。

「復帰作は僕と二重奏《デユオ》でって企画に、真冬も賛成《さんせい》したんだよ」

「ジュリアン、と……？」

そういう、ことなんだろうか。

エビチリはいつか言っていた。真冬《まふゆ》が、またピアノを弾《ひ》く意思を取り戻せば、指は治るかもしれないと。そうして、真冬はその力を取り戻した――ジュリアンと、再会して？

「だから、僕は悔《くや》しいんだ」

ジュリアンがぽつりと言う。ぼくは思わず、彼の顔をまじまじと見てしまう。

「……なんで。だって、真冬にまたピアノ弾いてほしかったんでしょ。しかも、協演できるんだし」

そこで彼は、淡く微笑《ほほえ》む。

「だから、悔しいの。ナオミにはきっとわからないよ」

そのまま時間が止まって一枚の絵になってしまいそうなほど、さみしげな笑顔《えがお》だった。

「ありがとう。今日《きょう》は楽しかった」

マックを出るなり、こんなことを透《す》き通った笑顔で言うやつなのだ。社交辞令でもなんでもなく、ほんとに楽しかったんだろう。

「あのさ、今日の僕はナオミにかなりひどいことを言ったよね？」

駅に続く人通りの多い道の途中《とちゅう》で、ぼくはちょっと驚《おどろ》いて立ち止まってしまい、背中がだれかにぶつかる。

「自覚あったのかよ……」

「うん。でも悪いとは思ってないから、謝《あやま》らないよ」

そう言って差し出された手を、ぼくは無視する。大人《おとな》げないかもしれないけど、しかたがない。こっちだってまだ高校生のガキなのだ。こんなこと言われたらふてくされるしかない。

「やっぱり、ナオミが真冬のそばにいるのは許せないから」

「いや、ンなこと言われても」

「許せない！　だって、こんなぼーっとしてるのに。なんで真冬と一緒《いっしょ》にいたいと思うの」

「う……」

「僕は真冬をどのくらい愛してるのか、百通りくらい言えるし、百曲くらい弾いて聴《き》かせられるよ。それなのにナオミは？」

「いや、だから……そんなんじゃ」

「じゃあ、もう真冬のそばにいないでって僕が言ったら聞いてくれるの？」

なんでそういう方向に持ってくんだよ、かんべんしてくれよもう。

「……それは、だって……真冬はうちのギタリストだし、あんな音出せるのは他《ほか》にいないし」

「真冬が創れるギターサウンドなら、僕も創れるよ」

ぐさりとジュリアンが言った。ぼくは絶句する。

「ギターで比べるなら、僕の方がまだ巧《うま》い。ナオミも聴《き》いてたでしょ」

「う……うん」

彼の言う通りだった。ジュリアンのギターは、ちょうど、真冬《まふゆ》が民音に入る前——まだ部室を占領してひとりきりで弾《ひ》いていた頃《ころ》、ぼくがあまり好きじゃなかった頃の真冬の音を、そのまま洗練させたような味を持っていた。

だから、やはり好きではないのだけれど、真冬より上であることは認めざるを得ない。

「ねえ、たとえば僕がナオミのためにギター弾くって言ったら、真冬のことあきらめられる？」

「意味わかんねえ、その仮定……だいたいジュリアンにそんなひまないだろ？」

「ナオミが真冬のそばからいなくなるなら、僕、それくらいやる」

ぼくは呆然《ぼうぜん》として、歩道の真ん中に立ちつくし、後ろから来た通行人にまた肩をぶつけられてつんのめる。本気なの？

「人を本気で好きになるっていうのは、そういうことだよ」

そういうことですか。人を好きになる、ねえ。

「僕が真冬のかわりにナオミの隣《となり》にいる。どう？」

そう言ってこいつはぼくの手首を取り、ぎゅうっと握ってくるので、ぼくはもうわけがわからなくなる。

「いや、それは無理」色々と。

「じゃあ真冬のことあきらめないってこと？」

なんだよその言い方……。ジュリアンの満面の笑《え》みは、恣意的《しいてき》にぼくの反応を誤解している色がありありと見えて、でももうぼくにはそれを正す気力もなかった。

「評論家《ひょうろんか》なのに、いちばん大事なところで黙《だま》っちゃうんだね？」

この野郎。もういいよ。好きに言ってくれ。

「うん、わかった。じゃあね、僕の敵」

可愛《かわい》らしく身体《からだ》をくいっと傾けて、ジュリアンは手を振る。

「聴きに来てくれてありがとう。日本公演も何回かやるんだ、チケット送ってもいいよね？また逢《あ》いたいんだ」

ぼくは渋《しぶ》い顔でうなずく。

じゃあライヴハウスにギターとか置いてきちゃったから、とジュリアンは言って、駅と反対方向に歩き出す。その小さくて頼りなげな背中は、街灯《がいとう》の下を行《ゆ》き交《か》う通行人の影《かげ》に埋もれてあっという間に見えなくなる。

ぼくはガードレールに腰掛けてため息をついた。疲れた。

実に不思議《ふしぎ》なやつであった。たっぷり腹立たしい思いを味わわされたのだけれど、それはジュリアンのせいというよりは、なにも言い返せない自分が情《なさ》けないからだった。

また逢《あ》いたい、と言ってくれた。

ぼくもあいつは嫌いではない。できればまた逢いたい。でも、こんなに言われっぱなしで、次にどんな面下《つらさ》げて逢えばいいっていうんだろう。


家に帰ると、哲朗《てつろう》はソファにひっくり返って『ラデツキー行進曲』にあわせてVの字にした両脚を開いたり閉じたりしていた。ぼくに気づくと、「ナオ、お腹《なか》減った」とへなへなの声で言う。今日《きょう》は遅くなるから勝手に喰《く》えって言っておいたのに……。

こんなこともあろうかと買っておいたマクドナルドの紙袋を投げつけてやった。

「……これ、おれの晩飯？」

「うん。代々木《よよぎ》のマックで買ってきたからきっと美味《おい》しいよ」全国同じ味ですが。

涙を浮かべながら冷めたフライドポテトを頰張《ほおば》る自由業の中年男ほど、この世でみじめなものはそうそうない。こっちまで泣けてきた。哲朗はリスみたいに頰袋に餌《えさ》を詰め込みながら、ぶつぶつと独《ひと》り言《ごと》を漏《も》らす。

「十六年間もがんばって働いて愛情を注ぎながら育ててきたのに、なあ美沙子《みさこ》、おれどこで間違えたのかな……」

「結婚したところじゃないかな。美沙子、そう言ってたよ」

母とは月に一回くらい逢って食事をしているのだけれど、会話の半分は哲朗の悪口である。

「だってしょうがねえだろ！」

哲朗はいきなりぶちぎれてポテトのパックを床《ゆか》に叩《たた》きつける。

「評論《ひょうろん》なんて全然儲《もう》からないの！　おれ金なかったし美沙子は起業してぶいぶいいわせてたし、結婚するしかねえだろ！」

なにギレだよ。よく八年も結婚生活続いたもんだ。ていうか、評論家って儲からないのか。一戸建ての持ち家に住んでてとくに不自由してないから、ちゃんと働いてる人たちに申《もう》し訳《わけ》ないなあと子供心ながらに思っていたのだけれど。

「ふっふ、これはな、評論以外で稼《かせ》いでいるのだよ。良く言えば業界ゴロだな」

「良く言ってねえよ」それで悪く言ったらもう犯罪者じゃないか。「あのさ――」

つい訊《き》きかけて、口ごもる。こんなこと、哲朗に訊いていいのか。訊いて、まともな答えが返ってくるのか？

でも、他《ほか》に訊く相手もいない。

「――哲朗は、評論家って、つまりどういう仕事なんだと思ってる？」

哲朗は目をしばたたかせてぼくの顔を見つめた。それから、グラスに注いだストレートのウイスキーで口の中のポテトを流し込む。

「なんだよいきなり」

「いや……ちょっと、ある人にそんなこと訊《き》かれて、答えられなくて」

「美沙子《みさこ》にも訊かれたな、それ。だいぶ昔だけど」

二口目で、哲朗《てつろう》はグラスを空にする。

「なんて答えたの」

「ん？　んん」

哲朗の視線《しせん》がすうっと眼窩《がんか》の暗がりに沈む。

「あのな、人間の仕事ってみんな、突き詰めてくと『他《ほか》のだれかを幸せにすること』だと思うんだ。最低でも自分以外にだれか一人《ひとり》幸せにできないと金もらえないだろ」

「……うん」

「ところがおれは大学に入ってもその方法がわからなかったわけ。音楽史なんてやってたらだいたい教師になるしかないんだけど、他人のガキを教えるなんてまっぴらごめんだし。それで教授に、『どうやって他人を幸せにしていいのかわかりません』と正直に訊きました。すると、『桧川《ひかわ》君は他人《ひと》を馬鹿《ばか》にする才能だけはあるから、それでなんとかしなさい』と。そこでおれはひらめいたね。だれかを馬鹿にする文章を大勢に読ませたら、馬鹿にされていない読者は相対的に少しだけ幸せになって、おれに金をくれるんじゃないかって」

ぼくは啞然《あぜん》として、思わず口を挟《はさ》む。

「それ、美沙子に言ったの？」

「うん。それで、この男はだめだひとりじゃ生きていけない、ってわかったらしい。美沙子が結婚しなきゃって思ったのは、その話を聞いたときだってさ」

「ぼくがまた家出しなきゃって思ったのも、その話を聞いたときでした……」

「ナオくんナオくんだめだよ、モノローグがせりふで出てるよっ」

あ、ほんとだ。思わず一秒前のことなのに回想してしまった。

わかっていたことではあるけれど、訊いた相手を間違えた。哲朗は真冬《まふゆ》とジュリアンに殴り殺されても文句言えないと思う。


週明けの月曜《げつよう》朝、教室に行ってみると、非常に珍しいことがあった。真冬の方から話しかけてきたのだ。

「ユーリに逢《あ》った、って聞いた」

「え、え？　あ、ああ、うん。……なんで知ってんの」

「ええと」

真冬は言いにくそうに視線を泳がせる。周囲のクラスメイトどもも、何事かと寄ってくる。

「ああ、そういえば、真冬ん家《ち》に泊まるとか言ってたっけ」

「えっ、あっ、あのっ、それは、なしになったの。今はホテルにいる」なんだかあわてた様子《ようす》で真冬《まふゆ》は言う。「ほ、ほんとだから。ただ、ちょっと逢《あ》う用事があっただけ」

ジュリアンと逢う用事。ぼくはそこで、思い出す。真冬は、彼と協演したレコードを出す予定があるのだと聞いた。それで、二人《ふたり》が逢う用事といったら。

「え、ええと、一緒《いっしょ》に練習とかしてるの？」と、訊《き》いてみる。真冬の顔がいきなりぼふんと赤くなった。

「そ、それも聞いたのっ？」

「え？　う、うん。指、治ってきたならそう言って——」

「その話はっ、いいの！　わ、わたしが質問してるんだから！」

真冬は耳まで赤くして机を叩《たた》く。聞き耳を立てていた野次馬《やじうま》どもがびくっとなる。

「ユーリと、どうして？　な、なんの用があったの？」

「え、っと……」

どう答えていいのかわからない。というか、ぼくの頭の中はそれどころではなかった。ジュリアンの言っていたことは、ほんとうだったのだ。真冬が、またピアノを弾《ひ》く意志を——それも、商業の場で。

二人で練習できるほど、指がよくなっているなんて、全然気づかなかった。

いや、それはそれでめでたいことじゃないか。真冬のピアノが、もう一度聴《き》ける。ぼくがあれだけ望んでいたことでもあった。なのに、なんでぼくは真冬に見つめられて、ジュリアンのことを訊かれて、声も出せないんだろう。

「直巳《なおみ》、ちゃんと答えて」

真冬がぐっと顔を寄せてくる。ぼくはどぎまぎして椅子《いす》を引き、あやうくどこかに引っかかって真後ろに転びそうになる。

「痴話《ちわ》げんかだ」「痴話げんかですな」「これはお姫様本気だな」「ナオ死ね」

ぼそぼそというクラスメイトの連中の囁《ささや》き声も、よく耳に入らない。

「ユーリに呼ばれたの？　それとも」

「え、あ、うん」

呼吸を落ち着かせて、椅子に座り直して、なんとか言葉を形にする。

「ライヴのチケットがいきなり届いて。それで、最初はだれが送ってきたのかわかんなかったんだけど、行ってみたら」

「ユーリのギター、聴いたの？」

「うん」これは言うべきかな、と少し迷ったけれど、けっきょく口にする。「真冬の音に似てた。あの、民音に入る前の真冬のギターに」

真冬は少し鼻白《はなじろ》んで、腕を組み顔をそむけ、ふうっと息を吐く。

「その後、色々話聞いたよ。ギター習ってた……こととか……真冬のピアノのこととか……」

「……とか？」

「ええと……」他《ほか》は全部クリティカルな話ばかりだった気がする。

「話せないような、こと？」

その訊《き》き方《かた》はやめろ。誤解を招く。ほらほら男子どもがなんか興奮《こうふん》してる。

ぼくはこのときほど、やかましく戸を引き開けて「おはよーっ」と教室に入ってきた千晶《ちあき》に感謝《かんしゃ》したことはない。

「なになにどうしたの？　取り込み中？」

そう言って千晶はぼくと真冬《まふゆ》の間に割り込んでくる（というかそこを通らないと自分の席に行けない）。そこでタイミングよく始業のチャイムが鳴った。助かった。


「ふうん。そこまで言われても、少年は黙《だま》ってすごすご帰ってきたわけか。嘆かわしいね。少年の負け犬根性は私が残らず叩《たた》き直したと思っていたけれど」

放課後《ほうかご》の民音部室。脚《あし》を組んで丸椅子《いす》に腰掛けた神楽坂先輩《かぐらざかせんぱい》の前で、ぼくはなぜか正座させられて、土曜日《どようび》のことを白状させられていた。おまけに千晶と真冬も一緒《いっしょ》に聞いている。なんでだ？　なんで喋《しゃべ》っちゃったの？　なんとか抵抗して、真冬がらみのことは黙っておいたけど、ユーリにさんざん言葉責めされたことはみんな吐いてしまった。

「それにしても、評論家《ひょうろんか》云々《うんぬん》も少年が負け犬だというのもさておき、どうしても赦《ゆる》せないことが一つある」

「……なんですか？」

「女装してたならどうして写真を撮《と》ってこないんだ！」

「知るか！」

あんたの趣味《しゅみ》にいちいちつきあってられません。

「ゴスロリいいよね、文化祭のライヴはあたしらも全員ゴスロリでやろうよ先輩」

全然関係ないところに食いつく千晶。

「なるほど。少年を女装させるという手もあるのか。その発想はなかったな」

「名前だけならナオも女だもんね」

あのう、おまえらはなにを話し合ってるんですか？　立ち上がってつっこもうとして、部室の隅でむーっとした顔で押し黙っている真冬が目に入る。ぼくの視線《しせん》に気づくと、また目をそらしてしまう。

真冬が気にしているのと同じように、ぼくも真冬がジュリアンからなにを聞いたのか、ひどく気になっていた。あいつ、なに喋るかわからないし。

「……ねえ、ぼくのこと、なんて言ってた？」

思わず訊いてしまう。ぷいっと横を向く真冬。ギターを取り出して、わざとらしくチューニングを始める。おかしいな、また怒らせちゃった？　なんで？

「でもナオ、平気なの？　おじさんとか自分の仕事を、そんなふうに言われてさ。もっと怒ろうよ評論家《ひょうろんか》なめんなよ！　って」

千晶《ちあき》がいきなり本題にからんでくる。

「少年。きみはそうではなくても、私はきみを誇りに思っているんだよ？　私は膨大《ぼうだい》なテキストの海の中から、文章の光だけを頼りにきみを見つけたんだ。忘れてないよね」

先輩《せんぱい》も糾弾《きゅうだん》の輪《わ》に戻ってきたのでぼくは首をすくめる。

「評論家・桧川直巳《ひかわなおみ》の名を汚《けが》されて、それでも少年は黙《だま》っているの？」

「いや、ぼくは評論家じゃないし……」

「あなたは評論家でしょ。わたしにそう言った」真冬《まふゆ》がぼそりとつぶやく。「屁理屈《へりくつ》こねるしか能がないくせに、ユーリに言われっぱなしなんて」

「え、え？　いつ？」

真冬はいきなり立ち上がった。

「お、憶《おぼ》えてないのっ？」

その顔がかあっと上気するので、ぼくは思わず腕で顔を覆《おお》う。ギターを逆手に握るな怖いから！　ぼくが評論家だって自分で言った？　いつだ、いつそんなこと？

「わたしがっ、まだ、ここでひとりで——」

噛《か》みつくような口調《くちょう》でそう言いかけた真冬は、自分に注がれた千晶と神楽坂《かぐらざか》先輩の視線《しせん》にはっと気づき、目を伏せ、壁《かべ》にギターを立てかけると、ぼくの脇《わき》を通り抜けて部室のドアから出ていってしまった。

二人《ふたり》の冷たい視線は、すうっとぼくに移る。千晶はじとっとした責める目、先輩はにやにやと面白《おもしろ》がる目。

憶えてないのかって？　思い出せない。ここで、ひとりで——つまり、先輩も千晶も知らないこと、ぼくらがまだこの部室を賭《か》けて争っていた頃《ころ》のことか。

「……あ」

ぼくは、閉じられた防音扉の方を振り向く。もちろん真冬の姿はもうない。あわてて部室を飛び出す。思い出した。なんてことだ、忘れてたなんて。

ぼくが、自分で言ったことなのに。

階段の踊り場で、栗毛《くりげ》の背中に追いついた。

「ま、待って真冬、ごめん、思い出したよごめん」

びくっと髪が震《ふる》え、真冬は壁際で立ち止まる。こっちを向いてくれない。あの頃みたいだ。言葉も、顔を合わせる時間も足りなくて、なにを考えているかもわからなかった、五月。

教室で、ぼくが流してしまった噂《うわさ》。アメリカで評論家にひどいことを書かれたということ。真冬がその噂に耐えかねて逃げ出したとき、ぼくは今みたいに追いかけていって、必死に謝《あやま》った。あなたには謝る理由がないとまで言われたとき、とっさに口をついて出た言葉だ。

ぼくは評論家《ひょうろんか》だから――謝《あやま》る資格がある、と。

自分で、言ったことなのに。

真冬《まふゆ》は壁《かべ》に手をついて、それからゆっくり振り向く。目にはまだ怒った色が浮かんでいて、それは照れくさそうに染《そ》まった頬《ほお》のせいでだいぶにじんでいる。

「……あなたは、もっと自分の喋《しゃべ》ったことに責任持って」

「反省してる……」

でも、なんでこんなに真冬が怒るの？　ぼくが評論家の端《はし》くれだっていう口からでまかせがそんなに重要なことだったんだろうか。

「そうじゃなくてっ」

真冬は両手でぼくの胸をどん、どんと突いた。ああ、ほんとうだ、とぼくは思う。真冬は右手もしっかり拳《こぶし》を握れている。それは思わず両手でその拳をぎゅうっと包み込んでやりたくなるほど嬉《うれ》しいことなのだけれど、殴られた胸が痛くて、動けない。

「あ、あなたはっ、ユーリにあれだけ言われて、最後なんにも言えずに帰ってきたんでしょ？」

「そうだけど……」

「ユーリに、わ、わたしのことっ、あ、あきら……」真冬はそこで口ごもって、またぼくの胸をぼふぼふ殴る。あいつ、真冬にいったいなに喋ったんだ？　真冬はぶんぶん首を振って言葉の続きを掃き散らしてしまう。

「あなたなんて、評論書けること以外にユーリに勝てないくせに、そこをばかにされて、口でも負けて黙《だま》って引っ込むなんて」

ひでえ言い方だな……その通りだけど。「いや、悪かったよ、だけどさ……ぼくがジュリアンに言い負かされると、真冬はなにか困るの？」

「困るの！　もっとしっかりしてくれないと！　あなたは、わたしの――」

真冬の？

また言葉は途《と》中《ちゅう》で、真冬の唇の奥に消える。

まさか、とぼくは思う。真冬はジュリアンから、「真冬のそばにいるのをあきらめる」云々《うんぬん》を聞いていて――いや、でも、ちょっと待って、そんなわけないか？　だって、そしたら。

もう、わけがわからなくなってきた。息をつく。

でもたしかに、真冬の言う通りだ。土曜日《どようび》のぼくは、あまりに情《なさ》けなかった。ぼくだって、哲朗《てつろう》から無理矢理《むりやり》押しつけられた仕事であっても、ノートPCに向かってキーボードを叩《たた》くときは真剣に考える。読んでいる人間を、どうやったらぼくの言葉で殴り倒せるのか。

それなのに、ジュリアンに一言も返せなかった。

あいつは、あの可愛《かわい》らしい顔と言葉とで、要するにこう言ったのだ。おまえみたいなだめなやつは真冬の隣《となり》でベース弾《ひ》いてる資格がない、と。

無意識《むいしき》に、拳を握っていた。

「真冬《まふゆ》。ジュリアンに、連絡とれるかな」

真冬が少し不安げな顔になって、でも、うなずく。

それじゃあ、やってやろう。他人《ひと》の音楽ばかりを聴《き》いて人生の半分を過ごしてきた、言葉をいじくるだけしか能がないやつが、できることを——

あの無邪気な奇蹟《きせき》みたいなヴァイオリニストに、見せてやる。


ライヴハウス『ブライト』は、ぼくらのバンドがはじめてのライヴに使った場所で、ぼくの家から自転車で一時間弱の隣町《となりまち》にある。駅から遠くて、表通りからも離《はな》れた閑静な宅地にあるのだけれど、知る人ぞ知るマニアックスポットで、客の入りは連日上々。

その日も、ぼくが到着したときにはすでに、ビルの地下へと続く階段口のまわりに大勢がたむろしていた。アマチュアのライヴは、対バンといって、いくつかのグループが合同でお金を出して一日の場所代をまかない、時間を区切って演《や》るのがほとんど。だから客の方も、目当てのバンドの演奏が始まるまで外で時間を潰《つぶ》したりする（料金一緒《いっしょ》なんだから最初から最後まで聴いてけばいいのに、とぼくはいつも思うのだけれど）。

その日は『クラブ・ブライト』というイベントで、ディスコ系のミュージシャンが集まってぶっ続けでダンスミュージックを流すので、集まっている人たちのファッションも、普段《ふだん》のぼくとはあまり縁《えん》がなさそうなヒップホップ風味。ドレッドヘアやだぶだぶパンツの間に、不釣り合いなきらきらした小さな人影《ひとかげ》を見つけて、ぼくはあわてて駆《か》け寄る。

「ナオミ！」

ジュリアンはぱっと顔を輝《かがや》かせて、まわりにかたまって口々に話しかけてきていた男たちの肩を押しのけた。

「ごめんね、待ってた人来たから」と謝《あやま》って、ぼくの方に走ってくる。ぼくはそれを見て額《ひたい》を手で押さえて嘆息する。

「だから、なんで女装するんだよ……」

ジュリアンはギャザーがいっぱい入ったクリーム色の丈《たけ》の短いブラウスに、やっぱりスカートをはいていて、ご丁寧《ていねい》に髪《かみ》留めとイヤリングまでしている。ナンパされて当たり前である。

「だから、変装だってば」

とか言いつつ一回転して服を見せつけなくてよろしい。

「待たせてごめん。ここ、わかりにくくなかった？」

「ううん。車で送ってもらったから大丈夫」にっこり笑ってジュリアンは答える。

「忙しいとは思ったんだけど、来てくれてありがと」

ディスコイベントはそうそう頻繁《ひんぱん》にやっているわけでもないので、予定が空いていてよかった。そうでなくても、ぼくなんかの誘いには乗ってくれない可能性もあった。

「まさかナオミの方から誘ってくれるとは思わなかった。嬉《うれ》しい」

「いや、まあ……今日《きょう》はリベンジのつもりなんだけどね」

チケットの一枚をジュリアンに渡し、地下への階段を下りながら、ぼそりとつぶやく。

「リベンジ？」

狭い階段なのに、無理矢理《むりやり》ぼくの隣《となり》を歩きながらジュリアンが訊《き》いてくる。

「うん。こないだは、言われたい放題だったから」

「え……それじゃあ僕はこれから真《ま》っ暗《くら》な地下室に連れ込まれてナオミにやりたい放題されちゃうのかな」

「んなわけねえだろ」

人聞きの悪いことを言うのはやめてほしい。

重たい扉を開いて、ぎっしりとダンスビートの詰まった蒸《む》し暑い空気の中に身体《からだ》を滑り込ませる。カクテルライトがぼくの顔をざらざらとなでる。ぼんやりと暗めの照明で浮かび上がったステージには、普段《ふだん》ならドラムセットが置いてある中央にミキサーコンソール、それから野太い声で韻《いん》を刻むラッパーの姿。

「わあ。僕、ディスコははじめて」

すぐ耳元のジュリアンの声も、よく聞こえない。視界の下半分を覆《おお》う闇《やみ》の中で、熱気《ねっき》に肌を露出《ろしゅつ》させた男女が、髪を揺《ゆ》らして踊っている。

「ナオ、なんだ女連れか」

振り向くと、鉢巻《はちま》きをしめた巨漢のおっさん。『ブライト』スタッフの青いＴシャツはでっぷりした腹ではち切れそうだ。

「こ、こんばんは」

この人は、いつぞやぼくの頼みを聞いてくれた音響《おんきょう》担当の人。あれ以来、ここに通っているうちにすっかり顔なじみになってしまった。ジュリアンをじろじろ見て言う。

「なんだよまた新しい女か。おまえもたいがいだな……何人泣かせりゃ気が済むんだか」

「いえ、あのっ」

こいつは男です、と危うく言いかける。ジュリアンも興味津々《きょうみしんしん》にぼくを見る。

「僕以外にも泣かせてるんだ？」

「いつ泣かせたんだよ！」

「トモの出番はもうちょい後だ。おまえ、トモになんか頼んだんだって？　なに企《たくら》んでんだ？まあ、楽しみにしてるよ」

「あ、は、はい」

おっさんは巨体を揺らしてドリンクカウンターの方へ去った。そうか、今日はＤＪのイベントだから、ミキシングも出演者が自前でやる。おっさんの仕事はあんまりないわけだ。

「トモってだれ！」ジュリアンが耳元で叫んだ。そうしないと聞こえない。

「ぼくが最近ここで知り合ったDJ。もうすぐ交替するよ」

「それ僕に聴《き》かせようってこと？」

ぼくはうなずく。トモさんは神楽坂先輩《かぐらざかせんぱい》の古い友達の一人《ひとり》で、ぼくとは知り合ってまだ二ヶ月ほど。それなのに、こんな無茶《むちゃ》な頼みを聞いてくれた。助かった。

これで、ジュリアンを——ぶっ飛ばせる。

ぼくらがドリンクを受け取って、テーブルについたときだった。MCの人がものすごい早口でなにかをまくしたて、観客《かんきゃく》の海がざばあっとかき混ぜられ、歓声があがり、ステージの上でスポットライトがぐりぐりと踊って、野球帽をあみだにかぶった肌の黒いお兄《にい》さんがコンソールに座るのが見えた。トモさんだ。

ぼくは手を振ってみせた。でも、トモさんの目には入らなかっただろう。彼の目は、ターンテーブルにだけ注がれていた。

八分の六拍子のビートがスキップを始める。ラッパーが、六連符の切れ目ないつぶやきをマイクに吐きかける。しばらく、単調《たんちょう》な同一コードの進行が続く。でも、ぼくはちらちらと横目でジュリアンの顔を見て、彼が徐々に身を乗り出してステージの方に釘付《くぎづ》けになっていくのを確認《かくにん》していた。同じ繰《く》り返しに聞こえるビートの下に、まずティンパニが、そして低弦のピッイカートが加わり始めたからだ。さすがトモさん、憎いくらいのアレンジだ。

やがて——

とげとげしい電子ドラムのリズムの下から湧《わ》き上がってくる、くっきりしたピアノの単旋律に、ジュリアンが思わず息を呑《の》むのがわかる。彼なら気づいたはずだ。それが、ベートーヴェンのピアノ協奏曲第五番『皇帝』第三楽章の輪舞曲《ロンド》であるというだけでなく――真冬《まふゆ》が弾《ひ》いているものだということに。

目を輝《かがや》かせてジュリアンがぼくを見る。ぼくは黙《だま》って首を振り、ステージを指さす。これだけじゃない。ぼくの反撃《はんげき》はここからだ。ピアノのロンド主題の最終小節に、唐突《とうとつ》にアウフタクトでかぶせられた、きらびやかなヴァイオリンのメロディ。今度こそジュリアンは椅子《いす》から立ち上がって、声をあげそうになった。その調《しら》べは、この地上のだれよりも、彼がよく知っているものだ。

「僕、の――」

ジュリアンのつぶやきは、高まるオーケストラの応奏にかき消される。ベートーヴェンのヴァイオリン協奏曲ニ長調、第三楽章の輪舞曲。もちろんそのソリストはジュリアン自身だ。彼の左手の指が、そこにない愛器を確《たし》かめるように握られるのをぼくはたしかに見る。小止《こや》みなく踏み鳴らされるディスコビートの上で、サンプリングされた真冬のピアノとジュリアンのヴァイオリンが、ときにかけあい、ときに重なり合いながら、暗闇《くらやみ》と光の粒と熱《あつ》い吐息《といき》で満たされたライヴハウスの中を駆《か》けめぐる。

ぼくも、すぐそばに真冬がいるような錯覚《さっかく》をおぼえた。ジュリアンの、果たせなかった夢を叶《かな》えようなんて考えは、これっぽっちもなかった。ただ、いつか真冬《まふゆ》にそうしたように、音楽でぶっ飛ばしてやろう、としか思っていなかった。でも今、ここにジュリアンと、それから真冬の音がある。彼の目尻《めじり》に、ぼくはきらきらと光るものを見つける。

彼だから、できたのだろうか。真冬のピアノを取り戻すこと。

それは、悔《くや》しかった。そうだ、悔しいんだ。真冬のピアノを聴《き》きたいと切望しながら、ぼくができるのはその想《おも》いをひねくれた言葉にすることだけで、いつも隣《となり》にいたはずなのにそれしかできなくて、でも同じ孤独と同じまぶしさを知っているジュリアンがここにいて、真冬の中の水底に沈んだものに手を届かせてしまったということが——ひどく、悔しい。

なんてことだろう。ジュリアンをぶっ飛ばすために考えついた曲で、自分が、こんなにも打ちのめされてしまうなんて。馬鹿《ばか》みたいだ。

でも、二人《ふたり》の奏《かな》でるベートーヴェンも、トモさんのミックスも、涙が出ちゃうくらいすごくて、だからぼくは輪舞曲《ロンド》が再びなれなれしいディスコサウンドに呑《の》み込まれてしまった後でも、しばらくジュリアンの方を見られなかった。彼の熱《ねっ》ぽい言葉が耳に触れたけれど、なにを言っているのかもよくわからなかった。

トモさんの出番の後は、ゆったりした曲《きょく》調《ちょう》の休《きゅう》憩《けい》時間だった。

「おいおいおいおいなんでおまえら二人《ふたり》ともぐったりしてんのノリ悪いなあもう」

ウィスキーのボトル片手にやってきたトモさんは、そろってテーブルに突っ伏していたぼくとジュリアンを見てあきれる。

「いや、ちょっとすごすぎて……くたびれちゃって」とジュリアン。

「あはははまだ半分だからな、これからあと四人くらい出るぜ全部聴いてけよ。おいナオどうだった？　おまえのリクエストだろうが。ったく、一週間前にレコード持ってきてあんなミックス頼みやがって、調《キー》半音ちがうしリズム安定しねえし、人がどんだけ苦労したと」

「いやもうほんとに感謝《かんしゃ》してます。期待以上でした」

そう言いながらも、ぼくはまだテーブルから頭を起こせない。トモさんはそんなぼくの太ももをげしげしと蹴《け》り上げる。

「おまえ高校生のくせに若さ足りねえなあ、せっかく彼女と来てんだからちゃんと踊ってけ」

「いや、そいつ男です、というか、トモさんに貸した曲、弾《ひ》いてるのそいつです」

トモさんの表情は口半開きのまましばらく固まった。かわりに、ジュリアンがぴょこんと身を起こす。

「すごかった！　僕のコンチェルトがあんなふうになるなんて！」

トモさんの手を握ってぶんぶん上下に振る。

「え、あ、いやあ……」

トモさんは縮《ちぢ》こまって逃げ出そうとする。

「なんで行っちゃうの？　僕、なにか――」

「いや、あのさ、怒ってねえ？」

「なにが？」

「だってあんたクラシックの人だろ。自分のレコードあんな風《ふう》に使われて」

「なんで？　だっていい演奏だったよ！　怒るわけないよ」

トモさんは口の中でもやもやと言葉を嚙《か》み潰《つぶ》した。言いたいことはわかるような気がした。でも、ジュリアンの破滅的に可愛《かわい》らしい笑顔《えがお》の前では、百戦錬磨《ひゃくせんれんま》のＤＪも形無しだ。

ぼくらと一緒《いっしょ》のテーブルで、トモさんは少し話をしてくれた。ジュリアンが、ＤＪのことについて聞きたがったからだ。

「俺《おれ》の部屋《へや》、まあ六畳くらいなんだけど、もうレコードで床《ゆか》が抜けそうなわけ。バイト代ほとんど全部消えるし、ひまなときもずーっと聴《き》いてるし、ネットも巡回して使えそうな素材いつも探してるし、でもさ、使えるのってごく一部なんだよ。レコード百枚買ったらそのうち九十枚くらいはステージじゃ使わないんだ。しかも、使うっつってもほんの数秒だったり。そういうのって、どうなんだろうな。たまに、音源作ってる人に申《もう》し訳《わけ》なくなる」

「僕のは、その百枚の内の十枚だったんだ？」

ジュリアンは嬉《うれ》しそうにトモさんの顔をのぞき込む。

「……でも、いっぱいいじったぞ。あちこち切《き》り貼《ば》りして、ループさせて、回転数も上げたし、おまけにあんな長い曲なのに合計で三十秒くらいしか使ってない」

「そんなの関係ないよ」ジュリアンはトモさんの手に自分の手を置く。トモさんはぎょっとした顔になる。スキンシップ気安すぎるだろうフランス人め。

でも、ジュリアンの次の言葉で、トモさんの渋面《じゅうめん》は溶けてしまう。

「だって、リスペクトがあるんでしょう?」

「あ、ああ……」

「聴いてればわかるよ。僕のヴァイオリンを、ほんとに気に入って、使ってくれたんだってことが」

トモさんは照れくさそうに目をそらしてウィスキーの瓶《びん》をあおる。面《めん》と向かってあんなこと言われたら、そりゃあなあ。

また後でもう一回ステージ出るから聴いてってくれよ、とトモさんは席を立った。

「次、ジミヘン演《や》るからな。ほら、おまえがうらやましがってた、あのボロいシンセ使う。もしこのステージでぶっ壊《こわ》れなかったら、響子《きょうこ》にくれてやるつもりだから、おまえも借りて使えばいいよ」

「え、ほんとですか」

トモさんのシンセサイザーは、旧式でぼろぼろなのだけれど、トモさんのかき集めたSE系の音色《ねいろ》がえらい充実していて、「そろそろ買《か》い換《か》えようかな」などといつも口にするので、でできれば譲《ゆず》ってくれないかなあとこっそり思っていたのだ。

「そんじゃまたな」

ジュリアンは手を振ってトモさんの背中を見送る。

まだスローテンポの曲は続いていた。よかった、ここでこのまま話ができそうだ。ぼくの隣《となり》の椅子《いす》に戻ってきたジュリアンは、恍惚《こうこつ》とした息をついてから言う。

「知らなかった。こんな形の音楽があるなんて」

そうだよ。世界は広い。音楽の水脈は大陸に流れて、こんなところにまでたどり着いた。

「ナオミ、これ聴《き》かせるために呼んでくれたんだ」

「ううん」

ジュリアンはちょっと驚《おどろ》いた顔になる。聴かせるためだけじゃない。ぼくは、氷のほとんど溶けてしまった烏龍茶《ウーロンちゃ》で、渇ききった喉《のど》を濡《ぬ》らす。

「……それだけじゃないよ。こないだの、仕返しをしようと思って」

「仕返し？」

「うん。能なしの評論家《ひょうろんか》から、ヴァイオリニストへの反論《はんろん》」

ぼくはようやく、ジュリアンの目をまっすぐ見る。期待と好奇心だけで輝《かがや》く瞳《ひとみ》。さて、どんな言葉で始めよう。息を止めて、また吐き出す。

最初から、真《ま》ん中《なか》に投げ込んでやろう。ぼくの言葉を。

「評論家ってのは、、、、、、、、DJだと思うんだ」

ジュリアンの顔に、かすかな波紋が広がっていく。ぼくは一呼吸置いて言葉を続ける。

「作曲家が曲を作って、演奏家がそれを演《や》る。DJはそれを切り貼《きば》りして、つないで、いじくって、重ねて、全然べつのものを創《つく》り上げる。ジュリアンは、知らなかっただろ？　こんな音楽があるってこと。評論家《ひょうろんか》も同じなんだ」

ぼくは広げた自分の手を見つめる。

「評論て、文芸なんだよ。どんだけ学者面《づら》したって、要するに文章読ませて愉《たの》しませてお金もらってるんだ。ぼくらは――」

自分を音楽評論家に含めることに、ぼくは少し抵抗を覚える。そんな大したものは書いていない。でも、先を続ける。

「ぼくらは、音楽家のつくったものをネタにして、切り貼りして、つないで、いじくって、ほめそやして、こき下ろして、面白《おもしろ》い文章を作る。それは、たぶんジュリアンの知らなかった音楽。でも、そこにリスペクトがなきゃ、書けない」

もう一度ジュリアンの顔を見る。思い詰めたような眼差《まなざ》しが返ってくる。

ぼくの言葉は、届いているんだろうか。

「少なくとも、ぼくはそう。あるいはリスペクトもなしに、レコードを踏みつけるみたいにして書いているやつもいるのかもしれない。そんなのは消えてしまえばいいと思う。そんなの、読めばわかる。言葉ならいくらでも嘘《うそ》がつけると思うかもしれないけど、そうじゃない」

ぼくの言葉は、そこでふと途絶《とだ》える。

わかるだろうか。ぼくらの言葉なんてものは、ほんとうに、そこまでの力を持っているものなんだろうか。あるいは、ぼくが今こうして弄《ろう》している言葉そのものが嘘に聞こえてしまったとしたら、ジュリアンにはぼくの拳《こぶし》は届かないんじゃないだろうか。

「――わかるよ」

ふと、ジュリアンが言った。

ぼくは視線《しせん》を持ち上げる。ジュリアンはまぶしそうに目を細めてぼくを見つめている。

「ナオミが嘘を言っていないのは、わかる」

それから、無意識《むいしき》に握っていたぼくの拳に、ふわりと手をかぶせてくる。

「だって、僕のあんな軽口に、こんなにまでして答えてくれた。僕、今ちょっとどきどきして死にそう。申《もう》し訳《わけ》なくてナオミの顔をまともに見られない」

さっきからまじまじですけど？

「どうしよう、僕ほんとナオミにひどいこと言ったよね？　謝《あやま》らないとか言っちゃったよね、どうしようどうしたら赦《ゆる》してくれる？」

「え、いや……」ぼくはジュリアンの冷たい手を振り払う。「べつに、いいんだよ、そんなの、謝《あやま》ってほしかったわけじゃない、ていうか怒ってない。ただ、その……」

悔《くや》しかった。黙《だま》っていられなかった。それも、真冬《まふゆ》に焚《た》きつけられてやっと火がついた、つまらないちっぽけなプライド。

だから、ジュリアンにぼくの言葉が届いたのなら、もうそれでいい。

いや、ほんとうは、それさえもどうでもよくて——

ぼくは、あの曲を聴《き》きたかっただけなのかもしれない。

ジュリアンと真冬が、競演《きょうえん》しているところを。

だって、その光景を実際に思い浮かべてみると、なぜかいてもたってもいられなくなるほどなのに、二人《ふたり》ぶんのベートーヴェンが響《ひび》き合うあの曲は、まだ耳から離《はな》れない。

不意に、ライヴハウスの空気が昂揚《こうよう》する。音楽がアップテンポに変わっている。MCがぐんぐん喋《しゃべ》りのテンションを上げる。ステージで交錯《こうさく》するライトの下に、野球帽の頭が見える。トモさんだ。DJばかり演《や》るわけじゃない。突き上げた拳が、鍵盤《けんばん》に叩《たた》きつけられる。鳴り続けるビートの真ん中にほとばしる、飛行機《ひこうき》の爆音《ばくおん》。激《はげ》しい雨音。炸裂《さくれつ》する焼夷弾《しょういだん》の悲鳴。紫色《むらさきいろ》の光が飛び散って、会場は炎の中に叩き込まれる。ジュリアンはきゃあきゃあいいながら顔を腕で覆《おお》った。よく一台のシンセサイザーから、これほどの戦場を作り出せるものだ。

やがてヘリのローター音やさんざめく鳥の群れの啼《な》き声《ごえ》を突き破って、高らかに響《ひび》くファンファーレ。アメリカ国歌だ。古いレコードからサンプリングした、まるでラジオ越しみたいにひなびた星条旗讃歌《さんか》を、サイレンの音があざ笑う。ジミヘン演るって、これのことかよ……。

　ステージ上のトモさんは興奮《こうふん》してシンセサイザーの上に土足で飛び乗り、タップダンスでも踊るみたいにして足で鍵盤を叩き始める。ディスコイベントとは思えないパフォーマンス。でも大喝采《だいかっさい》。隣《となり》でジュリアンも大はしゃぎしている。ぼくひとりは、シンセがぶっ壊《こわ》れませんように、と祈っていた。


　もうだいぶ暗くなっていたので、駅まで送っていこうか？　と言ってみたけど、車呼んだから大丈夫、とジュリアンは言った。それに、ぼくの方は自転車だったっけ。

　砂利《じゃり》の敷《し》かれた駐輪場《ちゅうりんじょう》にまで、地下からの熱気《ねっき》の残りが伝わってきているみたいだった。ライヴハウスの階段口からどばどばとあふれ出る観客《かんきゃく》たちも、みんなぐったりと心地《ここち》よくくたびれきった顔をしている。

「ナオミはいつも、こういうの聴《き》きに来てるの？」

「うん……たまにね」

「いいな。僕も、もっとライヴとか行きたいんだけど」

　有名ヴァイオリニストともなると、そうもいかないだろう。よくもまあ、ぼくなんかの予定に合わせてくれたものだ。

「ナオミが誘ってくれたら、がんばってスケジュール空けるよ」

ジュリアンはそう言って意地悪く微笑《ほほえ》む。

「今日《きょう》はやりこめられちゃったけど、次はまた僕が反撃《はんげき》する番だよね。待ってて」

いや、もうこれで終わりでいいんじゃないの？

「あんまり長く日本にはいられないけど。だから、うらやましい」

「うらやましいって？」

「ナオミのことも、真冬《まふゆ》のことも。ずっと一緒《いっしょ》にいられていいな」

両方ともうらやましいというのは、いまいち意味がわからないのだけれど……。

「あのさ、ぼくはそういうんじゃなくて」ちょっと口ごもる。「真冬は、その、やっぱり、すごいギタリストだし、ぼくはあの音が好きで、だからずっと一緒のバンドでやっていきたいと思ってるだけで……」

「ふうん？　ほんとう？」

ジュリアンは小ずるそうに目を細めて首を傾《かし》げる。なんか腹立つ。ほんとうだってば。

「まあいいや。今日は、そういうことにしておいてあげる。でも、やっぱりナオミが真冬の近くにいるのは許せない」

「もうその話やめようよ……」

「やめない。だから、ね、前に言ったよね。真冬のかわりにナオミのそばにいるから、って。

あれけっこう本気なんだよ。どうかな？」

　ぼくはぶんぶん手を振る。それはもう、各方面に問題ありまくりだろう。ジュリアンはちょっとしょんぼりした顔で「そう……」とつぶやいた後で、すぐにぱっと明るい顔に戻る。

「でも、真冬がナオミと一緒にいる理由も、わかった気がするよ」

「……そう？」

　ぼくには、さっぱりわからない。そう言うと、ジュリアンは声をたてて笑う。

「僕と真冬って、似てるんだ。よく話が合った。小さい頃《ころ》からこの世界にいるってこともそうだし、考え方も似通ってるし、好みも近かった。バッハ、ベートーヴェン、メンデルスゾーン、ちょっと飛んでプロコフィエフ、スクリャービン、どうしてかシェーンベルク……」

　真冬の偏《かたよ》った音楽嗜好《しこう》を、ジュリアンはつらつらと並べる。そういえば彼も、リサイタルではよくバッハを取り上げていたっけ。

「だから、わかるんだ。僕と真冬は、同じ人を好きになるの」

「ふうん？」

　たしかに、スクリャービンやシェーンベルクまで好みがかぶっているとなると、なにか似通ったところがあるのかもしれない。うなずくぼくを見て、ジュリアンはくくっと肩を揺《ゆ》らした。笑い転げるのをこらえている、そんな笑い方だった。なんだろう？　なにがおかしいの？

　そのとき、狭い道路の向こうからのろのろと、ヘッドライトが近寄ってくるのが見えた。ジユリアンは迎えの車に手を振ってから、不意にぼくに向き直る。

「そうだ、ナオミ。一つお願《ねが》いがある」

「ん？」

「ユーリって呼んでって言ったよね？　本名で呼ばれると、なんだかくすぐったいんだ」

「ああ、うん、いいけど……」

いや、ちょっと待て。おまえが言うのか、それを。

「くすぐったいのはこっちも同じだ。ナオミって呼ぶのはやめて」

「やだ」舌を突き出す。「真冬《まふゆ》にだけ本名で呼ばせるなんて、ずるい」

なにがずるいんだ。でも、言い返そうとしたときには、もう彼は砂利《じやり》を蹴《け》り散らして車の方へと走っていってしまった後だった。助手席のドアが勢いよく閉められて、儚《はかな》げな後ろ姿を隠《かく》してしまう。

今日《きよう》は——ぼくの勝ちで、いいのかな。走り去った車の排気音を聞きながら、ぼくはふとそう考える。次はあいつの反撃《はんげき》か。なにしてくるんだろう。

ぼくは、彼と次に逢《あ》うのをずいぶん楽しみにしている自分に気づいて、なぜだか少しうろたえた。

ユーリとの勝負の顛末《てんまつ》がどうなったのかを、バンドのみんなに報告するのは気が重かった。でも先輩《せんぱい》は絶対に聞きたがるだろうし、黙《だま》ってると真冬の視線《しせん》が痛そうだし……

ところがそんな心配は要《い》らなかった。というか、翌日学校に行ってみたらもっとひどい頭痛の種に化《ば》けていた。

「ほら、これが女装ジュリアンだ。少年とこんなに密着して微笑《ほほえ》ましく密談《みつだん》しているよ。こっちの写真は手を握り合っているところ」

「あんたなにしてんだ！」

放課後《ほうかご》の部室で、机の上に自慢《じまん》げに写真をずらずら広げている神楽坂《かぐらざか》先輩に、ぼくは食ってかかった。興味津々《きょうみしんしん》な千晶《ちあき》と、むくれた真冬は、傍《はた》からじっくりその写真を見ている。写っているのは『ブライト』でのぼくとユーリだ。

「な、ど、どうしたんですかこの写真、まさか先輩もあそこにいたんですかッ？」

「なんで私がそんなストーカーみたいなことを。そんなにひまじゃないよ。あのライヴハウスには知り合いが多いしね、誘う日はわかっていたから撮影《さつえい》を頼んだ」

「この犯罪者！」

「たしかに男の子のくせにこの可憐《かれん》さは犯罪的だね」

「話をそらさないでください！」

「ああそう、きみがジュリアンをどうへこませたのかも、ＤＪトモから聞いてだいたい知っているよ。たいそうな大立ち回りだったそうじゃないか、少年。惚《ほ》れ直したよ」

憤慨《ふんがい》するぼくの両肩に手を置いて、先輩《せんぱい》は微笑《ほほえ》む。それで、ぼくはふしゅうと怒りを抜かれてしまう。もう、この人にはなにを言っても無駄《むだ》だ。

「先輩先輩、あたしこれとこれとこれほしいんだけど」

「ああ、うん、いくらでも焼き増しして」

「だめ！」

真冬《まふゆ》が千晶《ちあき》の手から写真を引ったくる。握《にぎ》り潰《つぶ》そうとした真冬の手から、千晶が奪回《だっかい》する。先輩は仲裁するふりをして二人《ふたり》に抱きつく。ぼくは痛み始めた頭を押さえ、もみ合っている女どもを放置してベースを手にこっそり部室を逃げ出した。

練習しなきゃ。今度は音楽家として、ユーリに反撃《はんげき》できるように。

３　リズムセクション

以前話した通り、うちの高校には千人以上の収容が可能な大音楽堂がある。市民楽団なんかもわざわざ借りてコンサートを開いたりするくらい立派なもので、我《わ》が校の自慢《じまん》の一つだ。

ところが神楽坂《かぐらざか》先輩は、ホール客席の最後列からステージを見下ろし、腕組みして言う。

「だめだね。やっぱり、この会場は使えないよ」

「どうして？」

ぼくと、それから付き添いで来ていた文化祭実行委員の一年男子の声が重なる。

「だって、うちはロックバンドだよ」神楽坂先輩の向こう側から、千晶がひょこっと顔を出して言う。「あたしも、合唱コンクールのときに思った。ここ、立って大騒《おおさわ》ぎできないじゃん」

ぼくは、ステージに向かってすり鉢《ばち》状に傾斜した客席を見渡す。たしかに、こんなところでロックのリズムに合わせてノリノリでヘッドバンギングしたら、下手《へた》すると将棋《しょうぎ》倒《だお》し事故が起きて死人が出る。

「あと、派手《はで》な舞台《ぶたい》照明はほとんど体育館《たいいくかん》で使うからさ、あたしらもそっちにしようよ」

一ヶ月と少し後に迫った、文化祭の話である。

うちの学校は体育館《たいいくかん》にくわえてこの音楽堂があるので、音楽系の演目も舞台系《ぶたいけい》の演目も時間調整《ちょうせい》をあまり気にせず大会場でゆうゆう発表できるはずだった。

先輩《せんぱい》と千晶《ちあき》が、わがままを言い出さなければ。

「いやあ、あのう、体育館は演劇部《えんげきぶ》もクラスの劇もあるし、空手部の演武もやりたいって一昨日《おととい》無理矢理《むりやり》ねじ込まれちゃったし、予定いっぱいいっぱいなんで、音楽系はこっちでまとめてやってくれませんか」

気の弱そうな実行委員は、神楽坂《かぐらざか》先輩の顔色をうかがいながらへこへこする。たぶん、民音はぜったいになにか面倒《めんどう》を起こすと読まれて、世話を押しつけられてしまったんだろう。ちょっと同情する。ごめんね？　と、心の中で手を合わせた。

「でもね、我々《われわれ》のステージははっきり言って熱狂《ねっきょう》のるつぼだ。これぱっかりはどうしようもない。観客《かんきゃく》は絶対興奮《こうふん》して立ち上がるし、ステージに詰め寄ってくるかもしれないし、怪我人《けがにん》が出たら実行委員会も困るだろう？」

先輩に詰め寄られて、委員は「あ、う、うう」としどろもどろになる。まるで、自分たちが頼んでいるのではなく、不可抗力の天災への対策を迫っているみたいな言い方。あいかわらず先輩は狡猾《こうかつ》だ。

「と、とりあえず、協議《きょうぎ》してみます」

ついに委員は逃げ出してしまった。ぼくはその背中に精一杯の幸運を祈った。

「さて。私も生徒会室に行ってくる」と、先輩は腕まくり。

「なにしに行くんですか？」

「もちろん体育館を使う団体を全部調《しら》べるんだよ。いちばんねじ込みやすそうなところに今からでも目をつけておかないとね」

鷲《わし》の尾羽《おばね》みたいな髪をはためかせて走り去る先輩の後ろ姿を見て、ぼくは嘆息する。いいかげんなように見えて、策謀《さくぼう》のためならどこまでもまめな人である。あの人、社会に出たらいったいどうなっちゃうんだろう。

「忙しくなってきたね！」

千晶が心底《しんそこ》楽しそうに言った。このところ、放課後《ほうかご》は息をつくひまもない。合唱コンクールが終わっても、体育祭、そして文化祭。十一月まで、この高校はみっしり濃密《のうみつ》なイベントまみれの日々が続く。


ぼくと千晶は、廊下の向こう端《はし》にある音楽準備室に向かった。文化祭で演《や》る曲を、真冬《まふゆ》が下調べしているのだ。神楽坂先輩が、「同じステージは二度演りたくない。こんな面白《おもしろ》いメンバーが集まっているバンドなんだ、クラシックからなにか引っぱってきたいね」とわがままを言ったせいである。

ところが、廊下の向こうからやってきた人影《ひとかげ》が、両手でぼくらを制止した。スカートの短さナンバーワンの音楽教師、麻紀《まき》先生だ。

「真冬《まふゆ》ちゃん、今ちょっと……邪魔《じやま》しない方がいいよ」

「どうかしたんですか」

「んー」

先生は、親指で準備室の戸をさした。それ以上の説明は、要《い》らなかった。

ピアノが、聞こえてきたからだ。

ぼくら三人は、しばらく廊下の真《ま》ん中《なか》に立ちつくして、木戸《きど》越しの音に耳を澄《す》ませていた。軽やかに駆《か》け回るパッセージ。騒《さわ》がしい人いきれの中を、くぐり抜けていく足音。

「……なんか、聴《き》いたことがある、これ」

千晶《ちあき》がつぶやいた。

「『リモージュの市場』だ」

ムソルグスキーの『展覧会《てんらんかい》の絵《え》』第十二曲。亡き親友の絵から着想した色とりどりのピアノ組曲は、リムスキー・コルサコフによって再発見されるやいなや、世界中の音楽家たちのイマジネーションを刺激《しげき》し、様々《さまざま》なオーケストラ編曲《へんきよく》を生み出した。ぼくは、まったく手を入れていない荒削りなこの原曲が好きになれなかったけれど——戸の向こうから聞こえてくるピアノを耳にして、見直してしまう。

でも、真冬はこれの録音《ろくおん》を残していなかったはず。思わず、準備室の戸に歩み寄り、木戸に額《ひたい》を押しあてて聴き入ってしまう。並のピアニストが弾《ひ》く『リモージュの市場』よりも、その歩みはずっと遅い。軽妙さの中に、かすかに哀《かな》しみの色さえ混じっている。

それは、市場を抜けた先に、訪れる場所を予感させるから。

高まった足音は、唐突《とうとつ》に、厚ぼったく重苦しい和音で断ち切られる。闇《やみ》のとば口でぼくは立ちすくむ。

第十三曲『地下墓地《カタコンブ》』。

納骨堂の冷え切った空気に反響《はんきょう》する、吐息《といき》と心音。

ピアノの減衰音が創《つく》り出す、空虚《くうきょ》。

信じられなかった。この耳で直《じか》に聴いてさえ、信じられなかった。

真冬がピアノを弾いている。一つも音符を欠かすことなく。

ほんとうに、真冬の指は……

黴《かび》と骨と死と埃《ほこり》のにおいの中に、やがてちらちらと射《さ》し込む、夕映《ゆうば》えの光。プロムナード変奏、第十四曲——

ぶつり、とピアノの音が途切《とぎ》れた。びっくりしたぼくが戸から顔を離《はな》すと、中でどたどたっと足音が聞こえ、戸が勢いよく開く。

ぼくと目が合ったとたん、真冬《まふゆ》はかあっと頬《ほお》を染《そ》めて、噛《か》みついてくる。

「た、立ち聞きしないで!」

「え、いや、ごめん……中入ってもよかったの?」

「……だ、だめ!」

どっちもだめなのかよ。どうすりゃいいんだ。真冬は中に引っ込むと、叩《たた》きつけるように引き戸を閉める。おまけに錠《じょう》を下ろす音まで聞こえた。って、おい。

「なんで閉じこもるんだよ!」ぼくは戸を叩く。「中に入れてよ、ぼくも色々楽譜《がくふ》漁《あさ》りたいんだよ」

「だめっ」

なんでだ。ピアノ聴《き》かれたのそんなに怒ってるのか。ぼくが閉じた戸に向かってさらに声を張り上げようとしたとき、ぐいと襟首《えりくび》をつかんで引っぱられた。

「ぐぇ」思わず変な声が出る。

「大騒《おおさわ》ぎしないの。しばらくそっとしときなさい」

麻紀《まき》先生はそう言って、ぼくを階段の方に引きずっていく。ぼくは窒息《ちっそく》しかけてばたばたもがいた。千晶《ちあき》は、なにか思い詰めたような視線《しせん》を準備室の戸にじっと注いだ後で、ぼくらについてくる。

「あのね、しばらく前から、真冬ちゃん準備室でピアノ練習してるの。今もね、なんか色々楽譜見てたら火がついちゃったみたいで。気がついたら、私がいるのも忘れて弾《ひ》き始めてた」

階段の踊り場で声をひそめて麻紀先生は言った。ぼくと千晶は顔を見合わせる。

「指……もう、治ったんですか、ほんとに？」と千晶が訊《き》いた。

「聴いたでしょ？」

ぼくはがくがくうなずく。完璧《かんぺき》な演奏。もう二度と聴けないかもしれないと思っていた、真冬のピアノ。ユーリに話を聞いたときも驚《おどろ》いたけれど、直《じか》に聴いた今は、それ以上の衝撃《しょうげき》だ。

「けっきょくは心の問題なの。たぶんね。だから、治ったって素直に喜ぶのは早いと思うんだけど、とにかく、あの娘《こ》はまたピアノに戻ろうとしてる。でも、家で練習してると蛯沢《えびさわ》先生が大はしゃぎするから、って、学校でしか弾かないの」

そりゃあ、エビチリとはまだわだかまりがあるだろうから。真冬は頑固《がんこ》だし。

でも、ほんとうにここまで恢復《かいふく》してるとは思わなかった。

「デリケートな問題だから、しばらくそっとしときなさい」

「い、いつから、ですか、真冬が練習してんの」

「んー？　先月くらい？」

それじゃあ、やっぱり、ユーリと——再会したあたりからか。それがきっかけだとしたら、つじつまが合う。

医者でさえも、待つしかないと言った——それを、ユーリは。

準備室からピアノが聞こえたら絶対近づくなと厳命《げんめい》して、麻紀《まき》先生は階段を下りていった。

ぼくと千晶《ちあき》は、踊り場に取り残される。ぼくは階段にへたり込んでしまう。

「真冬《まふゆ》……よかった」

千晶が、もう音楽の絶《た》えた階段の先を見上げてつぶやく。

「ナオ、嬉《うれ》しくないの？　真冬がまたピアノ弾《ひ》けるんだよっ？」

「いや、嬉しいよ、嬉しいんだけど」

「はっきり言いなさい、なに？」

千晶に襟首《えりくび》をつかまれて揺《ゆ》さぶられ、ぼくはつい素直な気持ちを口にしてしまう。

「なんか悔《くや》しいんだよ、自分でも馬鹿《ばか》だなとは思うんだけど」

「なにが？」

よく首を絞《し》められる日である。千晶にしぼられて、ぼくはその思いを口にしてしまう。ユーリとの出逢《であ》いで、真冬が変わったこと。ぼくにはできなかったこと。

ぼくが話し終わると、千晶はぼくの襟を解放し、窓の方を向いてしまう。

「……そっか」

急にしぼんでしまった声が、千晶の足下《あしもと》に落ちる。

「ナオは、真冬のためになんにもできないのが、悔しいんだ？」

「う……ん」

どうしたんだろう、千晶。なんだか背中が小さく見える。

まるで、手を触れたら今にも泣き出してしまいそうな。

「そうだよね。すぐ近くにいるから、かえってつらいよね」

独り言《ひとりごと》みたいに、千晶はつぶやいた。ぼくが思案の末、その後ろ姿になにか声をかけようとして一歩近寄ったとき、ぱっと振り向く。

「さて、そんなときどうすると思う？」

千晶の目には、いつもの気丈そうな光が戻っている。おまけに、どすん、とぼくの腹に拳《こぶし》をめり込ませてくる。痛《いて》ぇ。ぼくは下腹部を押さえて後ずさる。

「……家に帰って布団《ふとん》かぶって『ロンドン・コーリング』を聴《き》く」

「バカ。ひとりでやってなさい」

今度は平手で頭を引っぱたかれた。じゃあどうするんだよ。

「きまってるでしょ。練習すんの」


リズムセクション、という言葉がある。もともとジャズ用語で、ソロを受け持たず、間断なく流れる曲のリズムを支える役目だけを果たす、ピアノやベースやドラムのことだ。つまりフェケテリコにおいては、ぼくと千晶のことである。

バンドの巧《うま》さというのは、実のところ目立つヴォーカルやギターではなく、リズムセクションで決まると言われている。その顕著《けんちょ》な例はグリーン・デイとか。

「……だからって、なんで腕立て伏せ?」

「だってナオ体力ないから!　ほらほら休まない!」

千晶《ちあき》はどすどすとバスドラムを踏み鳴らした。冷房が効《き》いているはずの民音部室の床《ゆか》に、ぼくの汗がぼたぼた落ちる。自慢《じまん》ではないが腕立て伏せなんて十回が限界である。

「いーい?　こないだのライヴでも最後の方、ナオへろへろだったでしょ。ただでさえうちのバンドは真冬《まふゆ》が突っ走るんだから、あたしらがしっかりしてないとだめ」

「それを言われると弱い、けど」

「せめてギターアンプは片手で持ち上げられるくらいになってもらわないと」

「できるわけねえだろ」

「あたしできるよ?」

うわ。ほんとにやってみせやがった。ていうかやめろ危ない。

「休まないで、ノルマ三十回ね—」

千晶は再びぼくを床に叩《たた》き伏せる。かんべんしてくれ。

「なんか根性足りないから背中に座るよ?」

「やめろ重い重い潰《つぶ》れる!」

ぼくが千晶の尻《しり》の下敷《したじ》きになってもがいていると、部室のドアが細く開いた。おずおずと、サファイア色の瞳《ひとみ》が部屋《へや》の中をのぞき込んでくる。気づいた千晶がぱっと立ち上がった。

「真冬、なにやってんの」

「あ、あの……」

千晶は真冬の手を引いて部室に引っぱり込む。助かった。ぼくも立ち上がって膝《ひざ》の埃《ほこり》を払う。

「……さ、さっきは、ごめん、なさい」

「うむ。素直でよろしい。特別に赦《ゆる》す」なんで千晶はそんなにえらそうなんだ。「バンドの用事があったのに、ピアノに夢中になるなんて、まったくまふまふはすぐ結束乱すんだから」

「夢中になってたわけじゃっ」と真冬は必死に嘘《うそ》をつく。

「それじゃあ真冬にはまたバンドのお仕事をしてもらいます」

「……なに？」

「ナオの背中に座って」

「なんでっ」「なんでだよ！」

「だってギターならナオの背中でも練習できるでしょ。あたしドラムスだもん」

「いやそうじゃなくて」

千晶の目がすうっと細くなり、スティックをぼくの喉元《のどもと》に突きつける。

「いいからあと三十回。根性出して。ちゃんとあたしのドラムに合わせて、きびきび腕立て伏せしなさい」

怖ッ！　ぼくは思わず床《ゆか》にまた這《は》いつくばる。同じく体育会系ノリに気圧《けお》された真冬《まふゆ》が、完全に言いなりになって、おそるおそるぼくの背中に腰を下ろす。

「民、音、ファイッ！　民、音、ファイッ！」

変なかけ声に合わせて千晶《ちあき》が4ビートを叩《たた》き始めた。なんですかこれは？　いじめ？　おまけに背中に真冬の体重がのしかかって――

あれ？　そんなに重くない。というか、ありえんくらい軽い。こいつ、こんなに細かったのか。そういえば、いつぞや荷物かかえて真冬おぶって山登りできたっけ。あのときに比べれば腕立て伏せくらい。

いきなりドラムスがぱったりと止《や》む。

「なんか腹立つ！　なんでナオは平気な顔して腕立てやってんの！」

おまえがやれって言ったんだろが。

「あたしのときはあんなに苦しんでたのに！　あーもー真冬体重いくつっ？」

「え、えっと」答えはかすれて聞き取れなかった。

「赦《ゆる》せない、あたしも一緒《いっしょ》に乗っかる！」

「なんでだやめろ死ぬ！」「いいから動くな！」「や、や、落ちる！」

ぼくが二人《ふたり》分の体重に押《お》し潰《つぶ》されてあえいでいると、ドアが開いた。さしもの神楽坂先輩《かぐらざかせんぱい》もこの惨状《さんじょう》を見て一瞬《いっしゅん》だけ目を丸くした。

「た、助け――」

ぼくのあわれっぽい嘆願《たんがん》を聞いて、すぐに先輩の顔は意地の悪い笑《え》みになる。

「私はどこに乗っかればいいのかな、頭の上？」

「いやちょっとやめてください！」またこの展開かよ！


その日、家に戻ってみると、哲朗《てつろう》の姿がなかった。靴箱《くつばこ》を確認《かくにん》してみると革靴もない。つまり飲み会に行っているということだ（哲朗はたいがいの場合はサンダル履《ば》きで出かける）。ありがたかった。食事の用意をしないで済む。妙な虐待《ぎゃくたい》を受けたせいで、食欲があんまりなかったのだ。まだ背中も痛いし……。

二階の寝室で着替えると、すぐにベースを取り出す。昼間、千晶が言っていたことが頭に引っかかっていた。

『真冬のためになんにもできないのが、悔《くや》しいんだ？』

真冬。神楽坂先輩。先月対バンした古河《こが》さん。

そして、だれよりも、ユーリ。

何人もの飛び抜けたミュージシャンたちと直《じか》に出逢《であ》って、その音を耳にしてきて、何度もぼくは痛感した。自分の未熟《みじゅく》さ。無力さ。

このままでは、ぼくはたまたまバンドにいるだけの、ただの重しになってしまう。古河《こが》さんには、きっぱりと「抜けろ」と言われた。そのとき返した言葉は、はったりだった。どうすればいいのか、どこまで歩けばいいのか、なにもわかっていなかった。

ユーリと出逢《であ》った今、ぼくにはその場所が見える。

答えを出さなければいけない問いが、わかる。

真冬《まふゆ》のピアノを、ぼくが支えられないだろうか。

ギタリストとしての真冬だけじゃなく、ピアニストとしての真冬にとっても——血といのちを送り込む、心臓《しんぞう》でいられないだろうか。

真冬のピアノ。くっきりと澄《す》んで、力強く躍動《やくどう》するたしかなリズム。競演《きょうえん》した北欧のある大指揮者は、それを『フィヨルドを掘り進む氷河のような力』と評した。真冬のコンチェルトが酷評《こくひょう》をもって迎えられた理由のほとんどは、その力を並のオーケストラが受け止めきれなかったせいだ。そして、ほんとうの居場所を見つける前に、真冬の指は凍《こお》りついて、そのピアノは失われてしまった。

あるいは二度と戻ってこないのかもしれないと思っていた。でも、そうじゃなかった。真冬はただ、その場所を探していただけなのかもしれない。

隣《となり》に、あるいは足下《あしもと》に、自分の音を支えてくれるだれかが——いつでも、いる場所。

ぼくだって――そこにいることができるんじゃないだろうか。

今は、ユーリだけが届くかもしれない場所。

でも、そこにたどり着くまでに、どれだけ歩けばいいんだろう。

ミニコンポの電源を入れて、CDをかける。真冬がソロを弾《ひ》くラフマニノフの『パガニーニの主題による狂詩曲』に合わせて、その単純な繰《く》り返しのベースラインを探る。変奏ごとに目まぐるしくテンポを変え、息一つ乱さずオーケストラを引きずり回す、真冬のピアノ。

とてもついていけない。どんどん自分の音が見えなくなるばかりだった。

フェケテリコのステージで、ピアノの前に座る真冬を思い浮かべる。持ち上げられた黒い光沢《こうたく》の翼《つばさ》の向こうに、鈍《にぶ》く光るドラムセットと、千晶《ちあき》の茶色《ちゃいろ》い髪が見える。振り向くと、ぎっしりと熱気《ねっき》の詰まった客席を前にして、マイクスタンドに寄り添うように、神楽坂先輩《かぐらざかせんぱい》の後ろ姿が立っている。静寂《せいじゃく》の中から立ち上がるピアノのコラール、フィルインで厳《おごそ》かにリズムの中に流れ込むドラムス、そこにクリーントーンで重ねられたギターの助奏《オブリガート》。先輩の、乾いているのに身体《からだ》のいちばん奥にまで染《し》み通る歌声。

でも、ぼくはどこにいるんだろう。

ぼくはそのステージにいて、どんな鼓動を刻《きざ》めばいいんだろう。

わからなかった。その場所はあまりに遠すぎて、高すぎて、まぶしすぎて。

ラフマニノフが終わる。コンポが止まる。ぼくは現実の、自分の部屋《へや》に引き戻されて、ベッドの上でベースを抱いて沈んでいる自分を見つける。

どうすればいい?

頭の中で千晶《ちあき》の声が答える。きまってるでしょ。練習すんの。その通りだった。

ちゃんとアンプを通した大音量で練習したいな、と思う。学校の部室が使える時間は限られているし、それに、どうしても先輩《せんぱい》や真冬《まふゆ》の音を意識《いしき》してしまう。でも、哲朗《てつろう》が家にいないとはいえ、居間のスピーカーを使うわけにはいかない。近所迷惑《めいわく》だし。

となると――

ぼくは時計《とけい》を確認《かくにん》する。八時前。まだ大丈夫そうだ。ギターケースにベースを押し込むと、家を出て自転車にまたがった。

ぼくの家から自転車で二十分くらいの、わりと大きめの駅南口。空中歩道が終わって商店街が地味な宅地に呑《の》み込まれる境目に、『ナガシマ楽器店』の入ったビルがある。神楽坂《かぐらざか》先輩がバイトしている店で、ぼくもよくお世話になっている。ここの三階にはごく小さいながらも音楽スタジオがあって、店長は先輩に弱みを握られているので(先輩は店員特権と主張するけれど)、フェケテリコのメンバーはスタジオが空いているときならば無料で使ってかまわないと言われているのだ。

店長には同情するけれど、金のない学生の身、たまにありがたく使わせてもらっている。

「あれ？　ナオくん」

並んだギターでほとんど足の踏み場もない店内に入っていくと、カウンター奥、どうやら一人《ひとり》だけで店番をしていたらしい店長が、音楽雑誌から顔を上げる。ぼさぼさの長い髪を無造作に後ろでくくったヒッピーみたいな人だ。潰《つぶ》れそうな店の雰囲気に拍車《はくしゃ》をかけている。今日《きょう》も客は一人もいない。

「待ち合わせ？　もう上に来てるよ」と、店長は天井《てんじょう》を指さす。

「……え？　先輩？　ですか？」

「いや、ちーちゃん」

三階奥のクソ重い防音扉を引くと、中からすさまじい勢いのドラムロールがどばっと廊下に流れ出てきて、それからぴたりと止まる。

「……ナオっ？」

ドラムセットの真ん中で額《ひたい》に汗を光らせた千晶が、ぼくと目を合わせて口を半開きにして固まる。こっちも同じだった。なんで千晶が？　あんだけやっといてまだ練習足りないのか？

「なになにどうしたの？」

顔を輝《かがや》かせて、こっちに駆《か》け寄ってくる。もう十月だというのにTシャツに短パンという、夏合宿のときと似たようなかっこう。たしかに、スタジオは蒸《む》し暑いけど。

「え、ひょっとして練習？」と、ぼくの背中のギターケースを見て言う。

「う、うん……ちゃんと音出してやりたいと思って」

「客が来たら終わりにしてくれな」と店長が言って、ぼくを中に押し込むとドアを閉じた。壁《かべ》に染《し》みついた煙草《タバコ》くささと、そこに混じる甘い汗のにおい。千晶《ちあき》はなんだか無性に嬉《うれ》しそうにベースアンプを用意してくれる。

「偶然だね、びっくり。あたしも今日《きょう》は、なんだか叩《たた》き足りなくてもやもやしてて。ナオも腕立て伏せ足りなかったの？」

「いや、腕立て伏せはもういいから。ていうか、邪魔《じゃま》しちゃった？」

「ううん。だってあたしらはリズムセクションだよ、一緒《いっしょ》に演《や》った方がいいよ」

できればひとりでやりたかったけど……

「いいからいいから。メトロノームがわりだと思って弾《ひ》いてみなよ」

いざ練習を始めてみると、千晶の言う通りだった。ベースとドラムスは敵どうしではない。鼓動と足音とは、お互いに響《ひび》き合って、歩みを進めるためのもの。四分、八分、三連符、十六分、ぼくのぎこちないストロークの裏を、千晶のしっかりした足取りが支えてくれる。

それは、不思議《ふしぎ》な感触だった。考えてみれば、千晶と二人《ふたり》だけで音を合わせたというのは、はじめてだったかもしれない。ぼくらの間にはいつも、したたり落ちる陽光のような神楽坂《かぐらざか》先輩の、あるいは夜の大気に結晶した月光のような真冬《まふゆ》の、ギターがあった。

ほんとうに、不思議《ふしぎ》な感触だった。千晶《ちあき》がひとりで叩《たた》いているときよりも、くっきりと、ドラムスの音の一つ一つが聴《き》き取れる。ぼくの指がベース弦を通して血を送り込むと、心地《ここち》よいキックが返ってくる。ハイハットのきらめきも、手でつかめそうなくらいだ。

「……ちょ、千晶、ストップ、休憩《きゅうけい》」

どれだけノンストップで演《や》り続けていたかわからない。手首が萎《な》えきっていたぼくは、さすがに弦から指を離《はな》して千晶を止める。髪先から汗がぽたぽた落ちた。

「真冬《まふゆ》はもっと続けられたよ？」

頬《ほお》を上気させ、膝《ひざ》と肩をうずうずと動かしながら、千晶は挑発するように言う。

「いや、ごめん無理」

ぼくはペットボトルの水を一口含む。合宿のときに、真冬がまるで舞踏病《タランテラ》にかかったように千晶との競演《きょうえん》を続けていた理由が、わかった気がする。

『足』が勝手に動くから、止まれないのだ。

千晶は笑って椅子《いす》から立つと、近寄ってきてぼくの手からペットボトルを引ったくる。一気に飲《の》み干《ほ》し、こぼれた水がTシャツの襟口《えりぐち》に伝い落ちる。

「ふう」

息をつくと、千晶は髪留《かみど》めを外して、頭を振った。濡《ぬ》れた唇の端《はし》に髪先がはりつく。ぼくはなぜだか目をそらしてしまう。

「こんなに思いっきり叩けたのは、久しぶり」

「……いつも思いっきりやってんじゃん」

「んー？」

スティックを両手で握り、手首のストレッチをしながら、千晶は首を傾《かし》げる。

「実はね、そうでもないの。先輩《せんぱい》と真冬がいると、緊張《きんちょう》しちゃう」

ぼくは、はっとして千晶の顔を見た。

「あの二人《ふたり》はさ……言っちゃなんだけど、バケモノじゃん。後ろで叩いてると、すごく不安になるんだよね。あたしここに座っててていいのかな、って」

脚《あし》のぐらつく丸椅子に、ぼくはのろのろと腰を下ろした。遠くに視線《しせん》を投げ出した千晶の顔を、呆然《ぼうぜん》と見つめる。

千晶も、そんなことを——思ってたんだ。

「先輩がね、あたしをとくにドラマーとして期待せずにバンドに誘ったのは、わかってたの。でもそんなのに甘えるわけにいかない。いなきゃいけないんだって、言われたい」

ぼくはもう、なにも言えなくなる。千晶は、ぼくよりもずっと前から神楽坂《かぐらざか》先輩の近くにいて、あの人のサウンドに強く惹《ひ》かれて、けれど自分がまだその音に応《こた》えられないことを知っていた。知っていて、しがみついた。

ぼくのように、目をそらしたりせず。逃げ出しもせず。自分の無力さに自分で打ちのめされて立ち止まってしまうようなこともなく。

それが、千晶《ちあき》の強さ。

「……千晶はもう、いなきゃいけないドラマーだよ」

ぼくは素直に言ってみた。

千晶は一瞬《いっしゅん》だけさみしげな目になった後で、照れ笑いする。

「ありがと。いつか、先輩《せんぱい》にも言わせてみせる」

「先輩も、もうそう思ってるんじゃないかな。千晶は、すごいよ。先輩のこと好きってだけでここまで——」

いきなり千晶の手が伸びてきて、ドラムスティックの先でぼくの鎖骨《さこつ》のあたりをぐりっと突いた。

「な、なに？」

「ナオは今、あたしにものすごく失礼なことを言ったんだけど」

「え、ええと？」

「あ、あ、あたしが好きなのは、先輩だけじゃないんだよ？　たったそれだけでバンドにしがみつけるほど、あたしは単純じゃないのです」

「え、あ……ご、ごめん」

そうだよな。最近、真冬《まふゆ》とも仲が良いし。もともとハードロック好きだからアレンジで意見がかち合っても一歩も退《ひ》かないし。

「……でも、あたしの不幸はたぶん、好きな人と最初から一緒《いっしょ》のバンドにいること」

壁《かべ》にもたれ、いきなり脱力して、千晶はつぶやく。

「そこで満足しちゃう。これ以上どうにもならなくても……今は一緒にいられるから、それでいいんじゃないかって、思っちゃう。どうすればいいのかもわからないし、無理矢理《むりやり》進んだらどうしようもないところに入り込んで、戻れなくなっちゃうかもしれないし、それなら、今のままで……って」

それは、ぼくにもなんとなく——わかる。先輩が相手じゃ、女だからどうにもならないだろうし。いや、先輩はどうにかなるつもりなのかな。あの人は本気で言ってるのかどうかわからない。でも、とにかく、今は同じ場所にいられる。

それじゃ、だめなんだ。そこに安住していたら、どこにも行けない。いつか取り残されて、もう追いかけることもできなくなる。

ぼくも千晶と同じだ。

今は真冬のそばにいる。ユーリよりも近くに。

それは、たまたま今がそうだというだけのこと。

と、千晶はいきなりぼくの肩や額《ひたい》や胸をスティックで叩《たた》き始める。痛い痛い痛い。ガードしようとする腕も容赦なく打ち据《うす》える。

「ちょ、待って千晶《ちあき》痛いって、なんだよどうしたの?」

「なんでもない! ほら休憩《きゅうけい》終わり、練習始めるよ! 休んでばっかじゃ追いつけない!」

そうわめくと、ペットボトルをぼくに投げつけ、ドラムセットの真ん中に戻ってしまう。なんなんだよいったい?

「先輩《せんぱい》が言ってたでしょ、文化祭はぶっ通しの組曲にするって! あたしらは一秒も休めないんだよ、もっとオカズのバリエーション増やさないと!」

「う、うん」

生徒会室から戻ってきた先輩が言うには、体育館《たいいくかん》の使用許可はなんとか取りつけたけれど、タイムテーブルを組み直すので、使える時間がまだわからないのだそうだ。なので時間めいっぱい演奏できるように長大なメドレーにしようと言い出したのである。歌やギターソロは区切りがあるだろうけれど、ぼくらリズムセクションは立ち止まるひまがない。ぼくと千晶だけでテンションをつながなきゃいけない場面が多くなる。

「ナオのベースは色気ゼロなんだから!」

「うう……」

自覚はしてたけど、これまで言われた中でいちばん的確《てきかく》で辛辣《しんらつ》な評価だった。なるほど色気がない、かあ。

「いい? あたしに合わせすぎなの。バスドラにユニゾンしてれば安全かもしれないけど一生抜け出せないよ？　あたしがブレイクしたらワンフレーズ入れなさい。わかった？」

「……わかった」

「イントロから！」

千晶の右の手のひらで、スティックがくるりと一回転して、そのままフロアタムに叩《たた》きつけられた。大地をえぐるようなビートの下に、ぼくは重低音をめり込ませる。狭いスタジオは再び、沸《わ》き立つ鼓動の中に呑《の》み込まれた。

時を忘れる、ということがほんとうにあるのだ。

ぼくらはそれから、汗みずくになりながら、息をつくひまもなく弾《ひ》き続けた。気づけばだれかの歌声さえ聞こえていて、憶《おぼ》えのある声だと思ったら、自分で歌っていたのだ。ベースとドラムスはバンドの『形』そのもので、だからその上に、あらゆる音のイマジネーションを広げることができる。歌わずにいるなんて、できなかった。時間終了を告《つ》げる赤色灯《せきしょくとう》の光にも、二人《ふたり》とも気づかなかった。店長がおそるおそる止めに入ってきて、アンプの電源を落とした瞬《しゅん》間《かん》、ようやく自分がすさまじくくたびれていることに気づいて、ぼくは床《ゆか》にへたり込んだ。手に、弦の震《ふる》えがまだ残っているみたいだった。最高に心地《ここち》よい疲労感。

次の日からぼくと千晶は、学校帰りに『ナガシマ楽器店』に寄ることにした。先輩は自転車通学、真冬《まふゆ》は反対方面、帰りの電車で一緒《いっしょ》なのはぼくらだけだったからだ。

「こっそり練習して二人《ふたり》をびびらせようね！」

そう千晶《ちあき》は息巻いた。でも——

「最近、少年と二人《ふたり》でよくスタジオ入りしてるね？」

「えっ、なっ、なんのことっ？」

先輩《せんぱい》に訊《き》かれて必死にとぼける千晶。店員なんだから知ってるにきまってるだろうが。

「それにしても、私にも同志蛯沢《えびさわ》にも黙《だま》っているなんて、水くさい」

「秘密特訓して本番でびっくりさせるのがかっこいいの！」

「まあいい。私はその間に同志蛯沢と親睦《しんぼく》を深めることにする」

「え、えっ？」

今まで部室の隅で黙《だま》ってちらちらこっちを見ながらギターを磨《みが》いていた真冬が、びっくりして髪を跳《は》ね上げる。

「二人とも知らないだろうけど、同志蛯沢はここのところ、少年がかまってくれないと私に泣きついてくるんだ。慰《なぐさ》めてあげないと」

え、ぼく？

「響子《きょうこ》、ばか！　そんなことしてない！」

真冬が真《ま》っ赤《か》になって立ち上がる。こっちにらむなよ！　大丈夫、先輩の戯《ざ》れ言《ごと》なんて信じてないから。

先輩は真冬をぎゅうっと抱いて肩をぽんぽんと叩《たた》き、ごまかした後で、振り向いて言った。

「みんな火がついたようで、嬉《うれ》しいよ」


ところが、そこに水を浴びせるような事態がやってきたのである。

金曜日《きんようび》の放課後《ほうかご》のことだった。体育祭が近くなり、千晶と真冬はクラスの応援合戦の練習に出なければいけないので、部活を始めるのは少し遅くなる。手が空いたぼくは音楽準備室に寄って、ライヴで使えそうなクラシックの曲の楽譜《がくふ》を探すことにした。

見繕《みつくろ》った楽譜の束《たば》を持って部室に戻ると、もう全員がそろっていた。ただし、真冬と千晶は応援合戦の練習からそのまま急いで来たらしく、水色《みずいろ》と黄緑《きみどり》のカラーリングのチアリーダー衣《い》装《しょう》を着ている。でもその華《はな》やかな色彩が沈んで見えるくらい、部室の空気はどんよりしていた。なにがあったんだろう。

「うちの持ち時間、たったの二十分だって……」

千晶が泣きそうな顔で言ってきた。

「な、なにが？」

「だから、文化祭で体育館《たいいくかん》使える時間。演劇部《えんげきぶ》と、あと空手部がなにかやるので、予定いっぱいだったんだって。うちになんとか回せるのは、二十分」

「に……」

ぼくも思わず絶句する。二十分。四曲か五曲できればいい方だ。夏のライヴでは、五十分でもあっという間だったのに。

たったそれだけしか時間がもらえないんじゃ、ぼくと千晶《ちあき》がやってきた特訓の成果を見せるひまもない。バッドニュースに意気消沈したのか、だれも楽器の準備すらしていない。

「二十分じゃなんにもできないよ。客席あったまったところで終わっちゃう」

「……響子《きょうこ》。なんとかならないの」

真冬《まふゆ》が、部室の奥の長机に腰掛けて片膝《かたひざ》を抱えている神楽坂先輩《かぐらざかせんぱい》を見る。

ところが、反応がない。先輩は膝に額《ひたい》を押しつけて黙《だま》っている。

「響子？」

「ん？　ああ、うん、すまない。ちょっとね……考え事をしていた」

先輩も、実行委員のこの仕打ちにはショックだったんだろうか。でも、この人のことだから、もう打開策を考え始めてるのかな……

「二人《ふたり》のチアガール姿に見とれていたんだ。どうだろう少年、ステージ衣装《いしょう》はこれで」

「真面目《まじめ》に考えてください！」

ぼくは思わず壁《かべ》を殴っていた。先輩はぷうっとむくれる。

「ちゃんと考えているよ。そろそろこっちに来るはずだ」

「来るって、なにが？」

「我々《われわれ》の敵だ」


夕方五時、（名目上の）下校時刻のチャイムが鳴ったとき、部室のドアが乱暴《らんぼう》にノックされた。そのときは合わせ練習の最中で、狭い部屋《へや》内にはみっしりとロックンロールサウンドが充満していて、ぼくがドアに背中をくっつけていなければだれも気づかなかっただろう。

手を挙《あ》げて演奏を止める。これがリズムセクションのリズムセクションたるところで、ドラムかベースの音が欠けると、はっきりと音楽が止まるのである。

「……だれか来た？」

先輩が汗をぬぐって言う。ぼくはうなずいてドアを引いた。

「はいはいお邪魔《じゃま》ー」

間の抜けた声で、最初に踏み込んできたのは、ひょうきんそうな顔をした背の高い二年生。何度か生徒会室で見たことがある。たしか生徒会役員だ。その後ろから、さらに二人、三人、四人と入ってきたので、民音部室はぎゅう詰めになってしまった。

「じゃあ神楽坂ちゃん、約束通り連れてきたから、あとはそっちで話し合ってな」

役員さんが無責任そうに言って手を振った。あとのメンツは、恐ろしいことに空手道着をまとったごっつい男子生徒二人《ふたり》と、着流しに大小の刀を差した女子（女子？）生徒二人。なにが起きているのかさっぱりわからない。真冬《まふゆ》はおびえて千晶《ちあき》の背中に隠《かく》れている。

「ちょっと、なんでこんな場所で話し合うの」

浪人武士のかっこうの女子の片方が口を尖《とが》らせた。

「だから、言ったでしょが」

役員は神経を逆なでするようなのんびりした口調《くちょう》。

「クラスの舞台《ぶたい》の枠は動かせないの。仮装《かそう》コンテストもあるし、その後の二時間を、あんたら演劇部《えんげきぶ》と空手部と民音部で分けなきゃいけない。うちらが最初に決めたタイムテーブルに文句があるんなら、あんたらで勝手に交渉して」

ああ、この侍《さむらい》二人は演劇部か。舞台衣装《いしょう》のまま来たわけか、びっくりした……。

「じゃあねー神楽坂《かぐらざか》ちゃん」

役員はひらひら手を振って、侍と空手家を押しのけて部室を出ていった。つまり生徒会も文化祭実行委員会も、難航《なんこう》するタイムテーブル調整《ちょうせい》を投げたわけだ。なんて無責任な。

「民音は音楽ホールでやれよ」

大柄で黒帯の方の空手部員が、ベースアンプに腰を下ろすと、だみ声で言った。

「それで話済むだろ。おまえらが後から割り込んできたから面倒《めんどう》なことになったんだろが」

「空手部だって後から割り込んできたくせに……」

演劇部の娘が小声で言って、茶帯《ちゃおび》の方の空手部員ににらまれた。ぼくも、自分がにらまれたみたいに萎縮《いしゅく》してしまう。

でも神楽坂先輩《せんぱい》は、ぼくを押しのけて黒帯の前に立った。

「我々《われわれ》のライヴで怪我人《けがにん》が出たら空手部が責任を取るのかな？」

「そんなん知るか！　こっちは約束組手の型が百以上あるんだ、その後に先生の講釈《こうしゃく》もある。どうしてもってんなら、民音は十分で切り上げろ」

「ちょっと、勝手に決めないで、うちはもう脚本《きゃくほん》決めちゃったんだから！」

侍が口を挟《はさ》む。

「民音と空手部と両方で合計四十分でおさめてよ。それでも準備の時間ぎりぎりなんだから」

「はあ？　ふざけんな！」

「体育館《たいいくかん》使いたいならもっと早くに言ってよ！　あたしらはもう去年から準備してんの！」

「おまえらも音楽ホールでやればいいだろ、あっちのが客席多いし」

「あそこは演劇用に作られてないの！　なんにも知らないくせに口出さないで。そっちこそ格技棟でやればいいじゃない」

「どこに客が入るんだよ！」

「どうせ客なんて入るわけないでしょ」

「ンだとてめえ勝負すっか」

なんでうちの部室で喧嘩《けんか》するんだよ！　一言も口を挟《はさ》めないまま、ぼくは救いをもとめるように部室を見回した。と、隣《となり》で神楽坂先輩《かぐらざかせんぱい》が舌なめずりをするのが見えた。うわあ、この人、愉《たの》しんでやがる。

先輩が割って入ろうとしたときだった。いきなり背後でシンバルの音が炸裂《さくれつ》した。つかみ合いになりかけていた空手家と侍《さむらい》は、それからぼくも、驚《おどろ》いて振り向く。

「うちのスタジオで大騒《おおさわ》ぎしないで！　喧嘩してる場合じゃないでしょ、まずお互いどれくらい時間が必要なのか言ったら！」

ドラムセットの向こう、肩を怒らせて千晶《ちあき》が立ち上がっていた。

スティックをずびっと突きつけられた演劇部《えんげきぶ》が、もそもそと言う。

「八十分、絶対に必要。でもこれは上演時間。大道具の用意にもう十分は使う」

千晶が黒帯に視線《しせん》を移す。

「うちだって四十分要《い》る」

民音を抜かして、ほんとにぎりぎりだったわけか。しかも準備と片付けは計算外で。

「民音はどれだけほしいの？」演劇部が腕組みして、しかたなさそうに訊《き》いてくる。

「永遠に永遠をかけあわせてもまだ足りないけれど、控えめに見積《みつ》もっても一時間ほしいね」

神楽坂先輩が、これまた角《かど》の立ちそうな言い方をする。空手部員は二人《ふたり》そろって小馬鹿《こばか》にしたように鼻を鳴らした。

「絶対無理。もー、さっさとどっちかあきらめてよ！」侍は声を張り上げた。

「体育館《たいいくかん》なんだから文化系が出てけよ！」「なにそれ意味わかんない！」

またも不毛な言い合い。ぼくはもう一度ちらと神楽坂先輩の横顔をうかがう。生気に満ちている。ああ、そろそろだ、とぼくは直観《ちょっかん》した。

「それじゃあ」

張り上げてもいないのに、すっと通る声。言い合いをしていた全員が、言葉を止めてこちらを見た。そして、先輩があの言葉を口にする。

「勝負して決めよう」


クラブ活動は大別して体育会系と文化系に分けられる。そこからさらに推《お》し進めて、人間のキャラクター付けもこの二種で分類することがよくある。

ところがそこでよく問題になるのが、演劇部と吹奏楽部《すいそうがくぶ》の位置づけである。スポーツではないので明らかに文化系なのだけれど、活動内容を見てみると、体育会系並の筋トレが課《か》されていたりして、馬鹿にできたものではない。

だから、空手部はもとより、演劇部も先輩の提案を呑《の》んだのは、ある意味では当然だった。

「体育祭で勝負だよ。部活対抗リレーというちょうどぴったりの種目があるから、着順が上の方が、下の方から持ち時間を奪《うば》える。わかりやすいだろう?」

おい、ちょっと待て。

「……おまえら文化系だろが。部活対抗リレーは体育会系とべつにやるだろ」

空手部員があきれたように肩をすくめる。

「大丈夫。同志相原《あいはら》は体育委員だから」

先輩《せんぱい》は隣《となり》の千晶《ちあき》の頭をなでる。

「そのへんの融通《ゆうずう》は利《き》く。空手部が文化系の方に出たら文句も言われるだろうが、我々《われわれ》と演劇《えんげき》部《ぶ》が体育会系の方に出てもだれも文句言わない」

「おまえらはいいだろうけど演劇部のこと勝手に決めてんじゃねえよ」

「うちはそれでいいけど?」

侍《さむらい》お姉《ねえ》さんがしれっと言った。これには黒帯も茶帯《ちゃおび》も、ついでにぼくも仰天《ぎょうてん》。

「演劇部のトレーニングなめてるでしょ? 空手なんて試合時間三分とかそれくらいのくせに。こっちは舞台《ぶたい》で一時間戦いっぱなしだっての」

見事な挑発だった。この一言で、あっという間に話がまとまってしまったのだ。

連中が出ていった後で、千晶の背中にずっと隠《かく》れていた真冬《まふゆ》が、先輩の裾《すそ》をくいくいと引っぱる。

「部活対抗リレーって、何人出るの」

「ちょうど四人だよ。1600メートルリレーだからね」

「……わ、わたしも？」

体育の授業はいまだに全部見学の真冬が、うろたえる。

「同志蛯沢《えびさわ》がいたから、連中はあれだけあっさり勝負を呑《の》んだんだろうね」

先輩は、真冬の髪も愛《いと》おしそうになでる。

「わたしが……足引っぱるから」

ぼくも走るのはかなり遅いんだけど……。

「いつも言っているだろう。戦いは始める前に終わっている」

千晶と真冬の肩に手をのせ、それからぼくの顔を見て、先輩はにまりと笑った。

「大丈夫。勝負を受けた時点で、連中の負けだ」


その日の帰り、先輩と別れて三人で駅に向かう途中《とちゅう》、ぼくは千晶に訊《き》いてみた。

「朝、ランニングしてるんだっけ」

「え？　うん。六キロくらい。昔は二十キロ走ってたんだけど」

おまえもじゅうぶんバケモノだ。でもぼくは言う。

「何時くらいから?」

「六時半……って、なになに、ナオも走るの? ほんとに?」

「うん。全部つきあえないかもしれないけど、がんばって起きるよ」

「うわー。明日《あした》雨だったらナオのせいだよ?」

うるせえ。言ってろ。

と、反対側の隣《となり》で真冬《まふゆ》がぼくのシャツの袖《そで》を引っぱった。

「……リレーのため?」

「それもあるけど」

なにより、真冬と一緒《いっしょ》のステージで息切れしたら、かっこ悪くてしょうがない。でもそれは恥《は》ずかしいので言えなかった。真冬はじーっとぼくの背負ったギターケースを見つめて、ほとんど聞こえないくらいの声でつぶやいた。

「千晶《ちあき》と、一緒に……」

その日は、それだけだった。でも週明けの月曜日《げつようび》、驚《おどろ》くべきことが起きる。

朝六時半。朝練のために千晶と一緒に登校したぼくは、楽器を置くために職員室《しょくいんしつ》に部室の鍵《かぎ》を借りに行った。ところが、キーボックスに鍵がない。あれ?

そしてぼくと千晶は、部室で信じがたいものを目撃《もくげき》するのである。

「……おはよ」

真冬が、恥ずかしそうにドラムセットの裏に隠《かく》れてストレッチをしていたのだ。体操着姿《たいそうぎ》ははじめて見た。水着姿も見てるので今さらなんだけど、心配になるくらい腿《もも》が細い。

「ど、どうしたの？」

「わたしも走る」

え、え？

「負けられないから！」

顔を真っ赤《まっか》にして立ち上がり、真冬はそう言って千晶にじっと視線《しせん》をやった。

たしかに、負けられない勝負だけど——下手《へた》したらぼくらの演奏時間はゼロになる——真冬がこんなにやる気を出すなんて。

「ついてこれるのかな？」千晶が真冬の顔をのぞき込んで意地悪く言った。

「……がんばる」

いざランニングを始めると、体育会系の血が騒《さわ》ぐのか、千晶は再びしごきモードになる。すぐ息が切れる真冬を叱咤激励《しったげきれい》する目が怖い。あと、あの「民、音、ファイッ」は恥ずかしいからやめてもらえないだろうか。早朝とはいえ、学校のまわりなので、人通りがあるんだけど。

そのうちに真冬はほとんど足が動かなくなって、千晶の背中がまったく見えなくなるくらいまで取り残されてしまう。なんでそれを知っているかというと、情《なさ》けないことにぼくも同じくらい取り残されちゃったからである。

「先に……行って、て……ちょっと、ほんのちょっとだけ、休んで、から……」

路傍《ろぼう》にしゃがみ込んだ真冬《まふゆ》は、きれぎれの声で言う。呼吸のたびに、背中がちょっと心配になるくらい激《はげ》しく上下している。

「大丈夫？」

「だい……じょうぶ」

こいつは指が云々《うんぬん》以前に、純粋に身体《からだ》が弱いのである。いつぞやの家出を思い出す。

「おぶっていこうか」

「ばか。意味ないでしょ」

「いや、真冬なら軽いから、しょって走ったらずいぶんなトレーニングになるかなって」

自分で言っておいてその光景を想像し、あわてて打ち消す。さすがに恥《は》ずかしい。真冬はぼくの腕にしがみつくと、なんとか立ち上がる。

「本気で言ってるの？　どうしてそこまで。千晶《ちあき》が、がんばってるから？」

「それだけじゃなくてさ」

ぼくは真冬に肩を貸すと、歩き出す。頼りないくらいの重み。

「千晶が言ってたんだ。一緒《いっしょ》のバンドにいると、それだけで満足しちゃうから、それじゃだめだって」

同じ場所で立ち止まっていた方が楽かもしれない。

でもぼくは、真冬のサウンドを支える、熱《ねつ》と鼓動を秘めた、大地《ベース》でいたい。それは口にするにはあまりに恥ずかしい想《おも》いで、だからぼくは真冬を背負ってただ黙《だま》って歩く。

「……それ、ほんとに千晶があなたに言ったの？」

耳元で真冬の声がする。

「……うん。たぶん、先輩《せんぱい》のこと言ってたんだろうけど」

「ばか」

いきなり真冬の体重が肩から消える。ぼくから離《はな》れたのだ。

「ほら、早く！　走らないと千晶がどんどん先行っちゃう！」

猛然《もうぜん》とダッシュを始める。風にひるがえるその栗毛《くりげ》の後ろ姿が、みるみる小さくなる。なんだいったい、どうしたんだ？　ぼくも走り出した。

もちろん真冬はすぐに息を切らして、ぼくに追いつかれてしまうのだけれど。アスファルトに両手をついてぜいぜい背中を上下させながら、今度は「ほっといて、早く行って！　千晶に追いつかないと！」と言うのだ。

けっきょく千晶に周回遅れを喰《く》らった真冬は、また叱《しか》りとばされながら、よたよたと走り出す。傍《そば》から見てるとなんの部活かわからない。

放課後《ほうかご》になると、バンドの練習そっちのけで神楽坂《かぐらざか》先輩は楽しそうに体育祭の作戦会議《かいぎ》。

「オーダーも、もう考えてある。まず先頭走者は同志相原《あいはら》。いちばん接触機会《きかい》が多いからね。

演劇部《えんげきぶ》はともかく、空手部はなにかやってくるかもしれない。逆に、真空投げとかそんな感じの技で相手に触れずにすっ転ばせるとなおいい」

「先輩《せんぱい》、柔道は魔法《まほう》じゃないんだから、そんな技ないよ」

「次に同志蛯沢《えびさわ》。なるべく可愛《かわい》い走り方で空手部の熊《くま》どもを近づけないようにしてリードを守る。次が少年……は、まあてきとうでいい。アンカーは私。このへんでリードは消えているかもしれないけれど、私としては後追いの方が有利だ。背後から妨害される心配がないからね」

徹頭徹尾《てっとうてつび》いいかげんな作戦だなおい。なんでこの人は、こんなに楽天的なんだろう。負ける可能性なんて一ミリも考えてないみたいだ。いつもながら、あきれてしまう。

「それから、勝負の詳細が決まったよ」

先輩は、一枚のコピー用紙をぼくらの前に広げる。仰々《ぎょうぎょう》しく『誓約書《せいやくしょ》』と題され、「演劇部(以下、甲《こう》とする)、柔道部(以下、乙《おつ》とする)、ならびに民俗音楽研究部(以下、丙《へい》とする)は、以下の条件で――」と、お堅い文面が続く。最後には生徒会総務《そうむ》執行部《しっこうぶ》と文化祭実行委員の判子《はんこ》まで捺《お》されている。

「なんでこんな物々しく……」

「こういうことはきっちりやらないとね。あとで言った言わないの争いになっても困る。原本は生徒会に預けてあるよ。ここにある通り、着順の差一つにつき、持ち時間十分を相手から奪《うば》える。たとえば我々《われわれ》が四位で演劇部が六位だったら我々が二十分増であっちが二十分減。他《ほか》の条件は最初の決定から一切変更なし、で合意した」

「ちょ、ちょっと待ってください、最初の決定？　ぼくらの最初の持ち時間って？」

「ん？　それもここに書いてあるだろう、文化祭実行委員が勝手に決めたタイムテーブルの通り。演劇部が十五時ちょうどから一時間、次に我々が十六時ちょうどから二十分間、最後に空手部が十六時二十分から四十分間だ」

「両方より着順下だったら即死かよ……」

「負けたときのことなんて考えなくてもいいよ。もとより我々には失うもののない勝負だ」

先輩はそう言ってぼくの背中を張りとばした。

「そもそも、この順番は限りなく我々に不利な割り当てだ。演劇部は順番が最初だから、仮装《かそう》コンテストをやっている裏で準備を進められるし、劇というのは途中《とちゅう》で打ち切るわけにいかないからね、どさくさに紛《まぎ》れて我々の二十分に食い込ませる気満々だったろう。空手部は最後だから、多少時間が延びてもあまり文句は言われない。ところが、我々はバンドだ。融通《ゆうずう》が利《き》いてしまう。制限時間内で、事前に曲数を決めておけと要請《ようせい》されるだろうね」

「そんなのひどいよ！」千晶《ちあき》がシンバルを引っぱたいた。

「だから、ほら、勝つしかないだろう？」

それ以上のことは、神楽坂《かぐらざか》先輩は説明してくれなかった。次の日からも、部活に遅れて顔を出すようになったし、職員室《しょくいんしつ》や生徒会室、視聴覚室《しちょうかくしつ》なんかで先生や文化祭実行委員と一緒《いっしょ》にいるところをよく見かけたから、またなにか暗躍《あんやく》しているのかもしれなかった。

でも、そんなのは気にしないことにした。ぼくと真冬《まふゆ》と千晶《ちあき》は、毎朝六時半に部室に集まって、朝練の前に走った。

真冬もどうして走ろうとしているんだろう。追いつきたいだれかがいるんだろうか。

ぼくの答えはもう、はっきりしていた。ぼくは真冬に追いつきたいのだ。

だから、時間も気にすることのないステージの上で、真冬に聴《き》かせたかった。足下《あしもと》にいつでも、たしかなリズムセクションが脈打っているということ。

今はそのために、走る。

秋の朝の冷えた向かい風の中、ぼくの頭に流れていたのは、こんな歌だった。

ハイウェイは最後の暴走《ぼうそう》にすべてを賭《か》ける夢破れたヒーローたちであふれ——

だれもが今宵《こよい》みな走り出そうとするけれど、逃げ込む場所なんてない。

だからともに、この哀《かな》しみを抱いて生きよう……


晴天下、校庭に号砲が続けざまに響《ひび》く。

太陽は空の高みを過ぎて傾き始め、その下のグラウンドでは、体育委員が五人がかりでトラックの白線《はくせん》を引き直している。土に染《し》み込んだ汗のにおいが感じられるような気さえした。

十月十三日、体育祭当日。

午後の部の頭、熾烈《しれつ》な応援合戦を終えて、いよいよ戦局は消耗戦に突入しようとしていた。

そう、まさしく消耗戦である。

「四百メートル走、だれか代わりに出られる人？　騎馬戦《きばせん》で四人怪我《けが》った！」

「俺《おれ》らこの後、長距離走《ちょうきょりそう》だから無理！」

「いいからとっとと出なさいよ足がついてんなら大丈夫！」

我《われ》らが一年三組の女ボス・寺田《てらだ》さんは、冷酷《れいこく》に命令する。だれも逆らえない。

「ボス、棒倒しのディフェンスが足りません！」

「保健室《ほけんしつ》行って、怪我大したことなさそうなやつら連れ戻して！」

むちゃくちゃ言う人である。先輩《せんぱい》に聞いたところによると、うちの体育祭は毎年こうらしい。騎馬戦と棒倒しが午前と午後に一回ずつ（男子と女子）あるのだから、怪我人続出必至のデスマーチだ。なに考えてんだ体育委員会。

スピーカーがざりざりいって、アナウンスが響く。部活対抗リレー参加者の招集だ。ぼくは戦々兢々《せんせんきょうきょう》とする一年三組のブロックをそうっと抜け出した。

校庭の南側にある競技者待機場所《きょうぎしゃたいきばしょ》で、神楽坂《かぐらざか》先輩、そしてチアリーダー衣装《いしょう》から着替えて戻ってきた千晶、真冬と合流する。全員、体操着《たいそうぎ》ではなく、いつぞや千晶が作ったフェケテリコのロゴ入りTシャツを着ている。

そう、先輩《せんぱい》はちゃんといつものように裏で動いていたのだ。

再びスピーカーがなり立てた。

『実況はわたくし放送部の井上《いのうえ》と』『解説は陸上部の太田《おおた》でお送りしております』

なんで高校の体育祭に実況解説があるんだよ。だれが聴《き》くために放送してるんだ。午後になって、いよいよ体育委員会の悪ノリが加速してきたみたいだ。

『太田さん、次は部活対抗リレーの、まずは体育会系部門ですが、エントリーに体育会系とは思えない名前が二つほど』

『はあ、演劇部《えんげきぶ》は今度の文化祭で斬《き》り合《あ》いをやるそうですから剣道部の親戚《しんせき》みたいなもの、民音というのはよく知りませんが、ロックバンドはギターで人を殴ったりするらしいですから、やはり格闘技《かくとうぎ》の一種と考えても』

しれっと嘘《うそ》つくなよ解説の太田。

『それに、今年《ことし》から部活対抗リレーは新ルールが導入《どうにゅう》されております。各クラブ、それぞれのユニフォーム姿での参加が義務となりました』

これが、神楽坂先輩《かぐらざかせんぱい》の隠《かく》し球《だま》。ぼくは、集合場所に続々と集まってきたリレー参加者たちを見回して、空手部と演劇部の姿を見つけ出す。

空手部は、もちろん道着だ。そして、裸足《はだし》である。

演劇部はさらにひどい。ユニフォームなどないので、体育委員会により、「現在練習中の舞《ぶ》台衣装《たいいしょう》を着ること」という裁定が出たのである。つまり着流しに大小。

どちらも、はっきり言ってまともに走れる服装ではない。うわ、空手部のやつがこっちをにらんだ。そうとう苦々《にがにが》しく思ってるだろうなあ。演劇部の侍《さむらい》お姉《ねえ》さんは隣《となり》の列に並んで、神楽坂先輩をにらみ、「やってくれたね、卑怯者《ひきょうもの》」とはっきりうめいた。先輩は素知らぬ顔。

この案が提出されたとき、もちろん体育委員の中にも柔道部員がいて、強硬に反対した。でも体育祭はお祭りだし、クラス対抗の点数に響《ひび》かない種目なんて盛り上がり優先《ゆうせん》。おまけに、部活対抗に出場する主要な運動部——サッカー部や野球部、ましてや陸上部——は、このルールでまったく被害を受けない。提案はあっさり通ったという。

先輩は、そこまで読んでいたのだ。

『しかし民音の第二走者はあれですよ、体育の授業なぞ一度も受けたことのない、あの箱入《はこい》りお姫様で——』

ぼくはぎょっとする。お姫様という呼び方はこんなところにまで広まってんのか。ていうか走る前からやる気がなくなるようなことを言うなよ！

でも真冬《まふゆ》が、先輩が無理矢理《むりやり》ひねり出した有利を食《く》い潰《つぶ》して有り余りそうなほどのハンデであるのはたしかだった。空手部だって演劇部だって、部内でいちばん走るのが速いのを出してきただろうけど、うちは四人しかいない。

目の前で、束《たば》ねた長い栗毛《くりげ》の後ろ姿が、振り返った。サファイア色の瞳《ひとみ》には、切実そうな決意がたまっている。

「ぜったい、つなぐから」

真冬《まふゆ》はぼくをじっと見つめて言った。

「ぜったいに、あなたにつなぐ」

ぼくは少し気圧《けお》され、それから、唾《つば》を飲み下してうなずいた。

そうだ。もう、四の五のいってるときじゃない。走るしかない。

『選《せん》・手《しゅ》・入・場ォーッ！』

実況の井上《いのうえ》が絶叫した。なぜか音楽が流れないけれど、四人ずつ八列になったぼくらは、駆《か》け足《あし》でトラック内に突入した。鼻の奥を焼く砂埃《すなぼこり》と石灰《せっかい》のにおい。風に乗って吹《ふ》きつける歓声。視界の隅で揺《ゆ》らめくいくつもの応援旗。

我《わ》が校のとてつもなく広い校庭をたっぷり使った400メートルトラック四周の、マイルリレー。およそ五分間の過酷《かこく》なレース。ぼくらランナーは、主賓席《しゅひんせき》の正面に固まって並ぶ。

最初の走者が位置につき、スターターがピストルを手にグラウンドに出てきたとき、ぼくはちらっと先輩《せんぱい》を振り返って訊《たず》ねた。

「……どうして、この仕掛けしたってこと教えてくれなかったんですか？」

体育委員会からの、ユニフォーム着用が義務づけられたとのアナウンスは、部長である先輩にだけ届けられていて、ぼくらが知ったのは一昨日《おととい》だったのだ。

先輩は、薄《うす》く笑って答える。

「きみたち三人が汗を流しているのを、毎朝屋上から見ていたんだ。それが美しすぎて。私がこんなに小賢《こざか》しいことをやっているとは言い出せなかった」

毎朝来てたのかよ。じゃあ授業出ろよ。

「それにね。けっきょくのところ、大した仕掛けじゃない。ピストルが鳴ってしまったら、あとは我々《われわれ》の心臓《しんぞう》と足とで、勝利をもぎ取るしかないんだ」

「レース始まってからは、仕掛けはないってことですか」

ちょっと情《なさ》けない声になるぼく。やっぱり不安だ。肩越しに、真冬の視線《しせん》も感じる。

「そう。直接的な策略は、もうない。あとは、これくらいだ」

そう言って先輩は、こっそりとその手に握っていたものをぼくにだけ見せた。

それは一枚のＭＤだった。ラベルには、『オッフェンバック　地獄《じごく》のオルフェ』と書かれている。『天国と地獄』として——あるいは文明堂《ぶんめいどう》のＣＭソングとして知られる、あの運動会の定番曲《ていばんきょく》が入ったオペレッタだ。……って、なんでここにあるんだ？　それ、体育祭で使うやつじゃないの？

「うん。だから、すり替えてきた。我々好みのロックにね」

ぼくがあきれて先輩の顔を見上げたとき、スターターのピストルの音と、その曲のドラムスのフィルインがぴったり重なって聞こえた。ぼくははっとして振り向く。

色とりどりの風が、スタートラインを切り裂いて走り出すのが見えた。もみ合いながら第一コーナーへとなだれ込む集団の中、ぼくは千晶《ちあき》の小さな影《かげ》を見失うまいとする。

スピーカーから流れ出す、涙が出てきそうなほど純粋無垢《むく》なギターストロークと、そこにユニゾンするピアノのきらびやかな響《ひび》き。高まる地鳴りのようなバスドラムの連打。どこかのマイクが主催者席の体育委員たちの会話を拾った。

『……あれ？』『こんな曲？』

その声を押《お》し潰《つぶ》すように走り出す、ざらついた歌声。ブルース・スプリングスティーンだ。

――『ボーン・トゥ・ラン』。

ぼくはぞっとする。なぜならそれは、この二週間――毎朝走り続けていたぼくの頭の中で、ずっと響いていた歌だったからだ。

「この歌しか、ないだろう？」

背後で囁《ささや》かれ、思わずまた振り向いて先輩《せんぱい》の顔をまじまじと見つめてしまう。

この人にはなんでも見透《みす》かせるのか。それとも、『走る』という想《おも》いを音楽に託そうとしたとき、思いつくのはみんなこの歌なのだろうか。そちらの方が真実に近い気がする。

ぼくは一片の雲もない空を見上げる。その、ロックンロールの力を一片も疑っていないかのような疾走感《しっそうかん》に、ぼくの腹の底から自然と熱《あつ》い血がこみ上げてくる。

首を巡らせて、トラックに千晶の姿を探した。すでに先頭走者は第一コーナーに差しかかっている。見つけた。三番手に、白い小さな影がある。ピンク色の鉢巻《はちま》きが風にはためいている。ぼくは知らずと拳《こぶし》を握りしめた。千晶のすぐ後ろに、ごちゃっと固まった一団があって、空手道着もその中に見えた。

演劇部《えんげきぶ》は？　あんな目立つかっこうが見つからない。そんなわけがない、どこに——

先頭走者とその直後の二番手がばらけた。ぼくは驚愕《きょうがく》する。二番手が、ぼくらの部室で啖《たん》呵《か》を切った演劇部のあの女の子なのだ。後ろから探していては見つからないわけである。

あのときの挑発は、はったりじゃなくて本物だったのか。実況の井上《いのうえ》も『演劇部！　二番手演劇部追走！』と大興奮《だいこうふん》している。

ひび割れて聞こえるほどの歓声が起きた。先頭を走っていたサッカー部がずっこけたのだ。演劇部の腰に差した刀かなにかに足を引っかけたように見えた。砂埃《すなぼこり》がもうもうと舞《ま》い上がるほどの大転倒で、ぼくの背中はひやりとする。後ろが巻き込まれた可能性が——

一歩もためらうことなく、混乱の中を一気に駆《か》け抜けて先頭に躍《おど》り出た人影がある。

「千晶！」

真冬《まふゆ》が声を弾《はず》ませた。たしかに千晶だ。背後に迫る後続の男たちの足音などものともせずに向こう正面の直線《ちょくせん》を突っ走る。ブルース・スプリングスティーンの力強い声に背中を押されるように。飛び散る汗まで見えるみたいだ。

第三コーナーで、ようやく陸上部の青いユニフォームが千晶の小柄な影に重なった。真冬が立ち上がり、振り返って、プレッシャーで押《お》し潰《つぶ》されそうな目をぼくに向けてくる。優勝候《ゆうしょう》補とデッドヒートしながらトップ通過なんて、予想していなかったのだろう。

「待ってる」

　ぼくは声を押し出した。

「気にすんな。他《ほか》のだれかの背中なんて見なくていい、だれに追い抜かされてもいいから、ぼくだけ目指して走りゃいい」

「わ、わかってるっ」

　真冬《まふゆ》は顔を赤らめ、束《たば》ねた髪を振り乱して、コースに飛び出した。

　再び歓声が弾《はじ》ける。ぼくは腰を浮かせて第四コーナーを見た。トップの二人《ふたり》の肘《ひじ》が接触したのだ。体重の軽い千晶《ちあき》がインコース側に弾かれそうになる。陸上部の上体もぐらりと傾《かし》いだ。

　立ち直るのは千晶の方が一瞬《いっしゅん》早かった。でもさすが陸上部、直線《ちょくせん》の伸びがちがう。バトンが二番手走者に渡るときには、もう数メートルのリードをとられていた。ぼくの視界を、琥珀《こはく》色《いろ》の風が通りすぎる。真冬の髪がスピードに乗って大きくはためいている。

「……ごめん、あんまリード取れなかったっ」

　息を切らし、汗みずくになって千晶がふらふらと寄ってきた。先輩《せんぱい》の腕の中に崩《くず》れ落ちる。

「いや、よくやってくれたよ。期待以上だ」

　先輩は千晶をぎゅうっと抱きしめた。ぼくもなにか言いたかった。悔《くや》しげに唇を噛《か》む千晶に、精一杯の言葉を。でも、なにも出てこない。

振り向く。トラックの縁《ふち》に、たなびく栗毛《くりげ》が陽光を照り返しながら流れている。一人《ひとり》、また一人と、真冬は後続に追い抜かれていく。ぼくは震《ふる》えてきた膝《ひざ》に拳《こぶし》を打ちつけた。あせるな。トップを独走する陸上部はますますリードを広げていた。最後尾までの差は半周ほど。どんどん引《ひ》き離《はな》している。空手道着のくすんだ白が、真冬のすぐ後ろまで迫っていて、ぞっとする。真冬の髪に手を伸ばしかけたように見えたからだ。

ぼくは思わず立ち上がっていた。ふざけんな、なにする気だ！　真冬の走路がさらにトラックの外側にふくれ、空手部の手は空を切る。

ぼくはもうほとんど祈るような思いだった。とにかく無事に、戻ってきてくれ。真冬の姿が第三集団に呑《の》まれたときには、思わず第三コーナーまで駆《か》けていこうとしてしまう。

「少年、どこへ行くんだ。リレーゾーンに入って！」

先輩の声で、はっとして立ち止まる。そうだ、なにやってんだ、次のランナーはぼくだ。

「きみは男だ、空手部員も遠慮《えんりょ》しないかもしれない、気をつけて」

背中を叩《たた》かれる。

「なにも考えなくていい。私につないで。そうしたら、勝てる」

ぼくはコースに押し出された。傍《かたわ》らを、受《う》け継《つ》がれた色とりどりのバトンがいくつも走り抜けていく。野球部。演劇部《えんげきぶ》も来た。遅れて剣道部。そして空手部——

ぼくはそのとき、隣《とな》り合った演劇部《えんげきぶ》と空手部の第三走者が目配せし、うなずき合うのをたしかに見た。

なんだ、今のは？　あいつら反目しあっていたはずなのに？

でも、その二人《ふたり》ともがバトンタッチしてぼくの視界から消える。

第四コーナーに、真冬《まふゆ》の姿が見えた。鉢巻《はちま》きがとれていて、真正面から吹《ふ》きつける風に髪をさんざんになぶられながらも、駆《か》けてくる。

その足音のリズムを読み取るように、ぼくは少しずつリレーゾーンを食いつぶし、加速を始める。真冬が近づいてくる。ぼくらの間の距離《きょり》が、じりじりと、やがて手も届くほどに縮《ちぢ》まる。バトンのひんやりした感触がぼくの指先にふれた。その瞬間《しゅんかん》、『ボーン・トゥ・ラン』のサックスソロが弾《はじ》け、ぼくは風の中にいた。

足下《あしもと》を信じられないスピードで白線《はくせん》が流れていく。すぐにコーナーがやってくる。遠心力がぼくをトラックからむしり取ろうとする。向かい風が鼻に流れ込んできて頭の奥を焼く。

道着の背中を見つけた。手もすぐに届きそうなほど、近くにある。あの茶帯《ちゃおび》野郎だ。ちらと振り向き、ぼくを見つけ、その顔が歪《ゆが》む。裸足《はだし》がつらいのだろう、足の運びがぎくしゃくしている。追い抜いて、せめて演劇部の背中に食らいついて、先輩《せんぱい》につなぎたい。

第二コーナーを回った。自分の足音さえ聞こえなかった。耳から流れ出しそうに激《はげ》しい鼓動と、風鳴りと、スプリングスティーンがかき鳴らすギター。汚れた道着の背中が少しずつ大きくなる。走り方が荒っぽく、上半身ががたついている。コーナーで外にふくれたらインコースから抜ける、そうぼくは確信《かくしん》する。だからそのときまでに、力を溜《た》めて、溜めて——

顔に砂利《じゃり》が吹きつけた。気づくと、目の前にぽっかりと、インコースの空隙《くうげき》があった。空手道着の背中がアウトによれたのだ。

罠《わな》だと気づいたのは、そこに身体《からだ》をねじ込んだ瞬間だった。遅すぎた。

茶帯野郎の肘《ひじ》が跳《は》ね上がる。斜めに突き出された脚《あし》がぼくのすねにぶつかる。一瞬、視界ががくんとぶれて、それから半回転した。

鼓動も風の音もギターも、すべてが摩《ま》擦音《さつおん》でかき消された。右の頬《ほお》にすさまじい熱《ねつ》を、それから濡《ぬ》れた痛みを感じた。無意識《むいしき》に、右手のバトンを絶対に離《はな》すまいと握りしめる。

ぼくと茶帯野郎はもみ合い、転がりながらコースアウトした。生徒観戦席《かんせんせき》に突っ込みかけ、悲鳴があがる。

意識がちかちかした。むせかえりそうなほどの鉄の味を飲み下しながら、顔を上げようとする。首の後ろがなにかにぶつかった。

茶帯野郎がぼくの背中に乗っかってやがるのだ。どけ！　どけよ！

「おい、大丈夫か血ぃ出てる！」「保健室《ほけんしつ》！」

いくつもの声が降ってくる。ぼくはそれを払いのける。触るな、まだレースは続いてる、立ち上がろうと地面に左手をつくと、その手首を茶帯野郎がつかんだ。

「……お、おまえっ」

そんなにまでして妨害したいのか、馬鹿《ばか》か？　演劇部《えんげきぶ》の背中がどんどん遠ざかるのをぼくはにらみ据《す》える。でも背中からのしかかられて、声も出せず、ずるずると地面を這《は》いずりながら一センチずつコースに戻るしかない。脚が萎《な》えていて、体重をはねのけられない。立てない。「どけよ！」ほとんど声にならないかすれた声でぼくは怒鳴《どな》った。「おい、共倒れになるぞ離《はな》せよ！」

答えのかわりに茶帯《ちゃおび》野郎は力を強めた。こいつ——

「ナオっ、立ってッ」

千晶《ちあき》の悲痛な声が聞こえた。その瞬間《しゅんかん》、ぼくはぞっとするくらい冷静に、悟った。

空手部は最初からこれを狙《ねら》っていたのだ。民音との共倒れ。なぜなら民音の持ち時間は二十分、最下位に叩《たた》き落とせば、演劇部がたとえ六位でも持ち時間はゼロになる。体育館から排除できるのだ。その後でゆっくり話し合って、演劇部が使い切れない余り時間を空手部に回してもらえばいい。つまりこいつらはいつの間にか共謀《きょうぼう》してやがったのだ。くそ、こんな、こんなやつらに。

でもぼくはゾンビみたいに背中にしがみついてくる茶帯野郎をはらいのけることもできず、砂を噛《か》みながらなめくじのように這い進み、演劇部がアンカーにバトンタッチしようとするのを遠く眺め——

「ナオ――ッ」

千晶の声が頭に突き刺さった。

「まだ間に合う、立てるよ！　民、音、ファイッ！　民、音、ファイッ！」

ぼくは落ちかけていた頭を持ち上げた。ぼくの心を直《じか》につかんで、揺《ゆ》さぶる声。

そうだ、ぼくはこの背中に、千晶も、真冬《まふゆ》も、先輩《せんぱい》も背負って、歩かなきゃいけない。あの重みに比べたら、こんなやつなんて――

「民、音、ファイッ！」

千晶のかけ声に、スプリングスティーンの叫び声がぴったり重なる。

渾身《こんしん》の力で肩を突き上げ、身体《からだ》を大地から引きはがした。痛いほど鋭《するど》い風が顔に吹《ふ》きつけ、歌声がぼくのまぶたに降ってくる。

――いつの日か――いつかはわからないけれど――俺《おれ》たちがほんとうに望み、陽光の中を歩ける、その場所にたどり着けるだろう……でもそれまでは、こんなふうにさまよい続けなきゃいけない――

走るために生まれた《Born to Run》のだから。

砂を蹴《け》り、前のめりに走り出した。握りしめたバトンだけは、離さずに。背中をなにかの重みが転げ落ちていくけれど、ぼくはもう気にしなかった。コーナーの尽きた先、足下《あしもと》からまっすぐ伸びる白線《はくせん》が集束するあたりに立つ、長い黒髪の人影《ひとかげ》しか見ていなかった。汗と血が混じって目に入ってきた、それでもぼくは目を閉じなかった。

持ち上げ、差し伸べたバトンの先に、しっかりとした感触が返ってくる。次の瞬間《しゅんかん》、バトンはものすごい力でぼくの手から引き抜かれた。土煙の中で、ぼくは膝《ひざ》をつき、倒れた。にじんでかすれそうな視界の中、猛禽《もうきん》の尾羽《おばね》のような二本の三《み》つ編《あ》みが羽《は》ばたきながら遠ざかるのが見えた。

その後、ぼくは保健室《ほけんしつ》に直行したので、詳しい顚末《てんまつ》は知らない。実況解説が、写真判定がどうのと大騒《おおさわ》ぎしていたのだけは聞こえた。

一年三組の女ボス・寺田《てらだ》さんは血も涙もないので、保健室で寝ていたぼくも、午後の部ラストの棒倒しに駆《か》り出されることになった。しかもいちばんきつい、棒を支える役。閉会式まで立っていられたのが不思議《ふしぎ》なくらいだ。

すさまじい筋肉痛のせいで、翌日の振り替え休日は寝たきりで過ごすはめになった。

ようやくベースが弾《ひ》けるようになるくらいまで回復したのは、火曜日《かようび》のこと。

登校してみると、教室には絆創膏《ばんそうこう》や湿布や包帯をくっつけた男子の姿が目立った。暴君《ぼうくん》寺田

たり。

ンクールのリベンジができたといって寺田さんたち教室首脳陣はご満悦。ぼくらは一日中ぐっ

抗である）は見事優勝《ゆうしょう》したのだそうだ。準優勝が一組勢、つまり神楽坂《かぐらざか》先輩んとこで、合唱コ

の酷使《こくし》のせいである。その甲斐《かい》あってか、三組勢（うちの体育祭は全学年8クラスの縦割《たてわ》り対

「……うちの学校、クラス替えがないんだよな……」

男子のだれかが休み時間にそうつぶやき、恐ろしい事実を思い出させる。来年も再来年も体

育祭の季節はこれか……。

真冬《まふゆ》はしきりにぼくの顔の擦《す》り傷を気にしていた。

「もう平気？　だいぶ熱《ねつ》が出たって千晶《ちあき》が言ってた」

「ああ、うん。あ、痛《い》て、まだ触らないで」

千晶は昨日《きのう》、ぼくの家まで来て看病してくれたのである。ただしこの場合の看病というのは、

腹が減った腹が減ったとうるさい哲朗《てつろう》にコンビニ弁当などを食わせて黙《だま》らせ、ぼくが静かに眠

れるようにしてくれたというだけのことである。

「うん、でもナオはがんばった！」

嬉《うれ》しそうにぼくの肩をばしばし叩《たた》く千晶。やめろ痛い。

「……あのさあ、詳しい結果聞いてないんだけど、勝負どうなったの？　持ち時間どれくらい

になったの？」

最後、先輩《せんぱい》の脚《あし》をもってしても絶望的な差は詰められず、演劇部《えんげきぶ》が先着したように見えたんだけど。ところが千晶《ちあき》と真冬《まふゆ》は視線《しせん》を合わせて口ごもる。なんだよいったい？

「響子《きようこ》に訊《き》いて」と真冬が冷たく言った。「たぶん、響子が自分で説明したがるだろうから」

「そうだね。あたしらが教えちゃったら先輩は残念がるだろうし」

釈然としないまま、ぼくは放課後《ほうかご》を迎えた。

体育祭を終えて、いよいよ学校は文化祭準備一色に染《そ》まる。廊下や中庭のあちこちに、釘《くぎ》を打つ音や、ベニヤ板にのこぎりを入れる音や、ペンキのにおいが漂う。

三人で民音部室に行くと、ちょうど入り口のところで神楽坂先輩《かぐらざかせんぱい》にぶつかった。ぼくがなにか訊こうとする前に、先輩はいきなりぼくの右手を握りしめ、擦《す》り傷《きず》のできた頬《ほお》をなで、潤《うる》んだ目で見つめてくる。……え、えっと、なんですか？

「あのバトンを受け取った瞬間《しゅんかん》は今でも忘れていないよ。痺《しび》れるような感触だった。私のために、こんな傷まで負って」

「いや、べつに先輩のためじゃ……って、真冬、痛い、つねらないで、千晶もやめろ！」

真冬が頬傷をつねってきて、千晶もつっついてくるので、ぼくに女どもの真ん中にうずくまって顔を腕でガードした。

「なんなんだもう、そっとしといてくれよ怪我《けが》してるんだから！」

真冬はむくれ、千晶はんべっと舌を突き出し、先輩は笑ってドアを引くと、ぼくらを部室に押し込んだ。

「我々《われわれ》がけっきょくリレーで六位になったのは話したっけ？」

先輩がギターケースからレスポールを取り出しながら、なんでもなさそうに言った。って、最下位は空手部だろうけど、ぼくらは七位じゃないのか？　一人《ひとり》抜かせたの？　あそこから？

「ええと、じゃあ七位はどこ？　まさか演劇部じゃないですよね」

「剣道部だよ。むしろ彼らの健闘《けんとう》を称《たた》えるべきだろう。演劇部は五位」

ああ、なるほど。先輩の策略でいちばんとばっちりを喰《く》った部。防具つきで走らされたのだ。聞けば、アンカーがついにバトンを落っことしたのだという。籠手《こて》だからなあ、無理もない。

つまり、空手部から二十分奪《うば》える。演劇部には十分奪われる。差し引き、プラス十分。

「みんながつないでくれた勝利だよ。私ひとりで成したわけじゃない」

神楽坂先輩は両腕で真冬と千晶の首をぐっと寄せ、頬にひとつずつキスする。そのときに限っては真冬もくすぐったそうな顔をするだけで、突っぱねたりしなかった。いや、ちょっと待てよ。なんでこの人はこんなに嬉《うれ》しそうなんだ。まるで完全勝利でもしたような余裕ぶり。

「あのう、それでもたったの三十分ですよね」

「いやいや」

先輩はアンプにジャックを突っ込むと、ぼくを振り返り、Ｖサインを突きつけてきた。

「二時間だ」

「……はあ」今、なんて？

「だからね、空手部は最下位、持ち時間ゼロだ。彼らの時間を、我々《われわれ》と演劇部《えんげきぶ》とで分け合う。ところで誓約書《せいやくしょ》をもう一度読み返してみて。ほら、ここ」

先輩《せんぱい》は、例のコピー用紙をぼくに突きつけて、ある文章を指さす。

『他《ほか》の条件は最初の決定から一切変更なしとする』

「……これがどうかしたんですか？」

「わからない？ 他の条件は一切変更なしだから、つまり、タイムテーブルも変更なしだ。演劇部が空手部から奪った時間を使えるのは、我々の演奏の後なんだ」

「あ……」

ぼくはあきれて、開いた口がふさがらない。なんという詭弁《きべん》。そんな、そんなんで演劇部は納得《なっとく》したのか？

「だからわざわざ誓約書を作ったんだ。生徒会を立会人にしてね。もちろん演劇部はごねた。とびとびで時間を増やしてもらってもなんの役にも立たない。当たり前だ。我々は順番で真《ま》ん中だから、タイムテーブルがそのままでもまったくかまわない。私は一歩も退《ひ》かなかった」

「え、ええと、それじゃあ、どうなるんです？ まさか演劇部はそれ呑《の》んだんですか？」

「いいや。演劇部には、私が確保《かくほ》しておいた、十五時からの視聴覚室《しちょうかくしつ》を回すことになった。あまり知られていないが、あそこにはちゃんと照明器具がある。これでもね、我々が完敗したときのことを考えていたのだよ。きみたちのやる気を殺《そ》ぐといけないから、黙《だま》っていたけれど。会場の広さは体育館《たいいくかん》とは比べるべくもないしね」

　色々なところで姿を見かけたと思ったら、そっちの根回しもしていたのか。

　いや、ちょっと待て。

「なんで……だ、だって、あっちの方が優位《ゆうい》でしょ？　民音が視聴覚室使えって言われなかったんですか？」どんな魔法《まほう》で、そこまでの譲歩《じょうほ》を引き出せたんだ？

「うん。当然そう言われた。でも、空手部と共謀《きょうぼう》して少年の走行を妨害させたことを囁《ささや》いたら、黙《だま》ってくれたよ。交渉で決定打になったのは、私の詭弁なんかよりも、むしろそれだ」

　知ってたのか……。ほんと、目ざとい人だ。

「だから、きみの傷は、この上ない勲章《くんしょう》だよ。誇りに思う」

　先輩はもう一度、ぼくの頰《ほお》を優《やさ》しくなでる。その感触に、ぞくっとしてしまう。なんて怖い人だろう。みんな、この人の手のひらの上。味方でよかった。

　今なら、先輩の思惑《おもわく》がわかる。ぼくらは最低でも、どちらか一方にだけ勝って、体育館から一団体を排除するだけでよかったのだ。三者間で着差勝負となると、最下位はかなりの確率で持ち時間がゼロになって消える。そして、残ったもう一団体とは、誓約書に仕掛けられたこの罠《わな》を使って、優位に立って交渉できる。たぶん、タイムテーブルの変更を呑むかわりに持ち時間を増やせと要求するつもりだったんだろう。さしもの先輩も、ここまでの成果は予想していなかったはず。失うもののなにもなかった民音の、完全勝利だ。

……って、あれ？　完全勝利？　それだと、時間は――

「ということで、もはや焦土《しょうど》に立つのは我々《われわれ》だけとなった。つまり」

先輩《せんぱい》はもう一度、Vサイン。

「演奏時間はたっぷり二時間だ」

「に……」

先輩の言葉の意味が脳みそに染《し》み込むのに、ひどく時間がかかった。

「――二時間ッ？　ぶっ続けで？」

「もちろん当初の予定通りノンストップで。我々は若い」

「いやいやいや無理ですよ、どこのヤク中バンドですか！　二時間て！」

「楽しみだよね！」「オペラ丸々一本でも演《や》ろうか」「わたしオペラきらい。組曲がいい」

ぼくの話を聞けよ三人とも！

「じゃあ、二時間保《も》つようにナオはまた腕立て伏せから――」

「そうだね、今度は三人乗っかっても大丈夫なように」

「ふざけんな！　ていうか律儀《りちぎ》に二時間全部使うこたないでしょう！」

どさどさどさっ、と音がした。真冬《まふゆ》が、一抱えほどもある楽譜《がくふ》の束《たば》を、ぼくらの真ん中、ベースアンプの上に置いたのだ。音楽準備室から借りてきたやつだろう。

「演りたいのいっぱいある。二時間でも足りない」

三人は嬉々《きき》として楽譜を思い思いに物色し始めた。ぼくはしばらく呆然《ぼうぜん》として、その様子《ようす》を眺めているだけだった。

壁《かべ》のカレンダーを見やる。文化祭は、一ヶ月後に迫っていた。

4　つないだ名前

そのアルバムジャケットには、いくつもの額縁《がくぶち》が描かれている。

標題は『こびと《THE GNOME》』『賢人《THE SAGE》』それから『古城《THE OLD CASTLE》』――その額縁のどれもが、中身は真っ白だ。左下の一つに、アルバムタイトルが記されている。

『展覧会の絵《PICTURES AT AN EXHIBITION》』。

ぼくはヘッドフォンを外してふうっと息をつくと、CDを取り出してジャケットに戻し、山積《やまづ》みになった『展覧会《てんらんかい》の絵《え》』のいちばん上に置いた。

なんで一つの曲に、こんなにたくさんバージョンちがいがあるんだ、と怒りたくなる。

「解説しよう。ロシア国民楽派のモデスト・ペトロヴィチ・ムソルグスキーは、作品を途中《とちゅう》で放り出すことが非常に多かったやつだ。たとえばオペラのほとんどは未完だな。でも、その斬新《ざんしん》で色彩豊かな楽想《がくそう》は『不完全なゆえに』多くの人を惹《ひ》きつけたんだ。とくに代表作であるピアノ組曲『展覧会の絵』は、古今東西の様々《さまざま》な音楽家のイマジネーションを刺激《しげき》し、大量のアレンジ版を生み出した！　それが、今そこの机に積《つ》み上げられているやつだ」

「……哲朗《てつろう》、なんでぼくの部屋《へや》に勝手に入ってくるわけ？」

「いや、たまに音楽評論家《ひょうろんか》ぽいこと言わないと、忘れられるんじゃないかと思って」

「いいから出てけ」

「音楽のことで悩んでるときくらい、おれを頼ってくれてもいいんじゃないかな。他《ほか》には家のこととかなんにもしねえんだから」

「自覚してんなら洗い物くらいやってよ！」

「おれ洗剤と小麦粉のちがいがわからないけど、それでもいい？」

ぼくは哲朗に枕《まくら》を投げつけて追い出した。机に向き直り、CDの山を一枚一枚あらためる。リムスキー・コルサコフ編曲《へんきょく》のピアノ版。最も有名なラヴェルの管弦楽版。それに先行するヘンリー・ウッド版。冨田勲《とみたいさお》のシンセサイザー版。すべてが『展覧会の絵』のべつの貌《かお》だ。でも、けっきょく戻ってくるのは、今聴《き》いていたやつだった。エマーソン・レイク＆パーマーのライヴアルバム。もう何度繰《く》り返して聴いたかわからない。


そもそも、言い出したのは真冬《まふゆ》だった。今日《きょう》の部活の時間である。アンプの上に積み上げた楽譜《がくふ》の山から一冊を抜き出して広げる。

「『展覧会の絵』なら、プロムナード主題があるから、わたしたちの曲を間に挿《い》れてもちゃんとメドレーになる」

「プロ……なんとかって、なに？」千晶《ちあき》が真冬《まふゆ》の顔をのぞき込む。真冬は黙《だま》ってギターを取り上げると、その変ロ長調《ちょうちょう》の明瞭《めいりょう》なテーマをひとしきり弾《ひ》いて聴《き》かせた。

「あ、聴いたことある」

「同志蛯沢《えびさわ》は『展覧会《てんらんかい》の絵《え》』のレコードは出してなかったよね？」と、脇《わき》から神楽坂先輩《かぐらざかせんぱい》が訊《き》いた。もちろん先輩が言っているのはピアノ原曲のことだ。真冬はちょっと口ごもってから、小さくうなずく。

「それは楽しみだ。楽器はちがえど、同志蛯沢のムソルグスキーはぜひ聴いてみたかった。それじゃあ、そういうわけで少年」

「はい？」

「編曲《へんきょく》はきみに任せた」

「……なんで？」

「なぜと訊いたの？　信じられない」

先輩はにじり寄ってきて、ぼくのあごに指を添えた。すぐそこに、星のない夜みたいな先輩の瞳《ひとみ》があって、ぼくは顔どころか全身動かせなくなってしまう。

「きみは私の半身、愛するポールだ。他《ほか》に理由が必要なの？」

「え、う、う……」

「まだわかってなかったなんて。しかたない、ホテルにでも籠《こ》もって、私がどれだけ大切に思

っているのか教えてあげよう」

「もー、先輩《せんぱい》!」「だめ!」

千晶《ちあき》が先輩に三角絞《さんかくじ》めをかけてぼくから引きはがし、真冬《まふゆ》はぼくにチョークスリーパーをかけて入り口のドアまで引きずっていった。苦しい。なんで最近、ぼくの首の骨はだれからも大切にされないいんだろう……。

「そんなことやってる場合じゃないでしょ、文化祭まであと一月なんだから!」

千晶に叱《しか》られて、ちょっと萎《しお》れる先輩。でもすぐに立ち直る。

「すまなかった反省してる。ホテルには四人で行こう」

「そのネタは先月やったでしょ?」

「むむむ」

千晶が成長している……そのまま先輩へのつっこみ役を代わってください。

「ところで少年は『展覧会《てんらんかい》の絵《え》』はいやなのかな?」

「え? いや……」いきなり話を戻すなよ。「そういうわけじゃ、ないんですけど」

ぼくが編曲《へんきょく》するのか。真冬から楽譜《がくふ》を受け取って、目を落とす。

「じゃあ、決まりだ。あきれるほど長くて気の休まるひまもないほど興奮《こうふん》する、組曲に仕立て上げて」

先輩の無理難題《なんだい》に、ぼくは頭を抱えた。

家に戻って、哲朗《てつろう》の蔵盤《ぞうばん》にある様々《さまざま》な編曲の『展覧会の絵』を片《かた》っ端《ぱし》から聴《き》きまくった。それから、シンセサイザーを引っぱり出してきた。トモさんが神楽坂《かぐらざか》先輩に譲《ゆず》った、あのシンセだ。今はぼくが無期限で借りている。様々な音色《ねいろ》で『プロムナード』の主題を弾《ひ》いてみる。《遊　歩《プロムナード》》。

展覧会場を歩く様子《ようす》を表すというこの主題は、様々に変奏されながら六回も登場し、『展覧会の絵』全曲に不思議《ふしぎ》な統一感を与えている。

つまり、真冬が言ったのはこういうことだ。曲間に『プロムナード』さえあれば、ぼくらの歌もまた展覧会に加われる、と。

乱暴《らんぼう》な理屈だったけれど、うなずけるところはある。それほど鮮烈《せんれつ》に耳に残るメロディなのだ。五拍子と六拍子が交互に現れるすさまじい変則リズムの曲なのに、どうしてこんなに親しみやすく聞こえるのか、ぼくにはさっぱりわからない。

でも、ぼくは実のところムソルグスキーのピアノ原曲は、あんまり好きではない。無茶《むちゃ》な持続音が多すぎて、まるで管弦楽曲を無理矢理《むりやり》ピアノ曲にまとめたみたいに聞こえるのだ。とくにフィナーレ。

だから、ぼくがこれを編曲するとしたら。やっぱり最初からオルガンかなにかでガツンと鳴らして――『こびと《GNOMUS》』はベースとドラムスのユニゾンで――

そしてふと気づくと、ヘッドフォンの中で、ぼくの考えている音がそのまま鳴っている。無《む》意識《いしき》のうちに、エマーソン・レイク&パーマーのアルバムをまた再生していたのだ。

ぼくはため息をついてオーディオの電源を落とし、机の上にCDを投げた。『展覧会《てんらんかい》の絵《え》』の山が崩《くず》れてベッドに落ちた。

だめだ。こんなのなら、完全コピーで演《や》った方がいいじゃないか。

携帯電話を取り上げる。先輩《せんぱい》の番号を呼び出そうとして、やっぱりやめる。

電話して、ぼくには無理です——なんて言うのは、さすがに恥《は》ずかしい。

フェケテリコの曲はすべて先輩が作っている。だから今回も先輩がやればいいのに、なんでぼくが編曲《へんきょく》なんて。まさかぼくが音楽評論家《ひょうろんか》の息子《むすこ》だから、クラシックの曲を扱うのは得意だとでも思ってるんじゃないだろうな。それならまだ真冬《まふゆ》の方が適任だ。

どうすればいいんだろう。EL&Pのサウンドが、ずっと耳から離《はな》れない。

水曜日《すいようび》に珍客があった。ぼくが『ナガシマ楽器店』での練習を終えて、かなり夜遅くにくたくたになって帰ってくると、家のガレージにでかい外国車が駐《と》めてあったのだ。

「うわぁ……」

さすがに見るのは四度目なので、もう憶《おぼ》えた。一瞬《いっしゅん》本気で、今日《きょう》は千晶《ちあき》のところに泊めてもらおうかな、なんて考えてしまう。

こっそり玄関を開けると、居間の方から大音響《だいおんきょう》のショスタコーヴィチが聞こえてきて、そこに二人《ふたり》の中年男の口汚い罵《のの》りあいが混じっているのもわかる。

「……だから、フーガが続いてんのは提示部までなの！　いつまで声部際立《きわだ》たせる作業続けてんだよ、おまえはちょっとショスタコのオーケストレーションを盲信しすぎだ、管がバラバラじゃねえか。原色塗《ぬ》りってレベルじゃねえぞ」

「ロンドンの金管はこれくらいで映《は》えるんだ、ショスタコーヴィチだけでやってるわけじゃない。だいいちこの楽章は最後まで中声部の葛藤《かっとう》がメインだから――」

「それでコンマスと喧嘩《けんか》してリハをぶっちされてりゃ世話ねえよ、アメリカのオケと同じ調《ちょう》子《し》でやるからこうなるんだ」

「なにを知った口を」

「なにやってんですか……」

ぼくが居間に入っていくと、危うくつかみあいになりかけていたエビチリと哲朗《てつろう》は、はっとして姿勢を正しソファに戻った。白々《しらじら》しく分厚い弦楽のアダージョが流れる。一聴《いっちょう》しただけでそれとわかる、エビチリ指揮のライヴ録音《ろくおん》だ。

「こんな遅くに、お邪魔《じゃま》している」

エビチリは渋面《じゅうめん》をつくって会釈《えしゃく》した。ぼくもちょこっと頭を下げる。

「……ええと、コーヒーでいいですか」

案《あん》の定《じょう》、哲朗《てつろう》は客に茶《ちゃ》も出していないのである。

「ああいや、おかまいなく。実は今日《きょう》もきみに話があって来たんだ」

……またですかッ？

「あー、で、でも、なんにもないのもあれだし、淹《い》れてきますね」

ぼくはひとまず台所に逃げ込み、手を洗いながら心を落ち着けようとする。そりゃあ、エビチリもひまではないから、哲朗と口喧嘩《くちげんか》するためだけにうちに来るわけないか。というと、また真冬《まふゆ》がらみの話だろうか。やかんを火にかけながら、いったいなんだろう、なにかまずいことしたっけ、と心当たりを思い返してみる。

「――彼は実に気遣《きづか》いのできる子だな。ほんとに桧川《ひかわ》の子なのか？　美沙子《みさこ》さんの連れ子だったとか」

エビチリ、話聞こえてるってば。妙なところに無神経なのは真冬を見ていて知ってたけど。

「残念でした。おれの遺伝子《いでんし》たっぷり五十パーセント配合よ」

哲朗も気持ち悪い答え方するなよ！

ささやかな報復として、二杯とも超《ちょう》深煎《ふかい》りコーストで淹れて持っていってやった。でも二人《ふたり》とも平気な顔して飲むのである。面白《おもしろ》くない！

コーヒーカップを置くと、エビチリはその厳《きび》しい地顔をまったく崩《くず》さずに言った。

「この間はありがとう。感謝《かんしゃ》している」

「……え、え？　なにがですか」感謝される憶《おぼ》えはないぞ？

「真冬を、私のコンサートに連れてきてくれたじゃないか。はじめてだったんだ。きみについて来たんだろう？」

「あ、え、えーと……」

あのときのことか。あれは、真冬がなぜか勝手にチケットを取ったんであって、ぼくが連れていったわけではないのだけれど。

「私も無理を押してフロベール君に出てもらった。真冬もあれは喜んでくれたようだし――そういえば、フロベール君ともあの後、何度か逢《あ》ったそうだね」

「え、あ、は、はい」

「彼もきみのことばかり話していた。きみは……不思議《ふしぎ》な人間だな」

そ、そうですか？

「おいちょっと待て、フロベールてジュリアン・フロベール？　なになに、ナオあいつに逢ったの？　どこ、今どこにいるんだよ」

哲朗がいきなり商魂むき出しの顔で迫ってくる。

「あいつの独占インタビューとかできねーかなー、編集長《へんしゅうちょう》にせっつかれてんのよ、おれ一応コネあるみたいなこと吹《ふ》いちゃったからさあ。写真だけでも」

「哲朗は黙《だま》ってて」「意地汚い仕事の話はよそでやってくれ」

またしても二人《ふたり》に同時につっこまれた哲朗《てつろう》、今度はいじけたりしなかった。

「おいふざけんな！　おれがなんの仕事でナオをここまで育ててやったと思って——」

「業界ゴロってこないだ言ってたでしょ？」「業界ゴロだろう、おまえは」

「ぎょ、業界ゴロは立派な仕事だもん！　楽団員の引き抜きの手引きとか音大の学閥《がくばつ》のスパイとか、そういう後ろ暗いことなんてやってないんだからな！　ほんとだってば！　ナオくん、その冷たい目はなに！」

哲朗、もういいよ、口調《くちょう》も変になってるし、静かに休んでてくれよ……。

「うう、ひどい、日陰者扱いしやがって」

哲朗は泣きながらコーヒーカップを抱えて台所に引っ込んだ。あまりに憐《あわ》れだ。エビチリも深々とため息をつき、またコーヒーを一口。

「まあ、フロベール君は今、顔出しだけでなにかしら金になるからな。雑誌社が必死に居所を捜すのも無理はない。……わかっていると思うが、彼のことはあまり口外しないでくれ」

ぼくはぶんぶんうなずく。ユーリだって、口さがない日本のマスコミに追い回されて、あることないこと書きたてられたくはないだろう。

「彼か真冬《まふゆ》から、聞いているかもしれないね。きみだから話すが……真冬は復帰の話が、進んでいる」

ぼくはエビチリの手の中にあるカップをじっと見つめた。

復帰。

あのきらびやかで冷え切った光の中の世界に、真冬は戻ってくる。

「この話も、内密に。真冬はマスコミがひどくきらいだ。ろくな目に遭《あ》っていない。いつかのように騒《さわ》がれるのは、私もごめんだ。狭い業界だから、隠《かく》し通せはしないだろうが。もうすでに嗅《か》ぎ回っている連中もいる」

「……はい」

「なんの奇蹟《きせき》かはわからないが、指が、ほぼ完治した。先月はじめにはもう麻痺《まひ》がなくなっていたらしい。医者も驚《おどろ》いていたが、心因性のものだし……なにかふとしたきっかけで、そうなることも考えられなくはないらしい」

十月のはじめ。麻紀《まき》先生が言っていたことと一致する。

きっかけなんて、ユーリが戻ってきたこと以外に、考えられない。

「コンサートはまだ無理だが、CDは出そうということでレコード会社も動いている。復帰作は、ベートーヴェンのヴァイオリンソナタになるだろう」

ぼくの肩がぴくっと反応してしまう。

ヴァイオリンソナタというのは、一般的に、一台ずつのヴァイオリンとピアノのための複数《ふくすう》楽章からなる曲を指す。

つまり——そういうことなんだろう。

でもぼくは、とっくにわかっていることを、訊《き》かずにはいられない。

「……ユーリと、ですよね？」

訊《たず》ねる声の暗さに、自分でも驚《おどろ》いた。エビチリの顔が見られなかった。

「もちろんそうだ。アメリカではけっきょく実現できなかった。絶対に成功させたいというプロデューサーの意向もあったし、二人《ふたり》とも乗り気だ」

そりゃ売れるだろうなあ話題性抜群だし。ぼくだってずっと聴《き》きたいと思っていた。実に喜ばしい。それで？

ぼくになんの用事があるの？

「それで、訊きたいのだが——私は家で、真冬《まふゆ》が練習しているところを見たことがない」

「……はぁ」

そんなことかよ。ぼくに訊かなくても、わかるだろうに。

「学校で、やってるみたいですよ。準備室のピアノ借りて」

とてもそれだけじゃ練習量足りないだろうけど。プロのピアニストは、まるで泳ぐのをやめると呼吸できずに死んでしまう魚みたいに、毎日六時間以上を練習に費やすという。だから、ぼくもエビチリも知らないどこかで、さらに練習しているのかもしれない。二年半の空白を埋めるために。

「そう……か」

エビチリはほうっと息をついて、表情をゆるめる。

「それなら、いいんだ。いや、妙だと思うかもしれないが、私自身——まだ信じられなかったんだよ。真冬が、またピアノに触れる意志を取り戻してくれたということがね」

ぼくだって、まだ信じられない。

「ユーリのおかげ、ですね」

「いや——」

そこでエビチリは、ぼくの顔をなぜかじっと見つめて、言《い》い淀《よど》む。目を膝《ひざ》に落としたのは、かなり長い沈黙《ちんもく》の後だった。

「……わからないな。あの子がなにを考えているのか、私には話してくれないから」

ぼくには、断片的にだけれど、けっこうたくさん話してくれたはずだった。でも、今さらながらによくわからない。それは、ぼくが馬鹿《ばか》なせいなんだろうか。

「でも、あの学校に通うようになってから、少しは話すようになった」

そうつぶやいたエビチリの口元にはかすかに笑《え》みが浮かんでいる。

「最初はどこかの音大付属《ふぞく》に預かってもらって、まわりにいつもピアノがある環境《かんきょう》でやる気を取り戻してもらおう、などと考えていた。しかし真冬がいやがったんだ。今にして思えば、押し通さなくてよかった。あの学校に入れたのは——よかったと思う」

ぼくはただ、黙《だま》ってうなずく。そう言ってもらえると、少しだけ救われる。

「しかし、これからまた、学校は休みがちになるかもしれない」

エビチリの言葉に、ぼくははっとして顔を上げた。

「練習もレコーディングも忙しくなる。取材も今のところシャットアウトしているが、いつまでもというわけにはいかないだろう。そうなれば、今まで通りには……」

エビチリの顔には沈んだ苦悩の表情。ぼくも、同じ顔をしていたかもしれない。

「今回はあの子が望んでいることだ。だから、いいことなのか悪いことなのか、私にもわからない。ひょっとすると、通学を続けられなくなるかもしれない」

自分の心臓《しんぞう》が足の裏で鳴っているみたいな気がした。

真冬《まふゆ》が、学校に来なくなる。いつかのように、ではなく、今度は自分の意思で。

それは——考えていなかった。あり得ることなのに。あの世界に戻るということは、ぼくの世界からいなくなるということ。

真冬がいなくなる。

その後、ぼくはほとんど上《うわ》の空《そら》で返答していた気がする。エビチリがいつ帰ったのかもわからなかった。気づくとひとりきりで、居間のソファに沈み込んでいた。書斎の方から、哲朗《てつろう》がかけているレコードの弦楽が遠く聞こえていた。

次の日の放課後《ほうかご》、ぼくはすぐに音楽準備室に行った。麻紀《まき》先生が「楽譜《がくふ》の棚なら勝手に見ていいよ」と鍵《かぎ》を貸してくれたのだ。

もちろん楽譜の品揃《しなぞろ》えでは哲朗の書斎の方がずっと上だけれど、やつは整理《せいり》整頓《せいとん》をまったくしないので、どこになにがあるのか（本人以外には）わからないのである。

机に五線譜《ごせんふ》を広げて、膝《ひざ》の上にベースを置いて、積《つ》み上げた楽譜を流し読みする。シャーペンを握った右手は全然動こうとしなかった。

シャーペンを投げ出す。

四時半までは、クラスの方の文化祭準備の時間だ。ぼくはこっそりさぼっている。四時半になったら民音のスタジオ練習が始まってしまうからだ。それまでになにか糸口だけでも、と思うのだけれど、ぼくの頭の中は真冬のピアノで埋め尽くされていく。

ステージで真冬が、ピアノやシンセを弾《ひ》いてくれたら。ふと、そう思う。

そうしたら、引《ひ》き留《と》められないだろうか。バンドでもピアノを弾くようになれば。

家でシンセサイザーをいじっていたときに、ぼんやりと思いついた組曲の形が、五線譜にスケッチしてあった。トモさんが育てたあのシンセサイザーは、ほんとに音色《ねいろ》豊かで、あの一台だけで映画の音源を全部まかなえそうなほどだった。

あれをステージで使えたら。真冬が、弾いてくれたら。そうしたらどんな曲だって、それこそＥＬ＆Ｐの『展覧会《てんらんかい》の絵《え》』にギターを加えたような贅沢《ぜいたく》なアレンジだって――

ぼくは首を振り、白紙の五線譜《ごせんふ》を意味もなく破って丸めて捨てた。

いいかげん、EL&Pから離《はな》れろ。真冬《まふゆ》のピアノからも。

たとえレコーディングする意思は取り戻したのだとしても、スポットライトの下で真冬がピアノを弾《ひ》いてくれるわけがない。わかってるはずじゃないか。ましてや、引き留めるだなんて。真冬がまだどうするのかも聞いていないのに。

そこでぼくの思考はとぐろを巻いて、一歩も進めなかった。

ドアが開く音がした。振り向くと、サファイア色の瞳《ひとみ》と視線が合う。

「あ……」

ぼくはあわてて立ち上がった。真冬はそうっと部屋《へや》に入ってくると、机の上に散乱した楽譜やノートやペンを見て言う。

「……ごめんなさい、邪魔《じゃま》しちゃった？」

「ううん。どうせなんにも進んでない。ピアノの練習？」

真冬はぎこちなくうなずく。ピアノの椅子《いす》に腰掛けるので、ぼくは楽譜をまとめて立ち上がった。どこかべつの場所に行こう。今は、真冬といるのがなんだか気詰まりだ。

出ていこうとすると、真冬がぼくのYシャツの裾《すそ》を引っぱる。

「……ええと。なに？」

「べつに、出ていかなくてもいい」

「だって――」

「あの、あのね、ピアノのことは、黙《だま》ってたわけじゃなくて」

真冬は赤らめた顔の下半分を楽譜で隠《かく》して、上目遣《うわめづか》いでぼくの顔をうかがう。

「ちゃんと、してから言いたかった。ちゃんと弾けるようになって、できればっ、レコーディングしてから」

「……ユーリと？」なんでこんなこと訊《き》くんだろう、と自分で思う。

「う、うん、あの、でも」

「いや、いいんだよ、それは。気にしてない」とぼくは嘘《うそ》をつく。「学校じゃここしか練習に使えないんだろ。楽譜見繕《みつくろ》って、部室に戻るよ」

「べつに、あなたなら、聴《き》いててもいい」

そうまで言われると、出ていきづらくなる。ぼくが机に戻ったとたん、オクターヴで打ち鳴らされるハノン練習曲が始まる。ぼくは、ピアノの前に座った真冬の後ろ姿、まったく揺《ゆ》らぐことのないリズムに合わせて揺れる栗毛《くりげ》を見つめ、不思議《ふしぎ》な思いを味わう。

ピアニスト蛯沢《えびさわ》真冬を特徴付けるのは、まずなによりも、右手と左手のすべての指にまったく力のむらがない打鍵《だけん》の均等さである。ある評論家《ひょうろんか》はそれを『養殖真珠《しんじゅ》のように粒ぞろい』と揶揄《やゆ》した。その表現は気に食わないけれど、言わんとしているところはわかる。

でも、こうして間近で聴いていると、わずかに右手の高音が弱いのがわかる。真冬が一度は失った、右手の三本の指。

それは、ぼくが意識《いしき》してそう聴《き》いているせいかもしれなかった。水で動く精緻《せいち》なおもちゃみたいに、一音ずつ上昇していく流れに身を任せていると、とても二年半ものブランクがあるとは思えない。

と、いきなり練習曲がぶつっと途切《とぎ》れる。

「や、やっぱりっ」真冬《まふゆ》が振り向く。「こっち見てないで。弾《ひ》きづらい」

「え……」

じゃあ、出てくよ。と真冬の横を通り抜けようとすると、また服を引っぱられる。

「出てかなくてもいいから」

なんなんだよ。意味わかんねえ。ぼくはため息をついて、机に戻った。椅子《いす》を回して真冬に背を向ける。今度は十度跳躍《ちょうやく》進行のフレーズが始まる。あの小さい手で、よくやるもんだ。もう、ほとんど普通に弾けているように聞こえる。もちろん、いざ曲に取り組むとなればブランクの影響《えいきょう》は出てくるのかもしれない。でも——

真冬がいなくなる。

それはすでに、いつか彼女自身が口にした言葉より、ずっとリアルな想像だった。だって、今度はどこかに逃げるわけじゃない。癒《い》えた翼《つばさ》で飛び立って、帰るだけなのだ。彼女が、かつていた世界に。

だから、ぼくにはもう、それを止める理由もない。

ない？　止める理由はないのか？　ほんとうに？

だって、真冬がいなくなったら。真冬の隣《となり》にいたいと、そう願《ねが》ったはずなのに、その真冬がいなくなってしまったら、ぼくは——

「……直巳《なおみ》？」

ぼくはびくっと腰を浮かせる。振り向くと、真冬がいつの間にかそこにいて、ぼくの手元の五線譜《ごせんふ》をのぞき込んでいる。

「え、あ、な、なに？」思わず、変な声が出た。

「編曲《へんきょく》、進んでないの？」

ぼくはまっさらな五線譜をあわてて閉じる。今さら遅いけれど。

「……うん」

「わたし、なにか手伝《てつだ》う？　直巳の言う通りになんでも弾けるけど」

「え、あ、いや……」

そう言ってくれるのは嬉《うれ》しいのだけれど。真冬がちゃんとピアノ曲を弾けるのだと知らされるのは、かえってつらかったりする。

というか、ちゃんと訊《き》けばいいじゃないか。プロのピアニストとして活動を再開したら——

バンドは、どうするのか。

　でも、訊《き》けなかった。真冬《まふゆ》の答えが怖いのだ。

「わたし、原曲もリムスキー・コルサコフ版も一通り弾《ひ》けるし、即興《そっきょう》でも」

「いや――」ぼくはため息をつく。『展覧会《てんらんかい》の絵《え》』のことなんて、今は考えていられないのだけれど。このまま足踏みばかりしているわけにもいかない。

「まだ、全然考えがまとまってないんだ。どうしていいのかわかんない」

「『展覧会の絵』は、ロックバンドが実際に演ってるのがあるって響子《きょうこ》が言ってた。あなたも知ってるんでしょ？」

「エマーソン・レイク＆パーマーだろ？　だから、それが――引っかかって」

「引っかかる？」

「どうしてもあれの二番煎《にばんせん》じになっちゃう」

「だめなの？」

　ぼくはびっくりして真冬の顔を見る。

「いや……だめ、だろ？」ぼくは原曲版の『展覧会の絵』の楽譜《がくふ》を手に取る。「だって、ぼくはロシア国民楽派なんて全然詳しくないんだ。記事の仕事が回ってきてようやく一夜《いちや》漬《づ》けで調《しら》べるようなやつだし、作曲ちゃんと勉強したわけでもないし、そんなのが、そんなのがさ、原曲じゃなくて、もうすでにだれかがいじった曲を聴《き》いて、真似《まね》して――それでいいものになるわけないよ」

「やってみないと、わからない」

ぼくはうつむいて首を振る。

「そんなの、ただの劣化コピーだよ。なんで先輩《せんぱい》がぼくに任せたのかわからない。真冬、やってみない？　ぼくよりずっとムソルグスキー研究してるだろ、弾けるんだし」

手元に視《し》線《せん》を落としたままそう吐き捨てると、真冬がぎりっと拳《こぶし》を握りしめるのが目に入った。顔を上げると、真冬はむっとした顔で言った。

「そんなの関係ない。あなたがやって」

「だから！　ぼくがやったら、どうせメロディだけ借りた、ただのロックになっちゃうんだってば、そういうのばっかり聴いてきたんだから！　クラシックはみんな聴きかじりなの」

「それでいいじゃない！」

真冬の手が、まっさらなままの五線譜に叩《たた》きつけられた。ぼくは驚《おどろ》いて椅子《いす》から落ちそうになり、腰を浮かせて彼女の顔を振り返る。

「響子が、どうしてあなたに任せたのか、ほんとにわからないの？」

食い入るように見つめてくる、真冬の空色《そらいろ》の瞳《ひとみ》。ぼくは呆然《ぼうぜん》として首を振る。

「……わからない、よ……」

だってあの人は、言葉の一つ一つが、本気なのか冗談《じょうだん》なのかわからないから。真冬は目を伏せて、肩をわななかせる。

「あ、あなたが、そんなだから——」

ぼくが、胸にきりきりした痛みを覚えて、つかえた言葉をなんとか吐き出そうと息を大きく吸ったとき、不意にドアが叩《たた》きつけられるように開いた。

「いたいた！ 二人《ふたり》ともっ！」

入り口に二人分の影《かげ》。千晶《ちあき》と、それからクラス委員長の寺田《てらだ》さんだった。二人のかっこうを見てぼくは、口にしかけた言葉どころか、ここがどこなのかも一瞬《いっしゅん》忘れてしまった。

「……な、なに？ その服」

千晶も寺田さんも、いつぞやライヴでユーリが着ていたような、黒地に大量のフリルがあしらわれた少女趣味《しゅみ》全開のドレスを着ている。ご丁寧《ていねい》にヘッドドレスつき。

「ナオ、文化祭準備さぼりまくりで知らなかったでしょ？ うちがゴシックカフェやるって」

「ごめん、聞いてない」

「それでナオくんはギャルソンになったから」と寺田さん。

「それも聞いてねえ！」

「決めるときにいないのがいけないんでしょ！ ほら、衣装《いしょう》合わせするからこれ着てきて！」

ぼくの顔に黒いなにかが投げつけられる。受け取って広げてみると、腰エプロンやベストだ。えらいしっかりした衣装だな……。

「それから、そこで他人事《ひとごと》みたいな顔してるお姫様も、ウェイトレスだからね」

「え、えっ？」

寺田さんからゴスロリドレスを押しつけられた真冬《まふゆ》が、目を白黒させる。

「ナオくんは廊下で着替えて。あたしらはお姫様の着替え手伝《てつだ》うから」

「これ最初、ひとりじゃ着られないんだよね。教えてあげる」と、千晶は目を輝《かがや》かせる。なにか言うひまもなく、ぼくは廊下に叩《たた》き出されてしまった。


そんなわけで、バンドの練習ばかりしていられなくなった。放課後《ほうかご》はカフェの内装を作ったりメニューを考えたり、その合間にまっさらな五線譜《ごせんふ》を開いて絶望したり。民音部室に行っても個人練習ばかり。もちろん、ぼくがアレンジを仕上げないので合わせ練習ができないというのもある。

少し安心してしまう自分が情《なさ》けなかった。真冬と言葉を交《か》わさなければ、なんだか色々と考えずに済むし、結論《けつろん》を先送りできる。

二年一組は体育館《たいいくかん》で『ロミオとジュリエット』を演《や》るそうで、主演だという先輩《せんぱい》は舞台稽古《ぶたいげいこ》で忙しそうだった。部室での練習に顔を出すのも、夕方六時を過ぎてから。そのときは真冬も千晶もクラスの方の準備で、まだ来ていなかった。

「先輩はあんまりジュリエットって感じじゃないような……」

「『ウェストサイド物語』の方のシナリオを再翻案《さいほんあん》したんだ。だから、私のジュリエットは最後に死んだりしない。剣を手に、モンタギューとキャピュレット両家の争いを止める役」

なるほど、すげえ納得《なっとく》。怖いジュリエットだな。

「ついでに、うちのクラスの連中にライヴの照明も頼むことにした。民音のステージは二年一組のすぐ後だからね」

それはありがたい。

「だからあとは、少年のアレンジができあがるのを待つばかりだ。今週中にできるよね？」

「うぐっ」

ぼくは部室から逃げ出そうとして、首根っこをつかまれる。

「そうそう、『プロムナード』とか『キエフの大門』につける歌詞は、なにかからの引用がいいね。ロシア正教の讃美歌《さんびか》とかどうかな」

「なんでまたそう無茶《むちゃ》ばっかり言うんですか……」

「だって少年は、なんだかんだと言いながら、私の期待にいつも応《こた》えてくれるから。合唱コンクールでも、体育祭でも。そういうところが好きだよ」

腕でぼくの頭をがっちり押さえ込んで、至近距離《きょり》でそんなことを言わないでほしい。

「……どうして——」

真冬《まふゆ》が「ほんとにわからないの？」と言っていたことを、ぼくはもう一度先輩《せんぱい》に訊《き》こうとしてしまった。でも、食いついてきそうなその猛禽《もうきん》の笑《え》みを前にして、言葉を呑《の》み込んでしまう。そんなこと訊《こた》いてどうするんだ。

ぼくが、応えるか、応えないか。どっちかじゃないか。

だからその日の帰《かえ》り際《ぎわ》、図書室に行ってみる。けっきょく四人そろっての合わせ練習はやる時間がなかったし、なんにも進展なしで帰るのはなんだかせつない。

でも、ロシア正教の讃美歌なんてどこにあるんだよ。宗教関係？　それとも海外文学？　そもそも学校の図書館《としょかん》で探すのは無理があるだろうか。人気《ひとけ》のない本棚の間を、ぶらぶら歩き回りながら、ぼくは茫洋《ぼうよう》とした背表紙の並びに目を泳がせる。

そりゃあ、ぼくだって先輩の期待には応えたい。でも、時間がないのだ。できもしないことをひねり回して、同じ場所でぐるぐるもがいているくらいなら、今すぐ先輩にごめんなさいって言うべきじゃないのか。

だってぼくは、音楽史と楽典をちょっとかじって、ほんの四ヶ月前にベースを弾《ひ》き始めたってだけの、ただの高校生なんだから。

海外文学の棚の前で、ぼくは小柄な人影《ひとかげ》とばったり鉢合《はちあ》わせして、危うく声をあげそうになった。本に手を伸ばしかけたまま、真冬もしばらく固まっていた。

「——な」なんで図書室なんかに？　と聞きかけて、口ごもる。私語厳禁《げんきん》だった。

真冬は急いで本を棚に戻し、ぶんぶん首を振ってみせると、足早にぼくの脇《わき》を通り抜けて、図書室を出ていってしまった。呼び止めるひまもなかった。

あの日以来、避けられているような気がする。考えてみればぼくはあのとき、音楽準備室でずいぶんと情《なさ》けないことを真冬《まふゆ》に言ってしまった。編曲《へんきょく》が進まないのを、色んなもののせいにして言《い》い訳《わけ》並べて——。

おまけに、肝心《かんじん》なことはついに訊《き》けなかったし。

ほんとうに、学校に来なくなるんだろうか。たしかにエビチリの言う通り、最近の真冬は授業を休みがちになった。レコーディングの方で忙しいのかな。

色んなことが伝えられないまま、真冬がどんどん遠くなっていく気がした。

彼女がなにか探していた棚に目をやる。なにかの偶然なのか、ロシア文学のタ行のあたりだ。チェーホフ、ツルゲーネフ……ドストエフスキー？　トルストイ？　いや、小説じゃないのも並んでるな。トロツキーもある。神楽坂先輩《かぐらざかせんぱい》の好きな革命家だ。真冬、こんなの読もうとしてたのか？　あいつが本を読んでるところなんて、見たこともないけど。

ぼくって、ほんとに真冬のことをなにも知らないんだな。お互いに口を開けば音楽のことばかりだったし。

でも、もう、そんなわけにはいかなくなった。

ぼくの中の、真冬のための場所が、大きくなりすぎていて。

訊いてみればいいのに、答えが怖くて、言葉にできない。真冬が、フェケテリコのギタリストでいてくれるのかどうか。
ぼくと一緒《いっしょ》に——いてくれるのかどうか。

そのまま週末になった。ぼくは金曜日《きんようび》の放課後《ほうかご》、部室に顔を出さずにそのまま家に帰ってしまった。けっきょくなにも進まず、五線譜《ごせんふ》はまっさらなままだったからだ。あまりに恥《は》ずかしくて、真冬にも、先輩にも、千晶《ちあき》にも、合わせる顔がなかった。

かなり迷ったけれど、千晶の携帯にだけ『ごめん腹が急に痛くなったので帰る』と白々《しらじら》しいメールを送っておいた。『ほんと仮病《けびょう》下手《へた》だよね昔から』と返信されてきて、ぼくは自宅の玄関で頭を抱えてうずくまった。

三人のうちのだれかから電話がかかってきたらどうしようかと、ぼくはびくびくしながら、布団《ふとん》に潜《もぐ》り込み、ヘッドフォンをかぶって、クラッシュの『ロンドン・コーリング』を一晩中リピートしながら眠った。

携帯電話の鳴る音で目を覚ました。ぼんやりした頭で時刻を確認《かくにん》する。九時。午前か午後かよくわからない。いや、カーテンから陽《ひ》が漏《も》れているんだから午前中だろう。なんか電話の呼び出し音が聴《き》き取りづらいくらいうるさいし、頭が痛いのはどうしてだろう、としばらく考えてから、ああ、と思い出して、まだジョー・ストラマーが歌い続けているヘッドフォンをむしりとった。

番号を見ると、電話の相手はバンドの三人のだれからでもなかった。知らない番号。03で始まっている。……東京《とうきょう》？

通話したとたん、きらきらした声がはじける。

『――ナオミ？　ナオミだよね？　よかったつながった！』

「……ユーリ？」

忘れようもない、砂糖《さとう》菓子みたいなその声。そういえば携帯の番号教えておいたっけ。でも、なんでユーリから？

『あのねナオミ、今日《きょう》ひま？』

「……え？」

『休みだよね、三時までに渋谷《しぶや》に出てこれないかな』

「え、あ、いや……」

わけのわからない受け答えをしながら、こめかみを拳《こぶし》でとんとん叩《たた》いて意識《いしき》をはっきりさせようとする。渋谷？　今日、これから？

『こないだ約束したじゃない、今度は僕がまた誘うって。反撃《はんげき》するって！』

「ああ、うん」

まだ視界の半分に灰色《はいいろ》のもやがかかったような気分。ユーリがぼくを。あれは軽口じゃなくてほんとだったのか。反撃ってなんだ？

ぼくを覆《おお》い尽くしているこのもやもやに、ユーリも関係していると言えなくもなかった。でも、彼が悪いわけじゃないし、せっかく誘ってくれたんだし。

バンドメンバー以外で、だれか音楽の話ができるやつと逢《あ》うのは、悪くないかもしれない。ぼくの愚痴《ぐち》だらけになっちゃうだろうし、ユーリにはあんまりそういうところを見せたくないけれど——。

「ええと、三時に、どこ？」

『来てくれるの？　嬉《うれ》しい！　あのね、スペイン坂《ざか》にある3Lスタジオっていうとこ、場所わかる？』

「あー、ネットで調《しら》べれば」渋谷なんて行ったこともないけど。

『三時、遅れないようにしてね』

「なにがあんの？」スタジオってことは、またバンドのなにかかな。

『秘密。びっくりさせたいから』

言うと思った。こういうやつだよな。

「あのさ、一つだけ。逢うのはいいんだけどそっちの服装」

『うん。ナオミが好きそうな可愛《かわい》いやつ着てるから大丈夫』

そうじゃねえ！　でも電話は切れてしまった。ぼくは携帯をしまうと、ＰＣを起《た》ち上げる。

3Lスタジオは検索するとすぐに見つかった。東京《とうきょう》は不安なので地図をプリントアウトする。道に迷う時間も考えると、お昼には出発しなきゃ。

検索して出てきたページを、もう少しよく読んでおくべきだった。そうすれば、ユーリがどうしてぼくを呼んだのか、前もってわかっただろうに。

洒落《しゃれ》た南ヨーロッパ風《ふう》の構えの店が左右に続く渋谷《しぶや》スペイン坂は、土曜日《どようび》の昼下がりということで、ひどく混み合っていた。うんざりするくらいカフェと雑貨屋とアパレル系の店ばっかりの通りである。もう十月の終わりなのに、人いきれで汗が出てくる。

ようやく、目当てのビルが見つかる。壁面《へきめん》に『STUDIO LLL』とある、小ぎれいなビルで、よく知っているレコード会社のレーベルロゴがくっついていて、ぼくはびびる。え、ここ商用スタジオか、ひょっとして。

受付にはちゃんと制服を着たお姉《ねえ》さんがいて、おそるおそる名前を告《つ》げると、奥に案内してくれる。七番スタジオ。小ぎれいなキチネット付きの中央ロビーを通って、左手奥の防音扉を開ける。

「桧川《ひかわ》さんがお見えです」

受付のお姉さんが中にそう言って、ぼくをうながした。

コントロールルームの半分は、見たこともないくらい馬鹿《ばか》でかいミキサーが占めていた。アニメのロボットのコクピットみたい。ミキサーの前の椅子《いす》に腰掛けているのは、サングラスにまばらなひげの、ワイルドな感じの人。雰囲気的に音楽プロデューサーっぽい。この人はぼくをちらっと見ただけだった。サングラス越しでも不機嫌《ふきげん》そうな目をしているのがわかる。

その隣《となり》に立つ、ポロシャツがはじけそうな肥満体のおっさんは、たぶんエンジニアだろう。ぼくを見て、にこやかに寄ってくる。

「哲朗《てつろう》さんの息子《むすこ》さんだよね？　はじめまして」

「え……知ってる、んですか」

「うん、昔だいぶお世話になってね、どんなお世話かはちょっと言えないんだけど」

さすが業界ゴロ。じゃなくて。ユーリはどこ？

ぼくがきょろきょろとあたりを見回したとき、いきなりコントロールルーム奥の扉が開いて小さな人影《ひとかげ》が飛び込んできた。

「ナオミ！」

ぼくに駆《か》け寄ってきて抱きつこうとしたユーリの後ろ襟《えり》を、さっと立ち上がったプロデューサーさんがつかまえて引っぱり戻した。

「馬鹿やってんじゃねえブースに戻れ。テスト録音《ろくおん》だからって遊んでる時間ねえんだ。おまえひとりでレコーディングしてんじゃねえぞ」

「うぅー」ユーリは涙目になって手足をばたばたさせる。ひとりじゃ、ない？

ぼくはミキサー正面の防音ガラスに目をやった。窓の向こう、広い録音《ろくおん》ブースにはたくさんのマイクスタンドが立ち並び、その真ん中に翼《つばさ》を広げた黒いグランドピアノがあり──

栗毛《くりげ》の髪がゆっくり揺《ゆ》れて、彼女がぼくを見た。

「……真冬《まふゆ》？」

真冬だった。ピアノの前に座っているのは、たしかに、クリーム色のワンピースを着た真冬だった。ぼくと視線《しせん》が合うと、その顔に色んな表情があらわれては消え、やがてぷいっとそっぽを向いてしまう。

「真冬が、ナオミを呼んでって言ったんだ」

ユーリの言葉に、ぼくは信じられない思いで、ガラスのこちら側とあちら側の二人《ふたり》の顔を見比べる。

「今から録《と》る曲、聴《き》かせたいから、って」

真冬が──ユーリとの曲を、ぼくに？

サファイア色の瞳《ひとみ》が、分厚いガラス越しにもう一度だけぼくへと向けられる。なにかを問いかけるような真冬の視線。ブースに戻っていったユーリの背中が、それを遮《さえぎ》る。

真冬はぼくにうなずいてみせ、ピアノに向かった。ユーリも、ヴァイオリンを取り上げて、ぼくに微笑《ほほえ》みかけ、弓を手にする。

なるほど、ユーリの反撃《はんげき》、か。ぼくはふらふらになった頭でそう思う。

あのときぼくは、ユーリを呼び出して、真冬の弾《ひ》くコンチェルトとミックスした曲を聴かせてやった。今度は、ユーリの番。

ぼくが——他人《ひと》の力を借りて——ミキサー上の幻想として創《つく》り上げた音楽。

ユーリは、その『ほんもの』を、創ることができる。真冬と、二人で。

「おい、桧川《ひかわ》ジュニア」

ひげのプロデューサーさんがぼそっと言った。

「突っ立ってねえで座れ。見学なんだろ。おとなしくしてろよ」

エンジニアさんが用意してくれた椅子《いす》に、ぼくは崩《くず》れ落ちる。

「テイク1」

ブースに響《ひび》く声に、ユーリと真冬の、同じように青い瞳が、すうっと冷めていく。それは、ぼくがはじめて見た色。降り注ぐ光の中で、押《お》し潰《つぶ》されることも、燃《も》えつきてしまうこともなく、ただ行く手にある広漠とした海を見つめる目の色。

ユーリの握った弓の先が、天を衝《つ》いた。堂々たる重音が切って落とされる。そこに吐き出された和声進行に、真冬のピアノが、暗く翳《かげ》った、けれど情熱的《じょうねつてき》な対照形で応《こた》える。やがてイ短調《たんちょう》に深く深く沈んでいく二人の問いかけと回答。暗闇《くらやみ》の中を手探りするような経過句、そこからユーリの手によって光の中へと力強く引きずり出される第一主題。

これは――

ベートーヴェンの作品47、ヴァイオリンソナタ第九番イ長調《ちょうちょう》『クロイツェル』。

ぼくはその焼けつくような響《ひび》きに呑《の》み込まれながら、かつて哲朗《てつろう》が寄稿したある解説記事を思い出す。

ピアノとヴァイオリン、古典楽器の王と女王であるこの二つの楽器のために作られた二重奏ソナタは数知れない。そのどれもが――ベートーヴェン以前は――ピアノを主体とし、ヴァイオリンが装飾的に踊る『助奏付きピアノソナタ』に過ぎなかった。

哲朗はこう書いている――おそらく作曲家たちはみな知っていたのだろう、この両者の音色《ねいろ》が本質的には相容《あいい》れず、二人《ふたり》だけではけっして融和《ゆうわ》しない、ということを。だから、天才モーツァルトをもってしても、ヴァイオリンソナタにおいて女王を王と対等の座に置くことはできなかった。

ベートーヴェンに至って、二人の融和という考え方はついに破棄《はき》された。この第九番『クロイツェル』において彼が成したヴァイオリンソナタの一つの完成形は、ヴァイオリンとピアノの「闘争《とうそう》」だった。

その意味が、今のぼくには痛いほどわかった。

ピアノの打ち鳴らす焦燥感《しょうそうかん》をあおるような足踏みの上で、身を焼かれて躍《おど》るヴァイオリンのパッセージ。同じメロディが受け渡され、切り刻まれ、ばらばらに踏《ふ》み砕《くだ》かれ、上になり、

下になり、熱《ねつ》を増しながら、ぼくの耳を浸蝕《しんしょく》し傷口を押し広げ展開されていく。まるで意識《いしき》から聴覚《ちょうかく》が引きはがされそうなほどだった。ガラスの向こう、汗と血を散らしてぶつかり合うユーリと真冬《まふゆ》の姿から、それでも目を逸《そ》らせない。

二人《ふたり》は、同じ高みにいた。

ぼくの手が届かない、蜃気楼《しんきろう》の城壁《じょうへき》の彼方《かなた》。

音楽を聴《き》いて涙を流すのはいつ以来だろう。頬《ほお》に熱《あつ》いものが伝うのを感じながら、頭の隅っこの方にいる皮肉屋のぼくが、馬鹿《ばか》みたいに冷静に考える。美沙子《みさこ》が出ていった朝だって、こんなことにはならなかった。

どうして、真冬はぼくにこれを聴かせようとしたんだろう。

もう今は、隣《となり》に立てるだれかが——くたびれた身体《からだ》を肩に預けるだれかではなくて、同じ空で戦えるだれかが、見つかったってことだろうか。これを聴いて、ぼくにどうしろっていうんだ。わからない。

ただ、ガラスの向こうの真冬に、もう触れることさえできないのはわかった。それがただ哀《かな》しくて、喉《のど》が涙で灼《や》けた。

第一楽章終結部《コーダ》、渦《うず》を巻く嵐《あらし》の中で雲の切れ間を目指す二人の旋律が、からみあい、喰《く》らいあいながら昇りつめ、断ち切られる。

防音壁《ぼうおんへき》さえわななかせるような余韻《よいん》の中で、ユーリがゆっくりと弓を下ろす。真冬の手が、鍵盤《けんばん》からそっと離《はな》される。ぼくは立ち上がっていた。真冬がこっちを見ようとしたのがわかった気がして、その目を受け止める自信がなくて。

エンジニアさんの背中を押しのけて、出口に向かった。後ろで二人がなにか言った。身体をぶつけるようにしてドアを押し開き、ロビーに転《ころ》げ出た。

乾いた現実の空気がぼくを包んだ。頬が濡《ぬ》れているのが、錯覚《さっかく》じゃないとわかった。ビルを飛び出し、スペイン坂《ざか》の雑踏を走った。息が切れて、汗のしみたシャツの背中が熱で溶けてしまいそうだった。

でも、立ち止まれなかった。

立ち止まったら、この切れ切れの呼吸が落ち着いて動悸《どうき》が静まってしまったら、耳の中で響《ひび》いているあの二人の『クロイツェル・ソナタ』が――まだ聴いてさえもいない第二楽章変奏曲と第三楽章タランテラまでもが浮かび上がってきて、ぼくをばらばらに引き裂いてしまいそうだったからだ。

家に戻ってきたときも、よっぽどひどい顔をしていたんだろう。哲朗《てつろう》は「ナオ腹減った！」と迎えに出てきたけれど、ぼくの顔を見るなり黙《だま》って居間に引っ込んでしまった。

二階の自室に籠《こ》もってベッドにぼふんと突っ伏した瞬間《しゅんかん》、すさまじい後悔がやってくる。

なにやってんだぼく。なんにも言わずに、なんにも聞かずに、出てきてしまった。頭がぐちゃぐちゃのまま山手線《やまてせん》を何周もして、その間に何度も真冬《まふゆ》から電話がかかってきたけれど、通話に出ることもできず、かといって電源を切ることもマナーモードにすることも思いつかず、車内には何度も何度も『ブラックバード』の着信メロディが流れて、他《ほか》の乗客からにらまれて、いたたまれなさが膨《ふく》れあがった。

馬鹿《ばか》みたいだ。

真冬がどうしてぼくを呼んだのかも、聞いていないのに。

明日《あした》が休みでよかった、と思う。教室で、真冬とどう顔を合わせていいのかわからない。

真冬と話さなきゃ、と思う。話して、謝《あやま》って——

それで、どうするんだ？

携帯電話を開いたり閉じたりして、ぼくは何度も迷った。ボタンを押せなかった。

ドアにノックの音があって、哲朗《てつろう》の声がする。

「……ナオ、カップラーメンでいいか？」

ぼくは机に突っ伏したまま小さくうなずいた。見えたはずもないのに、ドアが開く音。ぼくの目の前に、湯気《ゆげ》を立てるプラスチックのカップが置かれる。

「音楽のことなら、いくらでも相談《そうだん》に乗ってやれるんだけどな」と哲朗はつぶやいた。「ごめんな、役立たずのろくでなしの父親で」

いや、ぼくよりはましだよ、と胸の内でつぶやく。

だって、ぼくがどうしようもないときは、ちゃんとわかってくれている。

それ以上の軽口もなく、哲朗は出ていってしまった。ぼくはカップ麺《めん》を両手でそっと包み込む。あたたかい。でも、食べる気は起きなかった。

どうしてこんなことになっているんだろう、と思う。

いつか、ユーリに訊《き》かれたことを思い出す。

『どうして真冬と一緒《いっしょ》にいたいと思うの？』

『ナオミは、真冬のなんなの？』

なんなんだろう。それから、真冬はぼくの——

ぐじぐじとぬかるみに首まで浸《つ》かっていたぼくを現実に引っぱり上げたのは、これまで何度もそうだったように、寝室の窓を叩《たた》く音だった。

日曜日《にちようび》の朝だ。カーテン越しの曇《くも》った外の光を、だれかの人影《ひとかげ》がぼんやり遮《さえぎ》っている。ガラスを拳《こぶし》で叩く鈍《にぶ》い音。ぼくは毛布にくるまったまま、しばらくそれを数えていた。だれだろう。

真冬？　まさか。

のろのろと歩いていってカーテンと窓を一緒《いっしょ》に開く。デニムのオーバーオールに芥子色《からしいろ》のシヤツがまず目に入り、視線《しせん》を持ち上げると、気の強そうな目とぶつかる。

やっぱり、千晶《ちあき》か。

「……真冬《まふゆ》だと思った？」

一片も笑いの浮かんでいない顔で千晶は言った。ぼくは目をそらしてしまう。

「いや……」

「入るよ？」

ぼくはなんだか気圧《けお》されて後ずさる。千晶は靴を脱いで窓枠を乗り越えた。後ろ手に窓を閉めると、しばらくサッシに腰をもたれてうつむき、黙《だま》ったままでいる。

ベッドに戻って、腰を沈めた。千晶、いったいどうしたんだろう。

「あの、金曜日《きんようび》のこと、怒ってる？　ごめん、あのときは」仮病《けびょう》を使ったのばれてたし。でも千晶は首を振った。

「怒ってるのはそのことじゃないの」

そのことじゃない——。

怒っているのは、たしかなのか。

「真冬に、話聞いたよ」と千晶は言った。

ぼくは氷の塊《かたまり》が肺に向かって落ちていくような思いを味わった。ようやく千晶は視線を持ち上げて、突き刺すようにぼくをじっと見つめてくる。

「真冬は――どうしてナオが昨日《きのう》、黙って帰っちゃったのかって、心配して、なんだか色々考え込んで、ナオの家まで行こうとして、怖くなって、それであたしん家《ち》に来た」

真冬が。

ぼくの家にまで、来ようとしてた？　昨日？　それってかなり夜遅くじゃないのか？

「……なにがあったの？」

追い詰めるような、千晶の問い。

ぼくはうつむいて、やっとのことで息を吐いて、また吸って、自分の手のひらを見つめる。真冬がぼくに逢《あ》いに来てくれていた。ぼくは、逃げ出したのに。

「なんで逃げ出したの？」

千晶の声がずっと遠くから聞こえてくる。

答えなきゃいけない。いつまでも、逃げ回っているわけにもいかない。

「……ユーリが」

声が、かさかさの喉《のど》に引っかかって、痛い。

「ユーリがぼくに、いつかの仕返しだって。あいつは、すごいヴァイオリニストだし、真冬と一緒《いっしょ》に、これからも――いい録音《ろくおん》いっぱい残してくんだろうし、そうしたら真冬はバンドなんてやっている時間もなくなっちゃうだろうし、ぼくみたいな……」

自分でもなにを喋《しゃべ》っているのかよくわからなくて、でも聞いている千晶の目はどんどん優《やさ》しく溶けていくので、ぼくはまた泣きそうになる。

「ぼくなんて、バンドのこともちゃんとできなくて、いっつも同じところで足踏みしてて、だから、真冬《まふゆ》と」

一緒《いっしょ》にいられない。

色々とわけのわからないことを考えて、吐き出してきたけれど、つまりはそれだけだ。ぼくはもう真冬と一緒にいられないかもしれない、そう思うだけで、泣きそうになる。

いつの間に、こんなに好きになっていたんだろう。

最初からずっとそばにいた。あんまりに近すぎて、笑うのも泣くのもすぐ隣《となり》で見てきて、でもそれはいつも真冬のためになにかしようとして——ぼくが、ついていたかったから。

どうしてこんな、最悪のときに、やっと気づくんだろう。

「……ナオは、ひどいね」

ぽつりと、千晶《ちあき》がつぶやく。その言葉が、もうほとんど治った頬《ほお》の傷にしみる。

「……うん。わかってる」

「ううん。わかってない」

ぼくは顔を上げる。千晶の顔は、秋空の色。ようやく少し笑っているように見えるのだけれど、それがかえってさみしげで——

「ナオも、真冬も、ひどい。真冬はわかってるくせに、こんなもの預けたりするから、ナオよりもっとひどい」

千晶はそう言って、ポケットからなにかを取り出してぼくに突き出した。

それは、折りたたんだ数枚の紙だった。受け取って開くと、五線譜《ごせんふ》だ。きれいな手書きの音符《おんぷ》が並んでいて、ぼくは甘く苦しい既視感《きしかん》を味わう。いつかも、こうだった。千晶が楽譜を届けてくれた。ぼくのハートを蹴飛《けと》ばしてくれた。あのときは、神楽坂先輩《かぐらざかせんぱい》の楽譜。

今は――

「明日《あした》までに練習してこいって、真冬が言ってた。なんであたしも引き受けちゃうのかなー」

千晶は自分の髪をもしゃもしゃとかき混ぜて、それからいっそう哀《かな》しげに笑う。

「でも、しょうがない。……『好き』って、つらい――よね？」

「え？　……あ、ああ……うん」

窓を開いた千晶は、サッシに腰掛ける。髪留《かみど》めでくくった房が、吹《ふ》き込んだ風に揺《ゆ》れる。肩越しに曇《くも》り空《ぞら》に目をやって、千晶はつぶやく。

「『きらい』は、楽なんだけど。離《はな》れればいいだけだから。『好き』は、つらいよ。距離《きょり》はゼロより小さくならないもんね。どうしていいのか、わからない」

ぼくは楽譜を握りしめたまま、千晶の横顔をぼんやり見つめる。

「距離が……ゼロ？」ぼくと、真冬が？

「そう。だって、お互いに大事なことなんにも言わないで――気持ちも全然伝わってないのに、最初からずうっとそばにいて。だから」

秋空に目を向けたままの千晶《ちあき》の顔は、ひどく翳《かげ》って見える。

「だから、それ以上近づけなくて、どうしようもなくて、つらい」

そういう意味か。距離《きょり》はゼロよりも小さくならない。

どうしてだろう。千晶には、ぼくが考えていることがみんなわかってるみたいだ。

「さて」

向き直った千晶の顔に浮かんでいたのは、ようやくいつもの晴れ間の笑顔《えがお》。

「あたしが腕ひしぎ十字固めの刑を赦《ゆる》してあげるのは、ナオの腕を折ったらベース弾《ひ》けなくなっちゃうからだからね？」

……千晶さん笑顔《えがお》怖いですよ？

「じゃあ、また明日《あした》学校でね。びびってさぼったりしたら、4の字固めかなー。脚《あし》の骨は折れててもベース弾けるもんね」

壮絶に物騒《ぶっそう》なことを言い残して、千晶は窓枠をひょいと飛び越えた。立木を伝ってするすると降りていく彼女を見送り、ぼくはまた楽譜《がくふ》に目を落とす。

真冬《まふゆ》が、ぼくのために書いてくれたもの。ぼくのために？

それは、なにかの曲の低音部だけを抜粋《ばっすい》したパート譜だった。フレージングからして、チェロかコントラバスだ。なんの曲だろう。さすがにこれだけではわからない。

弾けるようになれば、真冬がなにを考えているのかわかるとでもいうんだろうか。ぼくはうなだれて息をつく。ぼくらはあまりに不器用で——言葉は、心を超えるどころか触れることさえできなくて、思いをつなぐのはいつだって音楽だった。

だから、ぼくはベッドの脇《わき》に立てかけてあったベースを取り上げる。

ぼくらのはじまりはここだった。

どんなにひどいことになっても、ここに帰ってくるしかない。

「ナオは一年三組の一員だという自覚が足りないな」

「ホームルーム聞いてなかったのか？　朝早く来て内装作るって話が出ただろ」

月曜日《げつようび》、多少早めに登校してみると、早朝から文化祭準備をしていたクラスメイトたちに一斉に突っ込まれてしまった。

「ご、ごめん……」

「体育祭でも練習さぼりまくりだったしなあ」

「いいかナオ、うちの委員長以下、女子どもの横暴《おうぼう》に耐えられるのは、民音で鍛《きた》えられたおまえしかいないんだからな。文化祭当日の店の切り盛りはおまえに任せた」

「……みんなはなにするの？」

「俺《おれ》たちは俺たちで重要な仕事があるの！」

「ウェイトレスの写真撮《と》ったり写真売ったり写真眺めたり」

「あんたら、いいかげんにしなさい」寺田《てらだ》さんの雷《かみなり》が落ちた。男どもは工具を持ってほうほうのていで教室のあちこちの作業場に戻っていく。

「いい？　ナオくん」

寺田さんはぼくの胸をどんと指で突いて言う。

「あなたが料理巧《うま》いのはもうとっくに知れてるんだから、当日はずっと台所。前日も家庭科室で仕込みね。休むひまはないもんだと思って」

「ちょっと待って、ぼくはギャルソンじゃないの？」衣装《いしょう》合わせまでしたのに。

「だからギャルソンのかっこうして写真撮られる係。リクエスト来たら教室までダッシュ」

「なんでそんなっ」

「文句あるの？」

「いえ……」ぼくは縮《ちぢ》こまる。クラスの方はさぼってばかりだったので、文句も言えない。

でも、忙しくてよかった、とぼくは思う。ちらと教室の反対隅に目をやる。真冬《まふゆ》は千晶《ちあき》たちと一緒《いっしょ》に、メニュー表を貼《は》りつける木製の洒落《しゃれ》たバインダーを作っている。

まだ言葉を交《か》わしていないどころか、目も合わせていない。どんな顔をしていいのかわからない。隣《となり》の席だから、いつまでもそんなこと言ってられないのだけれど。

やがてチャイムが鳴る。クラスメイトたちは、作業途中《とちゅう》の装飾を大あわてでロッカーに押し込んだり、大物は教室後ろのスペースに運んだりしている。真冬がぼくの隣の席に戻ってくる。顔を上げられない。ずっとこの教室の喧噪《けんそう》が続いてくれないかな、なんてことを思う。前の席の千晶が、ちらっと振り返って、あきれたように肩をすくめるのは見えてしまった。

やがて教室内が少しずつ静まっていく。椅子《いす》を引く音もおさまる。

「直巳《なおみ》」

小さな声だった。でも、聞こえてしまった。ぼくは机をじっと見たまま、なんとか答えた。

「……うん」

「練習、してきた？」

ぼくは机の脇《わき》に置いたギターケースのポケットをちらと見やる。昨日《きのう》、千晶から受け取った楽譜《がくふ》が、そこに入っている。

「……少しは。でも、まだ……」

「じゃあ、放課後《ほうかご》、部室に来て」

淡々と真冬は言った。ぼくはといえば、もう心臓《しんぞう》が溶けて沸騰《ふっとう》して耳から流れ出しそうだった。真冬、怒ってるんだろうか。まだ、ぼくと話をしてくれるんだろうか。

まだ、ぼくは真冬の隣にいていいんだろうか。

吐息《といき》を呑《の》み込んで、うなずくしかなかった。

昼休みは教室から逃げ出した。ときおり隣《となり》の真冬《まふゆ》が、あの星空が溜《た》まったような目でなにか言いたげにぼくを見るので、息が詰まりそうだった。

ちゃんと向かい合って話せばいいのに、と廊下をとぼとぼ歩きながら思う。ちゃんと謝《あやま》って、訊《たず》ねて、それから——伝える。

それができるような人間なら、今頃《いまごろ》こんなことになってないよな。

勢いで教室を出てきてしまったけど、どうしよう。部室で時間を潰《つぶ》してたら、真冬が来るかもしれないし（最近は、昼休みに部室に籠《こ》もるなんてことはあんまりしなくなったけど）。

放課後《ほうかご》、部室に来て。真冬はそう言った。今のところ、ぼくらをつないでいるただ一つの約束。だから、情《なさ》けないぼくは、それにすがって、結論《けつろん》を先延ばしにすることにした。とすると、行く場所はもはや一つしかない。

屋上だ。

「やはりね、逃げ込むのはここしかないわけだ。ここのところ使っていなかった場所だけれど、もしやと思って網《あみ》を張っていて正解だったよ」

屋上のフェンスに寄りかかってウォークマンを聴《き》いていた神楽坂先輩《かぐらざかせんぱい》は、ぼくに気づくとイヤフォンを外して艶然《えんぜん》と笑う。

「おっと。逃げようったってそうはいかない」

「わ、わ」

踵《きびす》を返しかけたぼくは、後ろから抱きつかれて立ちすくんでしまう。

「私にもなにか言うべきことがあるんじゃないのかな？」

「え、ええと——ひゃうっ」耳の後ろに息を吹《ふ》きかけるな！

「べつに、先週中にアレンジが仕上がらなかったのを怒っているわけじゃないんだ」

ぼくは先輩の腕の中で固まってしまう。

「ただ、なにも言わずにずぶずぶと自分の中のぬかるみに潜《もぐ》り込んでしまう少年を見ていて、悔《くや》しいだけだよ。まったく、きみと同志蛯沢《えびさわ》は、あきれるくらいよく似ている」

ぼくと、真冬が……？

「同じ理由でぶつかって、同じ理由ですれちがって。傍《はた》から見ていると、もう可愛《かわい》らしくてたまらない」

それはけっこうなことだけれど、ぼくはそれどころじゃないのだ。

「そう、私も実はそれどころじゃない。ライヴも近いのに、アレンジはまだ決まっていない。いつまでも、もどかしい二人《ふたり》を愛《め》でているわけにはいかないんだ」

「それは——」

ぼくは思わずコンクリートの床《ゆか》にへたり込みそうになって、先輩の腕にすがりつく。

「――ぼくじゃなきゃ、だめなんですか。どうして。だって、先輩《せんぱい》の方が」

「私の方が？」

「いい歌作れるし、ぼくなんて作曲のことはほとんど――」

先輩の指が、ぼくの唇に触れて、言葉の続きをぬぐい取る。身をよじって振り向くと、先輩はいきなりぼくの耳にイヤフォンの片方を押し込み、もう一方は自分の耳に入れて、それから旧式のウォークマンをぼくの手に握らせた。

「……なんですか？」

「私の宝物」

先輩はそう囁《ささや》いて、ぼくの手に手を重ね、再生ボタンをそっと押し込んだ。

波の音。砂を踏む足音。携帯用のミニアンプのノイズ。少しこもった、あたたかい二和音。ぼくは息を呑《の》む。

やがてかすれた歌声が聞こえてくる。

「これ……」

顔を上げると、先輩の目に呑まれそうになる。肌が触れ合いそうなほど近づいたぼくらの間を、イヤフォンの細いコードがつないでいる。

「もちろん憶《おぼ》えているよね？」

呆然《ぼうぜん》として、うなずく。忘れるはずもない。合宿のときに、ぼくが作ったデモテープだ。たどたどしい、ぼくのベースと、ぼくの歌声。

「きみが、私から奪《うば》った歌」

先輩がぼくの両の二の腕に甘く爪《つめ》をたてる。

「あのとき、私がどれほど打ちのめされたか、たぶんきみにはわからないだろうね」

歌声に、先輩のせつなげな囁きが重なる。ぼくは息もできない。

「単純なことなんだよ、少年。きみが考えているよりも、ずっとずっと単純なことだ。きみには歌を形にする力がある。それは、私にはないものだ。だから」

先輩の指が、きつくぼくの肌に食い込む。

「だからきみに任せる。たった、それだけのこと」

「でも、でもっ」

「きみが言いたいことはわかるよ。今回は私一人《ひとり》が敵じゃない。モデスト・ペトロヴィチ・ムソルグスキーと、キース・エマーソンと、グレッグ・レイクと、カール・パーマーが相手だ。勝てるわけがない。そうだね？」

ぼくは、だいぶためらってからうなずく。先輩流に言えば、そうだ。ぼくの言葉にすれば、こうなる。『やれる自信がない』。

「うん。わかった」

先輩は笑って、ぼくの耳からイヤフォンをむしり取った。世界の半分を浸《ひた》していた自分の歌声が消えて、ぼくは一瞬《いっしゅん》、星のない夜にひとり取り残されたような気持ちになる。

先輩《せんぱい》がぼくから一歩離《はな》れる。内臓《ないぞう》が凍《こお》りそうな不安がぼくを襲《おそ》う。あきらめたのか。先輩はぼくに任せるのをあきらめた？　それでぼくはなんでこんなに落ち込んでいるんだ。自分でそう望んでいたはずなのに。

「あきらめたわけじゃないよ」

先輩が意地悪く笑う。そして、ブレザーのポケットからなにかを取り出すと、ぼくの手に押しつけた。

ぼくはそれを見下ろして、啞然《あぜん》とする。

「な……んですか？　これ」

「ん？　見てわからないの？　ソースカツパンだよ。必勝祈願《きがん》だ。きみの勝利を祈っているわけじゃないけれどね」

「は、はあ」

それはたしかに、ラップに包まれた細長いソースカツパンだった。って、必勝祈願？

「だって今日《きょう》の放課後《ほうかご》、同志蛯沢《えびさわ》に呼び出されているんだろう。いつかきみがやったことと同じだよ。話してもわからないやつは、ギターでぶっとばすんだ」

「あ……」

「ほんとうにきみたち二人《ふたり》は、よく似ている。だからね、少年」

先輩は不意に優《やさ》しい目になって、ぼくの心臓のあたりに手のひらを押しあてた。

「完膚《かんぷ》無《な》きまでに、ぶっとばされてくればいい」


午後の授業は二時間続けての体育で、だから真冬《まふゆ》とは顔を合わせないまま放課後を迎えた。ぐったりとくたびれて更衣室から戻ってくると、すでに着替え終わったらしき女子クラスメイトたちがテーブルクロスの縫製《ほうせい》やビラの図案づくりを始めている。真冬の姿はなかった。「もう部室に行っちゃったよ」と、千晶《ちあき》が教えてくれた。「さっさと行けバカナオ。真冬にぼこぼこにされちゃえ」

「……うん。わかってる。ぼこぼこにされてくる」

ぼくの答えに、千晶は一瞬不思議《ふしぎ》そうに首を傾《かし》げた後で、またすぐにむっとした顔に戻ってそっぽを向いてしまった。

いつか千晶にもちゃんと謝《あやま》らなきゃいけないな、と思う。

でも、今は――

裏庭に下りると、旧音楽科棟の建物がその日はなんだかいつもよりくすんで見えた。部室の防音扉の向こうからは、ギターが奏《かな》でるベートーヴェンのバガテルがかすかに聞こえる。ぼくの修理では防音は完璧《かんぺき》にならなくて、わずかに音が漏《も》れているのだ。

だから、あの日と同じだ。

「……真冬《まふゆ》?」

呼びかけてみると、バガテルはぶつっと途切《とぎ》れる。

それっきり、なんの返事もない。ドアを引いてみても、鍵《かぎ》がかかっている。

途方に暮れて足下《あしもと》に視線《しせん》を落とし、そこで気づく。ドアの蝶番《ちょうつがい》の下に、黒々とあいた小さな穴――コードを挿《さ》し込むためのジャックがある。部室を賭《か》けての勝負をするために、ぼくが仕掛けたものだ。あれがほんの五ヶ月前だというのが、なんだか信じられない。

真冬とは、もっと長い年月を一緒《いっしょ》に歩いてきたような気がして――でもそれは、お互いに言葉が足りないのになんとなく通じてしまった錯覚《さっかく》。

それを音楽の神様のせいにしたら、きっと怒るんだろうな。

でも、神様。どうしようもなく不器用なぼくに、もう一度だけ。

ギターケースを開き、シールドコードを取り出す。一方のプラグをベースに、もう一方を蝶番の下に。挿し込んだ瞬間《しゅんかん》、甘い電流が身体《からだ》を駆《か》けめぐった気がする。

「……用意、いいの?」

ようやく、真冬の声がドア越しに聞こえた。ぼくは背中をドアに押しつけて答える。

「うん」

ついていける自信は全然ない。だって、一夜漬《いちやづ》けだし。だいいち、なんの曲かも知らない。

どちらから弾《ひ》き始めるんだろう。

きいん、とフィードバック音が頭の後ろの方で聞こえた。それから、真冬の息づかい。弦のすすり泣きが流れ出す。ぼくは息を呑《の》んだ。オクターヴで重ねたヴァイオリンとヴィオラの息の長い持続音の合間に、もう一本のヴァイオリンのトリルが忍び込む。

もちろんそれは真冬のギターが生み出した響《ひび》きだ。あまりにも澄《す》み切っていて、あまりにも伸びやかで、一人《ひとり》の人間の二本の手だけで奏《かな》でられたものだとは信じられない。あやうくぼくは、自分の踏み出すタイミングを見失いそうになった。清冽《せいれつ》な高音部の下に、不気味な足音を響かせて歩み寄るチェロ。不安げなパッセージ。

弦楽四重奏曲だ。ぼくの慣《な》れ親しんだ和声の感触からはあまりに隔たった、東欧の薫《かお》り高い、ぞくぞくするような不思議《ふしぎ》な響き合い。でも、ぼくはこれを知っている。聴《き》いたことがあるはずだった。チェロからヴィオラへ、ヴィオラから第一ヴァイオリンへ、もどかしい旋律を受け渡しながら、ぼくは記憶《きおく》を探る。たぶん、チェコの音楽だ。でも、スメタナではないし、ドヴォルザークでもない。だとしたら——

ようやく思い至る。ヤナーチェクだ。

その瞬間、ぼくはほんとうに感電したかのような衝撃《しょうげき》を受けて、自分の音を見失った。真冬がたったひとりで走らせる三本の旋律が首筋を掻《か》きむしる。思い出した。

ヤナーチェクの弦楽四重奏曲第一番、『クロイツェル・ソナタ』。

ベートーヴェンのヴァイオリンソナタ第九番とまったく同じ名前を持つこの曲は、けれど、その響《ひび》きのどこにも『クロイツェル』の名残《なごり》を見つけることができない。なぜなら、百二十年の時を隔てて生み出されたこの同名の二曲をつないでいるのは、まったくべつの——音楽ではない、ものだからだ。

ベースに必死の思いでしがみつく。音のつなぎ目を探す。真冬《まふゆ》が聴《き》かせたかったのは、あのスタジオでユーリと弾《ひ》いた曲だけじゃなかったのだ。今になって、気がつくなんて。

真冬のギターが、ぼくのベースなどおかまいなしに旋律を手繰《たぐ》り、進んでいく。隣《となり》にいることさえできない。追いつけない。真冬の背中がずっと小さくなる。

でも、立ち止まっているわけにはいかない。

真冬のそばにいたいなら——走るしかない。

ほとんど闇雲《やみくも》にベース弦をまさぐった。四声部のそこかしこに、入れ替わり立ち替わり現れる、焦燥感《しょうそうかん》を駆《か》り立てるような短いテーマ。それは非力なぼくの手のひらから、こぼれ落ちていく。やがて真冬が、遠く海の向こうへと呼びかけるような繰り返しのメロディに、甲高《かんだか》いアルペッジョのアーチをかける。そしてぼくを置き去りにしたまま、その響きは高まり、なお高まり——透《す》き通って薄《うす》らぎ、霧《きり》にまぎれて消えてしまう。

ぼくはごろりとした息の塊《かたまり》を吐き出し、汗ばんだ手をベースから離《はな》し、ドアに後頭部を押しつけた。まったく、なにもできなかった。目を閉じたら涙が出てきそうで、だからぼくは校舎の壁《かべ》をにらむ。

ドアを隔ててすぐ向こう側に、真冬の体温があるのが、なんとなくわかる。

こんなに近くにいたのに。真冬がなにか言う前に、勝手につまらないことを考えて、ぼくは逃げ出してしまった。なんて謝《あやま》ればいいんだろう。どんな言葉で――

背後のドアがものすごい勢いで開いて、ぼくは土の上につんのめった。地面に額《ひたい》をぶつけてしまう。

「もうっ、全然ついてこれな――」

声に振り向く。開いたドアの奥に立ちつくす真冬は、額に土をくっつけたぼくと視線《しせん》が合うと、出かかった言葉を呑《の》み込んだ。かわりに、ちょっと泣きそうになってそばに寄ってくると、かがんでぼくの顔をのぞき込む。

「……ご、ごめんなさい大丈夫？」

「え、あ、い、いや」ぼくは地面に尻《しり》と手をついた不自然な姿勢のまま、ちょっと後ずさった。顔の土を払い落とす。「大丈夫。ほんとに。うん」

ぼくはそこまで言って口ごもり、また真冬の顔から目をそらしてしまう。自分でも情《なさ》けないとは思うけど。

真冬も、ぼくが少し身体《からだ》を起こせば触れ合いそうな距離《きょり》で、じっと口をつぐむ。

沈黙《ちんもく》が、やがてぼくの喉《のど》から言葉を押し出した。

「……ごめん。せっかく、真冬《まふゆ》が呼んでくれたのに。『クロイツェル』も、両方とも用意してくれたのに、ぼく全然気づかなくて、……ほんとに、ごめん」

ようやく、言えた。ぼくはたっぷり三回呼吸する間ためらってから、ゆっくりと真冬の方を見た。海の色をした瞳《ひとみ》が、ぼくのしょぼくれた顔をじっと映している。

真冬は目を伏せて首を振った。

「そんなの、謝《あやま》ってくれなくてもいい」

真冬の声の冷たさに、喉《のど》が凍《こお》りつきそうになる。

「謝るなら、ユーリに謝って。すごく気にしてた。わたしは」

真冬はうつむき、そのまま、額《ひたい》をぼくの胸にくっつけた。そこだけが熱《あつ》くて、ぼくの心臓《しんぞう》はべつの生き物みたいにどくどくいっている。指一本動かせなくなる。

「わたしは、あっ、あなたが、ばかで鈍感《どんかん》で、無神経で、わたしの気持ちなんて全然考えてないことくらい、知ってるから」

あらためて言われると、泣きそうになる。

「ただ、『クロイツェル』だってわかったなら、それでいい」

真冬の湿った言葉が、ぼくの胸に吐きかけられる。

それだけのことにも、今の今まで、ぼくは気づかなかった。図書室で真冬と逢《あ》っていたのに、気づかなかった。あれはたぶん、トルストイの本を探していたのだ。

十九世紀ロシアの文豪《ぶんごう》レフ・トルストイは、ベートーヴェンのヴァイオリンソナタ第九番に影響《えいきょう》されて、ある一篇《いっぺん》の小説を書いた。この小説にそのまま与えられたヴァイオリンソナタの名は、世紀の変わり目を経《へ》て、再び音楽家の手に還《かえ》ることとなる。ヤナーチェクが小説から霊感を受け取り、一連の初期作品群を創《つく》り上げ、小説と同じ名前を与えたのだ。そのほとんどは散逸《さんいつ》し、ただ弦楽四重奏曲第一番だけが、その数奇な名前を伝えている。

『クロイツェル・ソナタ』。

百二十年の時を隔てて、同じ名前だけでつながった、音楽と——物語と——音楽。

そんな奇蹟《きせき》が、ときに起きる。音楽は、そんなふうにして、国も時代もちがう人々の運命をつなぐことがある。ヤナーチェクは自《みずか》らの『クロイツェル』を創るときに、ベートーヴェンの影《かげ》におびえなかったはずだ。ただ、深い崇敬《すうけい》の想《おも》いとともに、わずかな引用楽句を忍ばせただけだ。音楽は、そんなふうにしてつながっている。ぼくらの手にある音楽のほとんどは、その流れの果てに残ったものだ。

だから——

「あなたは、ムソルグスキーにおびえることなんてない」

真冬がぼくの間近で顔を上げる。鼻が触れ合いそうな距離《きょり》。

「ただのロックでいい。だれかのコピーでも。それはあなたの音楽。わたしは——わたしも、千晶《ちあき》も、響子《きょうこ》も、それが演《や》りたいの」

「……うん」

ぼくの音楽。

どれだけコピーしても、卑下《ひげ》しても、目を背けても、逃げ出しても。

ぼくがそこからいなくなることは、できない。

「だいたいあなたはっ」

真冬《まふゆ》は両手で、どんとぼくの胸をついた。ぼくは仰向《あおむ》けに倒れそうになり、腕を後ろに突っ張ってこらえる。

「下手《へた》なんだから。早く仕上げて、練習しないとだめ！　わかってるんでしょう？　さっきも全然ついてこれなかったし！」

「う、うん……」

面と向かってはっきり言われるとすげえ落ち込む。

「ちゃんと考えてるの？　まだなんにもできてないの？」

「少し考えたけど、でも」ぼくは少し口ごもる。真冬がさらに顔を近づけてくるので、あわててあごを引く。「家でシンセいじりながらつくってると、どうしてもキーボード使ったアレンジしか思いつかない。そんなの、本番で使えないよ。だから、まだ全然――」

「わたしがいる」

……え？

真冬の右手が、ぼくの胸に押しつけられる。神楽坂先輩《かぐらざかせんぱい》の手とはちがう、柔らかくて、儚《はかな》げな感触。

「もう、わたしの右手、動くから」

しばらく、真冬の言った意味が理解できなかった。細い右手を見下ろし、もう一度真冬の顔に目をやって、ぼくは信じられない思いでつぶやく。

「真冬が、弾《ひ》く……ってこと？　いや、でも、だって、ライヴだよ？」

「もう、そんなこと言ってられない。わたしは、あそこに——戻るんだから」

吐息《といき》が喉《のど》につかえた。真冬の海色の瞳《ひとみ》に、たまった冷たい炎。

真冬は、戻っていく。彼女自身から、はじめて聞いた言葉。立ち上がるときに、その栗毛《くりげ》の髪先がぼくの頬《ほお》をなでて、余韻《よいん》を残す。

「あ、あなたはっ」

自分の胸を抱いて、真冬は苦しげに言葉を吐き出す。

「わたしを、何度も勝手に助けたくせにっ、わたしがおんなじことしたからって、なんで文句言うの！」

「ご、ごめん」文句は言ってない。ただ、すぐに信じられなかっただけで。

「早く仕上げて。そのシンセも、学校に持ってきて。いい？」

ぼくは何度も、強くうなずいた。

真冬《まふゆ》がぼくに手を差し伸べる。かつて、彼女が失った右手。

ぼくはそれをしっかりと握り返す。立ち上がるときに、腕に力が返ってくる。

ひとりでは立ち上がれなかった。でも、真冬がいた。

何度も言葉にしようとしてはためらっていた問いを、ぼくは口の中で噛《か》み潰《つぶ》す。真冬がぼくのそばにいてくれるのかどうか。それとも、あの世界に飛び立って、もう戻ってこないのか。

それは、もうどちらでもいい。

ぼくは真冬の隣《となり》にいたい。追いつけないのだとしても――

走るしか、ない。

5　クロウタドリの歌

三週間があっという間に過ぎた。

文化祭の準備もいよいよ大詰め。校内はどこも、心地《ここち》よい筋肉痛みたいなぴりぴりした空気が漂っていて、放課後《ほうかご》になると気温がいきなり二度くらい上昇したように感じられる。

「ほんとにこの衣装《いしょう》でやるんですか？」

体育館《たいいくかん》の舞台《ぶたい》の際《きわ》に立って、ドラムセットやアンプやフットライトの並べられたステージを振り返ったぼくは、中央マイクの前の神楽坂先輩《かぐらざかせんぱい》にもう一度訊《たず》ねた。

「もちろん。四人ともステージ映《ば》えするじゃないか」

先輩は、舞台上手《ぶたいかみて》の真冬を、それから真後ろのドラムセットの千晶《ちあき》を見やって、うっとりした目になる。二人《ふたり》とも、フリル装飾が豪勢《ごうせい》に施《ほどこ》された黒のドレスを着ている。とくに真冬はヨーロッパ系のハーフなので尋常《じんじょう》ではないくらい似合う。

ぼくはというと、黒のベストに腰エプロンというギャルソンスタイル。

そして神楽坂先輩は、十四世紀くらいのイタリア風《ふう》、襞《ひだ》の多い派手《はで》な白のドレスに真《ま》っ赤《か》な肩掛け。つまりこれはジュリエットの舞台衣装《いしょう》なのである。全員、クラスの出し物の衣装そのままでステージに上がろうと先輩《せんぱい》が言ったのだ。

「着替えの手間がいらないし、私もきみたちも自分のクラスの出し物でライヴの宣伝ができるし、実に合理的だ」

「いやまあ、そうなんですけど」

「あとは、二人《ふたり》ともあまりに麗《うるわ》しいので近くで見たい」

「あっさり本音出すなよ！」

一週間前リハーサルなのに、本番衣装《いしょう》でやろうなんて言い出したのは、そのせいか。

体育館《たいいくかん》の窓という窓には暗幕が張られて、ステージだけがライトで浮かび上がっている。スネアドラムのチューニングを終えた千晶《ちあき》が、肩慣《かたな》らしに様々《さまざま》なフィルを叩《たた》き始めた。

「うわー、叩きづらいなあ、ふりふりスカートって」と、苦《にが》い顔をする。

先輩はドラムセットの真ん前まで行って、思案顔。

「どうにかして同志相原《あいはら》のキュートな脚《きゃくせんび》線美を観客《かんきゃく》に見せつけられないものか……」

いや、無理だから。そんなことで悩んでる時間ねえだろ。

「クリスタルのドラムにしたら透《す》けて見えない？」

「いいアイディアだ。ナガシマ楽器店の倉庫を探してみよう。問題は、ドラマーだから角度的にスカートの中身まで見えてしまいそうだという──」

馬鹿《ばか》なことを真剣に話し合っている千晶と先輩をほっておいてエフェクターの配線をいじっ

ていると、舞台《ぶたい》の反対側から真冬《まふゆ》が言う。

「直巳《なおみ》。パフォーマンスのストアは16まで？　外部メモリ共有するやり方がわからない」

二台重ねて置かれたシンセサイザーを指さす。

「あ、ちょっと待ってすぐ行く」

鍵盤《けんばん》の前に立つ真冬を見ていると、不思議《ふしぎ》な感慨《かんがい》を覚える。

真冬は、この場所に戻ってきた。光の中でもう一度ピアノを弾《ひ》くために。夏を越える前は考えもしなかったこと。

「……なに？」

思わずじっと真冬の横顔を見ていたのに、気づかれてしまった。ぼくはあわててシンセのコンパネに視線《しせん》を落とす。

「旧式だからメモリ少ないんだ。上のやつはメイントーン三つくらいで固定して使おう」

「下のモデュレーションと同期できないの」

シンセを使うようになってから、真冬に色々教える機会《きかい》が増えた。今だけかもしれないけれど、この幸運が長く続きますように、と祈る。だって、ぼくが真冬のためにできることはものすごく少ない。

「そろそろリハ始めてくださーい、後ろ押してるんでー」

舞台《ぶたい》のすぐ下、急造のPAコンソールに陣取った放送部員が声を張り上げた。神楽坂先輩《かぐらざかせんぱい》はギターを肩にかけてマイクスタンドのところまで戻ってくると、ぼくと真冬に向かって親指を立ててみせた。ぼくも、舞台下手《しもて》に立てかけたベースに駆《か》け戻る。

振り向くと、真冬はギターを背中側に回してストラップで吊《つ》るしている。我《われ》ながら無茶《むちゃ》なアイディアだなあとは思うのだけれど、ぼくはギタリストとしての真冬もステージで見せたかった。楽器の切り替えは目まぐるしく、真冬にはだいぶ苦労をかけるだろう。

でも、きっと最高のステージになる。

フットライトが消える。暗転。ホリゾントを照らす青い光だけがぼくらの背中に漂う。

水底から浮かび上がってくる無数の泡の音が始まる。チェレスタの金属的な音がその波間にちらつく。ふと、ぼくはディズニー映画の『ファンタジア』みたいだな、と思う。さすがトモさんが育てたシンセ。雪の朝でも、嵐《あらし》の海でも、再現できてしまう。

やがて、暗闇《くらやみ》を穿《うが》つオルガンのくっきりとした単旋律。

『プロムナード』主題。

深く歪《ゆが》んだ先輩のレスポールのうなりが持ち上がり、真冬のオルガンに嚙《か》みつく。そこから翼《つばさ》を広げ、音域いっぱいに展開されるのは、もはやムソルグスキーの楽想を遠く離《はな》れて走り出すフーガだ。

真冬の指がなければけっして音にならなかった、ぼくの『展覧会《てんらんかい》の絵《え》』。背筋がぞくぞくしてくる。先輩のギターを追いかけるようにして、千晶《ちあき》のフィルがフーガの中に転げ落ち、シンバルの爆発《ばくはつ》をいくつもいくつも響《ひび》かせる。ぼくはそれに合わせて、あふれ出しそうな興奮《こうふん》を押し込めながら、一つ一つ心音を刻み始めた。


その日の帰りは、久々に四人でマクドナルドに寄ってミーティングをした。文化祭一週間前は、なんだか少しの時間ももったいないような気がしてきて、素直に家に帰ることができないのだ。

「体育館《たいいくかん》の出口で、フェケテリコTシャツと、こないだのライヴのCD売ろうよ！」

商魂をむき出しにする千晶《ちあき》。前もTシャツ売ろうとしてたけど、本気だったのか。

「ついでにレアグッズとして、蛯沢真冬《えびさわまふゆ》&ロリポップスのシャツも」

「だ、だめっ」

隣《となり》の真冬がトレイをがたつかせて立ち上がりかける。

「今度のライヴはDVDにでもしたいね。なんといっても衣装《いしょう》が素晴《すば》らしい」

先輩《せんぱい》も夢見がちなことを言う。いや、でも、この人本気かもしれないからなあ。ちなみに文化祭で物販をやるには生徒会の許可が必要なので、もう無理です。

「ときに、同志蛯沢」

ふと、神楽坂《かぐらざか》先輩が真面目《まじめ》な顔になって言う。真冬は首を傾《かし》げた。

「指は、ほんとうに大丈夫なの？　さっき、右手が止まったよね。ただのタッチミスじゃなかった」

真冬の顔が凍《こお》った。先輩も——気づいていたのか。

リハーサルの途中《とちゅう》のことだった。ぼくらが衣装もそのままにステージで演奏しているという噂《うわさ》を聞きつけたらしく、体育会系クラブの連中が大挙して体育館に観《み》に来たのだ（なにせ民音は色々な意味で有名なのである）。そのときぼくらはちょうど、『展覧会《てんらんかい》の絵《え》』の第十四曲『死せる者による死せる言葉で』を演奏していた。暗闇《くらやみ》と鎮魂《ちんこん》のつぶやきで満たされた体育館に、いきなり無遠慮《ぶえんりょ》な光が射《さ》し込んで、がやがやと大勢が勝手に乗り込んできたのだ。

演奏は止まらなかった。ぼくと千晶が、これまで何度も練習してきた通り、歩みをまったくゆるめなかったからだ。

でも、真冬の右手が凍《い》てつくのがわかった。死者の言葉を告《つ》げるプロムナード変奏は空中で途絶《とだ》えてしまった。元に戻ったのは、『バーバ・ヤーガ』に入ってからだ。

「……大丈夫」

真冬はそう言って、かすかに震《ふる》える唇を噛《か》みしめる。

「私はあの体育館をいっぱいにしてみせる自信がある。ほんとうに大丈夫？」

もはや言葉では答えず、真冬は何度もうなずく。その様子《ようす》が、かえって気になる。真冬がかつて右の翼《つばさ》を傷つけられた、ステージの光の中。

「……いつまでも、逃げ回っていられない」

驚《おどろ》くほど強い口調《くちょう》で、真冬《まふゆ》は言った。千晶《ちあき》さえも、まぶしそうな、けれど不安そうな視線《しせん》を真冬に向ける。

「ちゃんと、言おうと思ってた」

真冬はアイスティの紙カップを両手で包み込んで、ストローの先を見つめながら言う。

「わたしは、ピアニストに戻る。レコーディングの準備もしてるし、できれば、コンサートもまた始めることになると思う」

「では——同志蛯沢《えびさわ》は、あの、華《はな》やかで冷え冷えとした世界に戻るんだね」

先輩《せんぱい》は真冬の右手を両手で包み込むように握って訊ねる《たず》。なぜか、ぼくの心の中にあったのと同じ表現で。そうだ、たしか哲朗《てつろう》がなにかのコラムで書いていたのだ。『きらびやかで、冷えきった光の中の世界』。

真冬はうなずく。

「バンドは、これからどうするの」

千晶がそっと訊《き》いた。真冬の肩がぴくっと震《ふる》える。ぼくの腕もこわばる。ぼくが訊こうとして、訊けなくて、気にしないようにと決めたのに、千晶はあっさり口にしやがった。

「……続けたい」

真冬が手元を見つめたまま吐き出す。

続けたい。続ける、じゃなくて。

その言葉は嬉《うれ》しいはずなのに、でも、おびえたぼくの心はどんな隙間《すきま》にも不安の種を見つけようとして、真冬の顔も見ずに独り言《ひとごと》みたいにして訊ねてしまう。

「レコーディングとか、コンサートとかで——忙しく、なったりしないの」

自分の膝《ひざ》に目を落としていたのに、三人ともの視線がぼくに集まるのがわかった。

「わかんない。でも、がんばる……」

消え入りそうな真冬の言葉。

「がんばるっていっても、コンサートツアーとかになったら」

「それはっ」

「少年。落ち着いて」

神楽坂《かぐらざか》先輩にぐっと肩を押さえつけられて、ぼくはようやく自分が腰を浮かせていたのに気づいた。縮《ちぢ》こまった真冬が、上目遣《うわめづか》いにぼくを見つめている。

「同志蛯沢は、『続けたい』と言ったんだ」

先輩がぼくの胸にとんと指先をたてる。

「それ以上に力強い言葉は、どこにも存在しない。本人がそう望んでいるなら、大丈夫。そのために我々《われわれ》はいつでも手を貸せる。なにがあっても」

ぼくのおびえをくるむような、先輩の笑顔《えがお》。

「きみが、かつてそうしたようにね」

ぼくは言葉を呑《の》み込んで椅子《いす》に腰を下ろした。

いつでも手を貸せる。ほんとうにそうだろうか。

いつか真冬《まふゆ》の繊細《せんさい》な指が、またなにかの不幸で凍《こお》りつくことがあったとして——ぼくには、なにもできない。すぐそばにいるのに。

そのときに手を貸せるやつは、ぼくじゃない。哀《かな》しいことに。


ユーリからの電話があったのは、その夜のことだった。風呂《ふろ》上がりに、ＰＣでシンセ用のデータをいじっていたら、携帯が鳴ったのだ。

『ナオミ？　ごめんね最近ずっと忙しくて、なんか週刊誌の人たちに居場所ばれちゃったみたい。ずーっと逃げ回ってた。あ、そうだそうだ、僕、携帯電話持つことにした。なんかね、けっこう長く日本にいることになりそうだから。番号登録《とうろく》しといてね。日本の携帯電話ってちっちゃくて軽いねー、びっくり』

心底嬉《うれ》しそうなユーリの声に、ぼくは最初の言葉を見失ってしまう。なにせ、渋谷《しぶや》のスタジオで逢《あ》って以来なのだ。こちらからは連絡がつかないので、真冬に言《こと》づてを頼もうかとも思ったけれど、それはそれで卑怯《ひきょう》な気がして。

「え、ええと」

咳払《せきばら》い。落ち着け。

「……ごめん。こないだは」

『え？　あ、ああ、うん、いいよ、気にしてない。真冬がすっごい落ち込んでたから、そっちに謝《あやま》ってよ。仲直りできた？』

真冬とまったく同じこと言うんだな……。

「なんとか。あのときは、ええと」

ユーリ当人には、説明しづらい。だって、ぼくは要するにユーリに妬《や》いていたのだ。電話でよかった、と思う。顔を合わせてたら今頃《いまごろ》逃げ出してる。

『ナオミ、僕に怒ってたりしない？』

「いや、そうじゃないよ。そんなことない。全部、ぼくが悪くて、おまけに勘違いだったんだ。ほんとごめん……」

『僕と真冬の演奏が気に障《さわ》ったの？』

「ちがうちがう、そんなんじゃ——」

ぼくは途中《とちゅう》で言葉を呑《の》み込む。ある意味では、その通りだ。あの『クロイツェル』が、あんまりにもぼくの胸に突き刺さってきて。それで、逃げ出した。

『……ナオミ？』

不安げなユーリの声。

こいつには正直に話しておくべきかもしれない。ぼくだって、もう逃げてばかりはいやだ。

「あの、さ……」

一度目を閉じて、膝《ひざ》の上で拳《こぶし》を握ったり開いたりして、気力をかき集める。

「うらやましかったんだ。ユーリが」

『……僕が？』

「うん。……だって、真冬《まふゆ》のピアノの、向こう張ってやれるのは、ユーリしかいないから」

『待って、真冬から聞いたよ？　ナオミだって今度文化祭で演《や》るんでしょ、真冬がシンセサイザー弾《ひ》くんでしょ？』

「え……あ」

そうだ。真冬が、弾くと言ってくれたのだった。

『なんで僕がうらやましいの？　ねえ、僕、今ここで怒っていいところだと思うんだけど、だってナオミの方がずっとずっとうらやましいよ』

「え、あ、いや……」

なんだ、どうしてぼくは追い詰められてるんだ？

「……でも、真冬が最初にピアノ再開しようって思ったのは、ユーリと演るためだし……指が動くようになったのだって、ユーリが戻ってきたからだろうし」

『僕が？』

そう言ったきり、ユーリはしばらく黙《だま》り込んだ。え、ど、どうしたの？

『……あのさ、ナオミ。正直に答えて』

「う、うん」

『真冬のこと好き？』

ぼくは携帯電話を落っことした。

『なんかものすごい音がしたよ！　耳痛い！』拾い上げたとたんにユーリの泣きそうな声。

「ご、ごめん、ええと」

『真冬のこと好きかって訊《き》いたの』

ぼくはベッドに突っ伏して枕《まくら》に顔をうずめ、しばらく悶《もだ》えた。毛布の中で足をばたつかせ、それから疲れ果ててぐったりとシーツにへばりつく。その間も、携帯は耳から離《はな》さなかった。

ユーリが何回もぼくの名前を呼んだ。

いつまでも逃げ回っていられない。答えなきゃいけない。ぼくは携帯を握りしめる。

「……ユーリの、言う通り——だけど」

『そう』

肩を揺《ゆ》らして声を出さずに笑う、天使みたいな少年の姿が見えた気がした。

『なら、わかった。今日《きょう》はナオミにいっぱいひどいことを言われたけど、真冬が好きならしかたがない。赦《ゆる》してあげる』

「なんの話だよ……」やばい、携帯持つ手が萎《な》えてきた。

『でも真冬《まふゆ》はあげない。そっちは許さない。だめ』

「おまえのものじゃないだろうが」

あ、いや、ちょっと待て。ぼくはそのクリティカルな問いを、たっぷり十五秒くらい迷ってから、けっきょく口にする。

「あのさ、真冬とユーリって、その、ええと……そういう、関係だったりしたわけ？」

『んー？　ええとね、お互い、寝顔は見たことある。服もとりかえっこしたことがある。それくらいの関係だった』

どんなだよ……。しかし考えてみればぼくも真冬の寝顔は一度だけ見たことがあったっけ。

話がややこしくなりそうなので黙《だま》っているけど。

『ナオミが心配してるような間柄じゃなかったよ。ずっと一緒《いっしょ》にいたけど』

そうか。ぼくはユーリに気取《けど》られないようにそっと、深く安堵《あんど》する。

『でも、真冬はナオミのものでもないよ？』

「いやまあそうなんだけど、じゃなくて、ぼくのものとかそういう……」

『そういうことでしょ。真冬が好きってことは』

そう、なの？　そうなのか。そうかもしれないけど。

『それ真冬に言った？』

「言えるわけない」

『どうして』

「どうして、って」

そんなこと言ったら、どうなると思ってるんだ。あの真冬に。

『そんなに難《むずか》しいことかな。一生黙ってるつもりなの？』

「そんな簡単《かんたん》に言うなよ、ぼくだって――」

『あのさ、ナオミ』

「ん？」

『好きだよ』

ぼくは携帯電話をまた落っことした。

『気をつけてよ！　なんかこっちの電話まで壊《こわ》れそうで怖いよ！』

拾い上げた電話の向こうでユーリはぷりぷり怒った。

「ご、ごめん、じゃなくて、ええと今なんて」

『だからね、ほら、簡単でしょ？　言うのなんて』

ぼくはしばらく口を半開きにしたまま固まった。やがて、ずるずると内臓《ないぞう》までついでに吐き出してしまいそうなほどのため息が出てくる。

「おちょくるのはやめてくれないかな、わりといっぱいいっぱいなんだ、今のぼく」

『おちょくったつもりはないんだけど……』

ものすごく心外そうにユーリもため息をついた。

『ちなみに僕は、真冬《まふゆ》に何回も言ったことがある』

「うわあ……」

もうだめだ、頭割れそう。

『真冬がどんなひどい返し方してきたか教えてあげよっか』

「あの、ごめんユーリ、もうぼくギブアップ。赦《ゆる》して」

ユーリはくすくす笑った。この野郎。いつかさんざんへこましてやる。

『それでね、本題なんだけど』

「あ、ああ、うん……」

そういえば、なんで電話かけてきたんだ、こいつは。

『文化祭、真冬に誘われたの。行きたいけどちょっと無理。はじめてのオケとリハーサルなんだ。ごめんねって言っておいて』

「自分で言えば――」

『そんなにふてくされないでよ。だから、ナオミにお願《ねが》い。ライヴ録音《ろくおん》して、あとで聴《き》かせて。いいでしょ？』

「……わかったよ」

通話が切れた後で、ぼくは再びぐったりとベッドに伏した。ダメージは深刻で、しばらく起き上がれそうになかった。

「なんで夕飯が刺身《さしみ》丼《どん》なんだよ、もう十一月だってのに。あったかいもんが食いたい」

夕食の席で、哲朗《てつろう》は不満たらたらだった。

「今日《きょう》、もう料理する気力がなくて」

ぼくは萎《な》えた手つきで醬油《しょうゆ》をマグロの赤身にだぼだぼかける。あんな電話の後で、料理なんてしてられるかってんだ。

「まあ、いいけどさ……味噌《みそ》汁《しる》も朝の残りじゃんかよー」

文句があるなら食うな。

それでも、ぼくの倍の速度で丼を空にした哲朗は、食後のウィスキーを傾けながら、ふと思いついたみたいに言った。

「そういえば、エビチリんとこの真冬ちゃんさ」

「……ん？」

「文化祭の、おまえらのステージでピアノ弾《ひ》くんだって？」

「なんで哲朗《てつろう》が知ってんの」話した憶《おぼ》えはないぞ？　エビチリ経由？　いや、あの真冬《まふゆ》が父親にそんなこと喋《しゃべ》るはずがない。

「いや、知り合いがさ。おれと同じ業界ゴロだけど、噂《うわさ》で聞いたらしくて。なんかけっこう広まってるらしい。蛯沢《えびさわ》真冬、有名人だからな、わかってるよな？」

「それはそうだけど、なんで今さら」

真冬が父親とともに渡米したときと、一ヶ月後に帰国したときには、けっこうマスコミが騒《さわ》いだ。でもそれ以降は静かなものだった。ぼくも真冬も全然気にしなくなっていた。

いや、エビチリは——けっこう、気にしてたか？

「だからさ、六月の時点では、真冬ちゃんの右手はもうだめそうって雰囲気だっただろ。詳しい病状だれも知らなかったわけだし。その後も動きがなかったから、引退扱いで、ニュースにする価値もなくなってた。でも、ジュリアン・フロベール来日しただろ？　復帰アルバムで協演する話は、もう業界じゃかなり知られてるし、だからまた注目集めてんの。そこにきておまえらのライヴでピアノ弾《ひ》くってなると、興味《きょうみ》持つやつだってけっこういる」

「あ……そうか」

ぼくも、音楽業界、ことに国内のクラシック音楽の村社会がびっくりするほど狭いのをよく知っていた。ユーリもマスコミに嗅《か》ぎつけられたって言ってたし。

真冬は、いい迷惑《めいわく》だろうな。なんだか文化祭のライヴが心配になってきた。なにごともないといいけれど。

「蛯沢真冬のネタなら、おれが知ってる限りでも、あそことかあそこが喜んで食いつくな」

「ちょっと待て哲朗、まさか真冬を商売のネタにする気？　やめてよ」

「おいおいなんだよナイト気取りか？　急に色気づきやがって、お父《とう》さんは哀《かな》しいですよ」

「真面目《まじめ》に話してるの！」

「あのなあ、おまえを育てるためにおれがどんだけしょうもない三文記事を書いたと」

「そういうぶっちゃけ話は墓の下まで持ってけ。いい？　真冬は今たいへんな時期なんだから記事にすんな」

哲朗はあかんべーをしてごまかした。この野郎。まさかほんとうに文化祭に来る気じゃないだろうな。

「それよりおれは、おまえのクラスでやるゴスロリ喫茶《きっさ》の方に興味《きょうみ》津々《しんしん》なわけだが」

「なんでそっちも知ってんだよッ」

「ふっふ。業界ゴロを甘く見るなよ」

「どんな業界だよ！」

「というのは嘘《うそ》で、千晶《ちあき》ちゃんに教えてもらった。いい子だなあ。おれが女子高生のストッキングはいた脚《あし》が大好きなのを知っていて」

「来るなよ！　絶対来るなよ、来たら警察《けいさつ》呼ぶからな！」

「ナオくん、いくら店を取り仕切るからって、ウェイトレス独《ひと》り占《じ》めはよくない。減るもんじゃないんだし、一緒《いっしょ》に鑑賞《かんしょう》しようよ」

「ぼくはずっと厨房《ちゅうぼう》だよ！　じゃなくて！」

憤慨《ふんがい》するぼくを尻目《しりめ》に、哲朗《てつろう》はデジカメを引っぱり出してきて、嬉《うれ》しそうにレンズを磨《みが》き始めた。くそ、当日見かけたら叩《たた》き出してやる。


校内放送のMCは、ディスコの本職《ほんしょく》も真《ま》っ青《さお》のノンストップ喋《しゃべ》りっぱなしで、イベント案内を流していた。体育館、音楽堂、視《し》聴《ちょう》覚《かく》室《しつ》。演劇《えんげき》に自主制作映画、パントマイム、ウィンドコンサート、果ては漫才《まんざい》や落語まで。

校舎の廊下はどこも、制服姿の三倍くらいの一般客で大混雑。サンドイッチマンや客引きが声を張り上げ、迷子《まいご》になった小さい子供が泣きわめき、文化祭実行委員の腕章をつけた生徒がトランシーバーを片手に青い顔で走り回っている。

文化祭当日。学校は、戦場だった。

合唱コンクールでもあれだけの盛り上がりだったのだから、文化祭は推《お》して知るべしである。でもさすがに、用意した食べ物もドリンクも午前中で尽きるとは思ってもみなかった。

「店長、パンとハム買ってきたけど領収書忘れた」

家庭科室に駆《か》け込んできたクラスメイトが、ぱんぱんになったスーパーの袋二つを調理台《ちょうりだい》にどかっと置く。

「店長って呼ぶな。ハム半分に切って」ホットドッグ用のたまねぎをものすごい勢いで刻みながらぼくは早口で答える。

「紅茶《こうちゃ》そろそろ切れそうなのに、買い物行く前に確認《かくにん》しろよ」「水で薄《うす》めればよくね?」「水増量してごまかそうぜ」「いや、これホットだから」「大丈夫ばれないって」「ばれるにきまってるだろうが。やめなさい、ぼったくりバーじゃないんだから。

「店長、ギャルソン写真ご希望のお客様がいらっしゃいましたよ」

「またかよ!　今忙しいんだよ!」

「いや、写真もおまえの仕事だから。さっさと行け」

尻《しり》を蹴飛《けと》ばされ、ぼくは包丁《ほうちょう》を置いて家庭科室を飛び出した。だれのアイディアか知らないが、うちのクラスのカフェは店員と一緒《いっしょ》に写真撮影《さつえい》ができるのである（有料）。そのせいで超人気スポット。もちろんほとんどの客はゴシックロリータファッションの女の子目当てだけれど、ごくたまにギャルソンと写真を撮《と》りたいという女性客が来て、そうすると厨房で忙殺されているぼくが呼ばれる。もう、教室と家庭科室を何往復したかわからない。殺す気か。

教室の入り口は、煉瓦《れんが》風《ふう》の塗装《とそう》をした発泡スチロール材のゲートで飾り立てられている。蔦《つた》がからみついたりしていて、えらく気合いが入っている。しかも行列できてんの。頭が痛くなってきた。今日《きょう》は初日の土曜日《どようび》だから、二日目の日曜はもっとすごい混雑なんだろうなあ。

「いらっしゃいま――おっと、ナオくん」

熱気《ねっき》のこもった店内に身を滑り込ませると、ふりふりのウェイトレスのかっこうをした寺田《てらだ》さんとぶつかりそうになる。

「はいはいお客様お待ちだから。ちゃっちゃと撮《と》ってきて」

さんざんフラッシュを焚《た》かれて、五分くらい後で解放された。家庭科室に戻ろうとしたとき、不意に腕をつかまれる。

「ナオ、あのね、さっき変な客がいた」

千晶《ちあき》だ。髪《かみ》留《ど》めを外してヘッドドレスでまとめているので、一瞬《いっしゅん》別人に見えた。

「変な客?」

「うん」千晶は教室の奥をちらっと見やる。左手のテーブルで、家族連れを相手に注文をとっている真冬《まふゆ》がいた。そのまわりだけ、ほんとに日本じゃないみたい。髪の色とか肌の色とかドレスの似合いっぷりとかだけではなく、空気がちがって見える。

「おっさんだったんだけど、真冬のこと訊《き》いてきて、そのときちょうど真冬は店に出てなかったからよかったんだけど」

「あたしも訊かれた」

寺田さんがひょいと口を挟《はさ》んでくる。

「いつもどんな様子《ようす》かとか。音楽の授業出てるのかとか。うるさいっつの。そんで、どうも千晶が見たのとはべつの男らしいんだよね。あたしが見たのはオヤジ二人《ふたり》連れと、大学生くらいの若いの一人《ひとり》だった。やだなあ変質者多くて」

真冬のことを、嗅《か》ぎ回っているやつがいる？　一人だけではなく？

「どうしよう、真冬、店に出てない方がいいかな」と千晶。

「う、うん……」

でも、真冬は人気店員で、写真撮影《さつえい》の希望も殺到してるし……。

「そいつらカメラ持ってたからさ、カメラ持ってるやつは入店お断りにしてる」

寺田さんが店内をさっと眺め渡して囁《ささや》いた。なるほど、さすが切れ者。

「なんかもう、かっこうからしてうさんくさいんだよね、へたったコート着てたり、若いのなんかジャージにサンダルだったし」

ぼくはそこで固まる。ジャージに、サンダル？

千晶の顔をちらっと見ると、気づいたみたいだった。

「そのジャージ男も、カメラ持ってたの？　ええと、無精ひげで健康《けんこう》サンダルで浪人生みたいなやつじゃなかった？」

ぼくが訊《たず》ねると、寺田さんは目を丸くする。

「そうだけど……ナオくん知ってるの？」

「いやいや。そんなやつ知らない。身内にもいませんよそんな男は」

思わず変なことを口走ってしまう。千晶《ちあき》はやれやれと首を振っている。哲朗《てつろう》、ほんとに来てやがったのか。しかも、真冬《まふゆ》のこと調《しら》べてる？　あれだけ言ったのに記事にするつもりかあの野郎、そんなことしたら金輪際《こんりんざい》、親子の縁《えん》切ってやる。

「なにかあったらまた呼んで」とぼくは二人《ふたり》に言う。

「わかった」

千晶とうなずきあって、ぼくは教室を出た。なんだか、いやな予感がした。


裏庭を通って体育館《たいいくかん》にたどり着いた瞬間《しゅんかん》、地震《じしん》かと思うほどの喝采《かっさい》が聞こえてきた。すでに午後三時。二年一組の『ロミオとジュリエット』が閉幕する頃合《ころあ》いだ。ぼくは体育館の裏口から、舞台裏《ぶたいうら》に入った。客席の歓声がいっそうはっきりと聞こえる。

倉庫の一つを、ぼくら専用の楽屋にしてもらっていた。アンプやドラムセットなど、かさばる上に高価なものが多かったからだ。庫内には脚立《きゃたつ》や延長コードの他《ほか》、古い自転車やバイク、箪笥《たんす》、冷蔵庫《れいぞうこ》など、劇《げき》の小道具なのかただの粗大ゴミなのかわからないものが壁際《かべぎわ》に大量に並んでいた。

ぼくがドラムセットを運びやすいようにばらしていると、興奮《こうふん》に顔を火照《ほて》らせた神楽坂先輩《かぐらざかせんぱい》

黒のドレスが見える。千晶《ちあき》と――その背中に隠《かく》れている、栗毛《くりげ》の長い髪。塀際《へいぎわ》の木立《こだち》の陰に追い詰められた千晶は、気丈に真冬《まふゆ》をかばって男たちと向かい合っている。だれだあいつら？　みんなカメラを手にしている、カフェにもやってきて真冬のことを探っていたのは、あいつらか。

「だからさあ、ちょっと真冬ちゃんにお話聞きたいだけなのよ」

一人《ひとり》が千晶に顔を近づけ、いやらしい声で言う。

「ねえ、もう指はいいわけ？　どうして今、ステージで弾《ひ》く気になったの？」

「あのユーリとCD出すって、いつ？　二人《ふたり》はしょっちゅう逢《あ》ってたのかな？」

「頼むよ、真冬ちゃんの復帰はみんなが心待ちにしてるんよ」

ぼくは駆《か》けだした。あいつら、マスコミの連中だ！　哲朗《てつろう》が言ってた通りだ。

「二年前のロンドン公演以来だよね」

「あのときはリサイタル投げ出したわけだけどさ、公式に謝罪《しゃざい》アナウンスとか出してないよね、そのへんどうなの？」

「――真冬ッ！」

ぼくはそばに駆け寄って、記者どもの背中越しに叫んだ。びくっと連中が振り向き、千晶の顔が安堵《あんど》にゆるみ、縮《ちぢ》こまっていた真冬が顔を上げる。二人を取り囲んでいる男たちを掻《か》き分け、真冬と千晶の腕を取った。

「行こう、先輩《せんぱい》が待ってる」

「おい、ちょっと待ってくれよ」

記者がぼくの肩になれなれしく手を置いた。ぼくはそれを振り払うと、二人の手を引いて早足で体育館《たいいくかん》へと歩き出す。

「なあ頼むよこっちも遊びで来てるわけじゃねえんだからさ！」

下卑《げび》た声が追いかけてくる。真冬の足がもつれそうなのがわかる。千晶がほとんど支えるようにして歩いているのだ。すぐに連中に追いつかれた。

「ロンドン公演はたいへんなことになってたんだよ、知ってるだろ？　その後、会見もなしに業界から消えちゃうしさ、よかったら詳しい話教えてよ」

なんなんだこいつらは、神経通《かよ》ってないのか？　なんで真冬にそんなこと訊《き》けるんだ？　手のひらを通して、彼女が不安に震《ふる》えているのが伝わってくる。

「お父《とう》さんとは関係あるの？　あんまり仲が良くないっていうのは？　離婚《りこん》してから仲が悪くなったの？」

「ドイツ公演のときにお母《かあ》さんに逢いに行ったっていうのはほんとう？」

今度こそ、真冬の手はびくっと引きつり、ぼくは腕にがくんという衝撃《しょうげき》を受けて足を止めてしまう。

「真冬っ！」

千晶《ちあき》が悲痛な声で叫んだ。真冬《まふゆ》は駐車場《ちゅうしゃじょう》のアスファルトにうずくまっていた。ただ、ぼくのシャツの袖《そで》だけをきつく握りしめている。追いついた男たちが、ぼくを取り巻く。

「いいかげんにしないと、警察《けいさつ》呼ぶから！」

千晶の声もびりびり震《ふる》えている。でも男たちはちょっと肩をすくめて顔を見合わせただけだった。ぼくの中にどす黒い怒りが湧《わ》いた。なんなんだこいつらは。なんで真冬を踏みつけにできるんだ？

「べつに俺《おれ》たちはなにもしてねえぞ。話聞きたいって言ってるだけだろ」

「ねえそんなに時間とらせないからさ、どこか落ち着けるとこでインタビューさせてよ、ついでに写真も」

「おまえら――」

ぼくが拳《こぶし》を固めて振り向いたときだった。千晶の腕がさっと視界を遮《さえぎ》る。

「ナオ、真冬連れてって早く！」

「でも――」

「いいから早くッ」

千晶の動きはほとんど黒い風だった。身を低くしたところまでしか見えなかった。体当たりをしたのか、あるいは蹴飛《けと》ばしたのか――ぼくの左右をがっちりと固めていた記者二人《ふたり》の身体《からだ》がぐらっと傾《かし》ぐ。

「う、ぉッ」「なッ」

　ぼくは真冬の身体をほとんど抱き上げるようにして走り出した。手足がこわばっているせいで、いつかよりもひどく重たい。後ろから男たちの怒声《どせい》が吹《ふ》きつける。それを振り切り、階段を這《は》いずるように上ると、裏口のドアの隙間《すきま》に二人分の身体を押し込んだ。千晶のことは心配だったけれど、ひとまず楽屋に真冬を運ぶ。ぼくの背中にもたれた彼女はぐったりしていて、呼吸の音は聞いているこっちを不安にさせる摩擦音《まさつおん》混じりだ。

「少年ッ？」

　舞台《ぶたい》の方から裏手に戻ってきた神楽坂先輩《かぐらざかせんぱい》と、倉庫前の廊下でぶつかる。

「なにが――」

　ぼくは裏口を指さしてなにか言おうとして、自分もまた喉《のど》がからからになっているのに気づく。かろうじて、「千晶、が――」という言葉だけ出てくる。

　踵《きびす》を返して裏口へと走り出した先輩は、ちょうどドアから転げるように入ってきた千晶と鉢《はち》合《あ》わせした。ヘッドドレスもスカートも乱れている。

「同志相原《あいはら》、大丈夫？」と、先輩は千晶を抱きとめる。

「だ、大丈夫、ついてきてない」

　ぼくら四人は、楽屋に引っ込んだ。すでに大物は舞台に出ていて、倉庫にある楽器はギターと二台重ねのシンセサイザーだけ。壁際《かべぎわ》に並んだ、演劇用《えんげきよう》の大道具のいくつかを椅子《いす》代わりにして、ぼくは真冬《まふゆ》を座らせる。まだ震《ふる》えが止まっていない。唇の色も薄《うす》くなっている。

「真冬、大丈夫？　真冬！」

耳元で呼びかけてみると、虚《うつ》ろな視線《しせん》のまま、小さくうなずく――あごが震えているのとほとんど見分けがつかないくらいの仕草《しぐさ》で。

「あいつら、うちのカフェのまわり、ずっとうろついてたみたい」

千晶《ちあき》が吐き捨てるように言う。

「だって人気《ひとけ》のないとこ通ろうとしたらいきなり寄ってきた。気持ち悪い」

「連中、どうしたの」

「蹴倒《けたお》して逃げてきたから、わからないけど、たぶん客席に回ったんじゃないかな」

真冬の肩がびくっと反応する。

「ごめんね、あたしがもっと気をつけてれば――」

千晶のせいじゃない。あんな、屑《くず》みたいな連中が。

「……知ってた」

そのつぶやきが、真冬のものだとは、最初気づかなかった。振り向くと、真冬の震えはいくぶんおさまっていて、あいかわらずぼくの手首を握りしめたまま、視線は床《ゆか》の一点につなぎとめられている。

「……ママのこと、知ってた。あの人たち」

ぞっとした。死人の声みたいだった。真冬のそばに膝《ひざ》をつき、目をのぞき込もうとする。真冬はまぶたを強く閉じ、ぼくの視線を振り払った。

「どうして。忘れてたのに。忘れたことに、したはずなのに」

空っぽの言葉が真冬の黒いスカートの襞《ひだ》に、ぽたりぽたりと落ちる。

「ママに逢《あ》った日は、平気だったのに。なんだ、わたし平気なんだ、って思った。自分はこんなに冷たい人間だったんだ、って。でも」

そのとき——

校内放送がひときわ大きく聞こえる。十五時三十分より、体育館《たいいくかん》にて、民俗音楽部フェケテリコ本校初ライヴ——。そのイベント告知アナウンスに火を点《つ》けられたかのように、壁越《かべご》しに聞こえてくる、大勢の足音、それから歓声。

開場したのだ。体育館が、揺《ゆ》れているのがわかる。真冬がいっそう深くぼくの手首に爪《つめ》をたてる。そうして、ぼくはそれに気づく。気づいてしまう。

「ほんとは平気じゃなかった。次の日、舞台《ぶたい》に出ようとして——拍手、聞こえて——」

ぼくの手首をきつくつかんでいるはずの真冬の右手は、けれど、ひどく弱々しかった。なぜなら、親指と人差し指だけが袖《そで》に巻きついていて、中指と、薬指と、小指が——力を失って、だらりと伸びていたからだ。

「真冬っ、指——」

ちぎれそうなほど激《はげ》しく首を振る真冬《まふゆ》。

「大丈夫、大丈夫だから。もう、今は、平気だから」

「どこが平気なんだよ、だってッ」

先輩《せんぱい》も、千晶《ちあき》も気づいた。先輩はただ唇を噛《か》みしめて壁《かべ》にもたれかかり、千晶は駆《か》け寄ってきて真冬の膝《ひざ》にすがりつく。

「真冬、だ、大丈夫？ 保健室《ほけんしつ》行く？」

「どこも悪くないの、大丈夫、少し休めば」

真冬の右手の指は奇妙な痙攣《けいれん》を起こしている。大丈夫？ 大丈夫だって？

「ライヴなんて言っている場合じゃない。医者を呼ぼう」

先輩が淡々とした声で言ったときだった。真冬が、残った左手でぼくの肩をつかんで、よろけながらも立ち上がった。

「だめ」

「だめ、じゃない。きみの身体《からだ》を」

「なんとかするから！ お願《ねが》い、なんでもないの、だから、中止になんてしないで」

「どうしてそこまで——」

先輩が、これほど唖然《あぜん》とするのを、ぼくは見たことがなかった。ぼくだって先輩と同じ思いだった。どうしてそこまで。

「わっ、わたしは、ここにいたい。このバンドにいたいの。だからお願《ねが》い」

「だからって、真冬っ」

千晶が真冬の両肩をつかんで揺《ゆ》さぶる。客席の方から聞こえてくるざわめきと足踏みは、いっそう大きくなる。開演まで、あとどれくらいだ？　もう無理だろう、真冬がこんな——

「みんなで創《つく》ってきた。わたしの、せいで、壊《こわ》したくない」

「精神論《せいしんろん》は聞きたくない」

先輩は、驚《おどろ》くほど冷酷《れいこく》な口調《くちょう》で切り捨てた。

「十分待つ。それでなんとかならなかったら、中止にする」

ギターを手に踵《きびす》を返した先輩の背中が、そのとき、ひどく翳《かげ》って見えた。

「一人《ひとり》でも欠けたら、意味がないからね。ステージを見てくる」

千晶の肩越しに、ドアが先輩の姿を呑《の》み込んで閉じる。

「真冬、なにか、あ、あたしにっ、できること」

真冬は首を振った。ぼくから手を離《はな》し、シンセサイザーにしがみついてなんとか立つ。

「ステージで待ってて。……ひとりで、なんとかするから」

千晶は真冬に、それからぼくになにか言いたげな視線《しせん》を向けた。でも、言葉にはしなかった。ただ、悔《くや》しそうに唇をぐっと噛《か》んでうつむいた後で、顔を上げ、ぼくの胸に拳《こぶし》をぐりっと押しつけた。

なんとかして。千晶《ちあき》の、声にならない言葉が、そこから伝わってきたような気がした。楽屋を出ていくときには、千晶はもう振り向かなかった。

「……直巳《なおみ》も」

シンセのコンパネに両手をついて、真冬《まふゆ》は言葉を吐き出す。

「行って。わたしは、大丈夫。自分で——」

「なんとかなるわけないだろ」

自分でぞっとするくらい冷たい声が出た。真冬がはっとして顔を上げた。瞳《ひとみ》が、濡《ぬ》れているのがわかる。

「なんなんだ。なんでそこまで。馬鹿《ばか》じゃないのか、自分の身体《からだ》のこと、自分がいちばんよく知ってるくせに」

ぼくこそなんなんだ、と思う。なんでこんなに腹を立てているんだ。自分がなにもできないと知っているせいだと、わかってはいた。ぼくの知らない場所で真冬は勝手に立ち直って、ぼくの手の届かない場所でまた折れようとしている。それが、哀《かな》しい。

でも、言葉は止まらなかった。

「ピアノなんて、今弾《ひ》けなくたっていいだろ。ぼくらのバンドがこんなことで壊《こわ》れるわけない、それなのにっ、無理して、人前で弾こうなんて——」

「あなたがっ」

真冬は涙を散らして、ぼくの言葉を遮《さえぎ》った。

「あなたが、言ったの。またステージで、ピアノを弾いてくれって。でも、でもっ、そのときはできなくて、それが、悔《くや》しくて」

ぼくが——言った？　真冬に。ピアノを。

吐息《といき》が喉《のど》で凝固《ぎょうこ》する。そうだ。たしかに言った。二人《ふたり》きりの、音楽資料室で。合唱コンクールだ。『アヴェ・ヴェルム・コルプス』。歌とタクトを溶け合わせる、奇蹟《きせき》のようなピアノ伴奏。ぼくはたしかに言った。練習だけじゃなく、本番で弾いてほしい、と。それが——

「だから、あなたのために、弾きたかった。あなたが弾けって言わなければ、わたしは、ずっとピアノから離《はな》れて生きてくつもりだった。なのに」

ぼくの、ため。

「なのに、指が。動くように——なっちゃった」

痛ましい声で、真冬が言葉を続ける。

「コンクールのすぐ後。あなたの、せいで」

喉が震《ふる》える。言葉も出ない。ユーリと、逢《あ》ったからじゃなくて、ぼくの——せいで？　真冬がピアノを取り戻したのは、ぼくが、弾いてくれと言ったから。そんな。

「あなたが、いたから。無理でもなんでもいい、今、どうしても」

鍵盤《けんばん》にすがりついて、立つのもやっとで、ぼくのために残酷《ざんこく》な光の中でまたピアノを弾こうとしていたその弱々しい腕は、痛ましく震《ふる》えている。

どうして、ぼくなんだろう。

ずっと、その隣《となり》にいたいと思っていた。苦しいときには、支えてあげられればいいと、思っていた。でも今、真冬《まふゆ》を苦しめているものの半分はぼくで、もう半分は彼女自身で、そうだとしたら、ぼくはどうすればいいんだ。

「一度も、応《こた》えられなかった。あなたが何度も、聴《き》きたいって言ってくれたのに。ちゃんと聴かせたかった。ベートーヴェンも全部録《と》り直して、聴かせたかったのに。指、治って、もう大丈夫って、思ってたのに、わっ、わたしっ、こんなに、弱くて、こんなことで」

自分の右手を、指先が白くなるほどきつく左手で握りしめて、真冬は言葉を吐き出す。

「……真冬」からからの喉から、ぼくは必死で声を押し出す。「落ち着いて」

自分でも馬鹿《ばか》みたいだと思うくらい月並みな言葉しか出てこない。

「ぼくなんかのために、そんな、どうして」

ちがう、こんなこと言いたいんじゃない。

「——ごめん。ぼく、全然気づかなくて」

真冬はみんな、取り戻していたのに。

「わたしだって、気づかなかった」

真冬は濡《ぬ》れたまつげを伏せて、かすれた声で言う。

「だれかのために、弾《ひ》こうなんて。そんな気持ちが、あったなんて」

みんな、失《な》くしたはずなのに。真冬のつぶやきが、シンセサイザーの黒い傷だらけの表面にしたたり落ちる。

「わかんない。もう、どうしていいのか、わかんない。どこに戻ればいいのか。だって、だれかのために弾いたことなんてないのに」

そんなことない、と言おうとして、ぼくは言葉を呑《の》み込む。

二人《ふたり》で家出したときに、ぼくは真冬から聞いた。彼女がピアノを愛した最後の記憶《きおく》――母親との想《おも》い出《で》。それは、今まさに、真冬がのぞき込んで立ちすくんでいる、もう二度と埋められることのない虚無《きょむ》。あのくそったれな記者たちが思い出させた、還《かえ》らない時間。

真冬はシンセの表面に爪《つめ》を立てて、首を振り、涙を散らす。

「……行って。響子《きょうこ》と、千晶《ちあき》が待ってる」

氷にひびが入るような真冬の声。

「わたしは。……なんとか、してみるけど、……ま、間に合わなかったら――ほっておいて。三人でも、できる曲は――」

ぼくは思わず両手をシンセに叩《たた》きつけて真冬の言葉を遮《さえぎ》っていた。栗色《くりいろ》の髪がびくんと揺《ゆ》れて、おびえと不安に濡れた青い瞳《ひとみ》がおそるおそる持ち上がる。

「いやだ」

ぞっとするくらいくっきりした声が出た。

「真冬《まふゆ》を置いていくなんて、ぜったいにいやだ」

「どうしてっ、だ、だって、わたしっ、ピアノ、もう弾《ひ》けない、かも、しれないのに」

「そんなの——ピアノとか、バンドとか、そんなの関係ない」

真冬の、海の中に沈んでしまいそうな目をじっと見つめて、ぼくは言う。

「もう決めたんだ。ずっと真冬のそばにいる」

音楽だけで、ぼくらはいつもつながっていた。

そうしたら、どちらかが歌えなくなったとき、弾けなくなったとき、どうなる？　今みたいに立ちすくむばかりだ。もう、そんなのはいやだ。

だって、ぼくは真冬が好きなんだから。音楽を失《な》くしてしまったときにも、そばにいたい。

そんな想《おも》いが、ぼくらの間でふつふつと泡になっては海面に溶ける。真冬の白い顔にかすかな赤みが広がって、それを隠《かく》すように、彼女はまたうつむく。

「でも、あなたがここにいたって……」

ぼくがここにいても、しょうがない。ほんとうに、そうなのか？

「あなたのために弾けたことなんて、一度もないのに。どうすればいいのか——わからない」

どうすれば。どうすれば真冬はまた、ピアノを取り戻せる？

ただそばにいるだけで、いつものようになにもできなくて、言葉を失って立ちつくすだけで、ぼくの手が届いたことなんて、一度も——

そのとき、記憶《きおく》の中で、その旋律と、暗闇《くらやみ》と、風鳴りと、雨のにおいが浮かび上がる。

一度も——

一度もないなんてことはない。

「……あるよ」

「……え？」

「真冬は、ぼくのために弾いてくれたことがある」

戸惑《とまど》ったままの青い瞳《ひとみ》。それは溶けてしまいそうに震《ふる》えた後で、また伏せられてしまう。

真冬は、憶《おぼ》えていないのか。

でも、ぼくはたしかにその奇蹟《きせき》を憶えている。傍《かたわ》らのギタースタンドに立てかけられた、ぼくのベースにそっと目をやる。真冬が弾いてくれたから、今もぼくの欠片《かけら》はここにある。

あれは、ぼくの耳が創《つく》り出したまぼろしだったのかもしれない。あるいは、海鳴りとこだまと霧《きり》が生み出した魔法《まほう》だったのかもしれない。でも、ぼくが聴《き》いたあの音は、たしかに真冬のピアノだった。

それなら——どうすればいい？　どうすれば、真冬は思い出せるだろう。

ぼくに、できること。

いつの間にか閉じていた目を開く。そこは、薄汚《うすよご》れたコンクリートに囲まれた暗い倉庫で、壁際《かべぎわ》に押しつけられたがらくたが見守る中、ぼくと真冬《まふゆ》と、ぼくのベースと、一台のシンセサイザーが肩を寄せ合っている。

できるだろうか。呼び戻せるだろうか？

わからない。でも、やってみるしかない。

「——真冬」

一度だけ呼んでも、真冬はうつむいたままだった。

「真冬。さがってて。用意する」

真冬はのろのろと顔を上げた。まぶたが赤く腫《は》れている。

「……なに？」

ぼくは黙《だま》って、彼女をシンセから引きはがす。しゃがみ込んで、台の片側の脚《あし》に楽譜《がくふ》の束《たば》を噛《か》ませる。たしか、これくらいの傾きだったはずだ。

楽屋を見回す。冷蔵庫《れいぞうこ》を倒してシンセの脇《わき》に置き、ひっくり返した自転車をドアのそばに立てかけ、横倒しにした食器棚と置き時計《どけい》を床《ゆか》に投げ出す。それから、鍵盤《けんばん》の前に引き出し棚を置いた。

「座って」

真冬は潤《うる》んだ瞳《ひとみ》のまま、ぼくを見つめる。

「……直巳《なおみ》？　なにを」

「いいから、座って」

真冬の背中を押して、引き出し棚に座らせる。彼女の背に立って、下段のシンセの電源を入れた。できるだろうか。一瞬《いっしゅん》、自分のやろうとしていることがひどく馬鹿馬鹿《ばかばか》しく思えた。

でも——

そこが、ほんとうに特別な場所なのだとしたら。

それが、ほんとうに真冬の心からの願《ねが》いなのだとしたら——

「目、つむってて」

囁《ささや》いた。

真冬の肩越しに手を伸ばし、鍵盤に触れる。コンパネのスライダーを手探りし、サウンドエフェクトを見つけ出す。

最初は、雨音。

廃車の屋根や、破れたバケツや、朽《く》ちた食器棚を叩《たた》く、柔らかな雨。

そこに重なる、ごくかすかな海鳴り。

いくつもの森を抜けてきた波の音。

木々の葉がこすれ合う音。

山間《やまあい》を渡る風。

遠い列車のレールを踏む音。

ぼくの手のひらの下で、機械《きかい》の中に埋もれていた音が、次々とまぶたの裏の暗闇《くらやみ》に浮かんでは拡散していく。もう、客席のざわめきなんて聞こえない。ぼくらのまわりを包んでいるのは、停止した時の静けさ。

『心からの願《ねが》いの百貨店』。

ぼくらが最初に出逢《であ》った、そして失《な》くした物を見つけた、世界の終わりのゴミ捨て場。夢の残滓《ざんし》の集積所《しゅうせきじょ》。

あれは、ぼくの願いだった。真冬《まふゆ》にピアノを弾《ひ》いてほしいと、ぼくはあのとき願ったのだ。そうして、真冬がそれに応《こた》えた。ぼくは夜の中でフーガを聴《き》いた。バッハの平均律。ぼくのベースを見つけ出した、不思議《ふしぎ》な力。

祈るように、ぼくはもう一台のシンセの電源を押し込む。コンパネに火が灯《とも》り、森のさざめきの中でホワイトノイズが立ち上がる。

いつの間にか、真冬がぼくを見上げている。逆さまになった顔には涙の余韻《よいん》。ぼくも彼女も、目を開いている。でも、魔法《まほう》は消えていない。ぼくらは、世界が尽きる場所にあるあの不思議な百貨店に取り残されている。

「……思い出した？」

真冬はかすかにうなずいた。

「じゃあ」

ぼくは一つ一つ、言葉を選《えら》びながら口にする。魔法が消えないように。

「もう一度、弾いてほしい。真冬のピアノが聴《き》きたい」

「……なにを弾けばいいのか、わからない」

真冬はぼくの胸に頭の後ろを預けて、群れからはぐれた迷子《まいご》の小鳥みたいな目で訊《たず》ねる。

「……直巳《なおみ》が——決めて」

ぼくにだって、わからない。バッハのフーガは、たった今、ぼくらの記憶《きおく》の中で鳴り終わってしまった。だから、もうすぐ夜が明ける。

ぼくはその答えを、鍵盤《けんばん》に探す。コンパネの液晶画面が、ぼくの指を導《みちび》く。

最後のサウンドエフェクトを、鳴らした。

啼《な》き声《ごえ》が、真冬を呼んだ。どこかの梢《こずえ》から、夜明け前を目指して翼《つばさ》を打ち振る音が聞こえた。

真冬の手が鍵盤に触れる。しんと冷えたピアノの音。

ぼくと真冬の心音が、ぴったり重なったような気がした。それはたぶん、絶《た》え間《ま》なく打ち鳴らされるG音のせいだ。真冬の指が、両手の指が——まるで弱まっていく雨の最後の名残《なごり》みたいに、白と黒の鍵盤の上でいくつもの小さな波紋を数える。

『ブラックバード』——

ちぎれた霧《きり》のヴェール。

朝の光。

吐《は》き出されようとしていた歌は、ぼくの唇で溶けて消えた。

だって、この歌はいつだってぼくらの間にあった。今も。

だから、魔法《まほう》が消えるまでは、ピアノだけを聴《き》いていたかった。

やがて最後の一音が水面《みなも》に広がって消え、クロウタドリが枝を蹴《け》って飛び立つ。雨が止《や》んで風がやわらぎ、海が遠くなって――

真冬《まふゆ》の後ろ髪が、またぼくの胸にとんと触れた。

戻ってきていた。ぼくらは散らかった倉庫の真ん中にいて、シンセサイザーの内部音源はじりじりと不安げなノイズを流し、壁《かべ》を伝って大勢の話し声と足踏みとがぼやけて聞こえる。

戻ってきていた。

しばらく、ぼくは言葉を見つけられずにいた。真冬も、黙《だま》って自分の両手を見つめ、握り、また開き、からみついた雨のにおいを確《たし》かめている。

「……真冬?」

そっと名前を呼んだ。

真冬は振り向かなかった。ただ、手を鍵盤《けんばん》から下ろして、ぼくの腕に置いた。右手の五本の指が、しっかりとぼくの手首に巻きつく。それが、自分でも信じられなくて、嬉《うれ》しさよりも先にきつい動悸《どうき》がやってきて、でも手を動かせない。

真冬は、戻ってきた。もう無傷ではないけれど。

よかった。ぼくのつぶやきは、かすれていてほとんど言葉にならない。

「……あり、がとう……」

真冬《まふゆ》のたどたどしい声。

「うん」

なにか、もっと言わなくちゃいけない。そう思うのだけれど、ひどく難《むずか》しい。こういうときにぼくは、茶化《ちゃか》すような言葉しか思い浮かばないのだ。

「……リクエストしても、よかったのかな……ひょっとして」

ぼくが決めていいなんて真冬が言うのは、そうそうめったにあることじゃないだろうし、まだ録音《ろくおん》してないディアベリ変奏曲とか弾《ひ》いてくれって言えばよかったかも……

「ばか」

手首に爪《つめ》を立てられた。地味に痛い。

真冬は立ち上がり、ぼくの腕の間で振り向く。真冬が視線《しせん》を上げると、ぼくらの顔は触れ合いそうなほど近くにある。

「直巳《なおみ》なら、……いつでも……言ってくれれば」

言葉の途中《とちゅう》で真冬はかあっと顔を赤らめ、両手でぼくの胸をぐっと押して引《ひ》き離《はな》す。ぼくは思わず後ろにひっくり返りそうになる。

「い、いつでも、って――」なんでそこまで。ぼくのために？　そこでぼくは、さっき自分がかなりとんでもないことを言ってしまったのに気づく。ずっと真冬のそばにいるって、言ってしまった。真冬も聞いていた。それじゃあ、真冬は、いや、でも、まさか。

「……わ、わたしが、弾くって言ってるのに！」

真冬はぼくの胸をどんどんと両手で突く。

「あなたがっ、わたしを連れ戻したんだから！　わたしのピアノ聴《き》きたいって言ったくせに、どうしてそんな、なんにもわかってないみたいなこと言うの」

「ご、ごめん……」

「ばか、ばか！」

真冬はぼくを突き飛ばすと、シンセサイザーに向き直り、電源を落として台から下ろそうとする。

「あなたなんて、一生そうやってなんにも気づかずに、楽譜《がくふ》いじったりベース弾いたりしてればいい。そっち側持って！　運ぶから！」

「あ、う、うん」

ベースのストラップを肩に引っかけてかつぐと、シンセのあちら側に回る。真冬はまだ赤らんでいる顔をぷいっとそむける。

「……いいの？」

訊《き》いてみた。

「なにが」

真冬《まふゆ》はシンセを持ち上げながら、ぼそりと訊《き》き返してくる。

「一生、真冬のために楽譜《がくふ》いじったり、ベース弾《ひ》いたりしてて、いいのかな」

それが、そのときのぼくの精一杯だった。真冬のことが好きだから――その一言は、けっきょく言えなかった。言ってしまおうと、何度も思ったのだけれど。

「あなたは、わたしのベーシストでしょ」

真冬は、それだけ答えた。

そうか。ぼくは胸の中でだけ、こっそりため息をつく。

ぼくらの間をつないでいるものは、まだ音楽を超えない。もう真冬の顔からは涙の余韻《よいん》もどこかに吹《ふ》き飛んでいて、いつものとげとげしい彼女だ。

それでかえって安心している自分がちょっと情《なさ》けないけれど――。

真冬がドアを押し開いた瞬間《しゅんかん》、ぼくらを呼ぶ雷鳴みたいな足踏みと声が吹き込んでくる。

廊下の壁《かべ》にもたれて立っていた、フリルだらけの黒いゴシック・ドレス姿。千晶《ちあき》だ。二本束《たば》ねたドラムスティックを両手できつく握りしめている。その顔が、ゆっくり持ち上がる。

最初にぼくを、それから真冬を、ほとんど温度のない目が捉《とら》える。

しばらく言葉はなくて、壁伝いに聞こえてくる客席のざわめきも、ごうごうという風鳴りみたいだった。千晶が壁から背中を離《はな》す。ぼくは、真冬の腕からシンセサイザーを預かって担ぎ上げた。

千晶は一歩、二歩寄ってくると、真冬の右腕をしっかりと両手でつかむ。真冬の困惑《こんわく》した目が、自分の腕と、千晶の顔を行ったり来たりする。

「……真冬は、いっつもいきなりいなくなるんだから」

千晶がつぶやく。肩に力がなく、なんだか泣いているように見えた。

「おまけに、居場所はいっつもナオにしかわからないし」

「……ごめん、なさい」

「あたしがそれでどんだけ悔《くや》しい思いしてるか、ちょっとは察してほしいな」

真冬がうなずく。千晶は額《ひたい》と額をこつん、とぶつけ合う。

「ナオ、真冬を甘やかしちゃだめ。もう手は動くんでしょ。自分の楽器は自分で運ばせるの」

「え……あ、う、うん」

ぼくは、ずしりと重いシンセサイザーを真冬にそうっと渡した。大丈夫か？　あの細い腕を見ていると心配になる。

「それから、あんたはちょっとこっち来なさい」

「え、な、なに？」

千晶に耳を引っぱられて、ぼくは舞台《ぶたい》と反対方向——裏口に続く廊下に連れていかれる。戸口の脇《わき》にだらしなくしゃがんで壁に背中をくっつけている人影《ひとかげ》を見て、ぼくは一瞬《いっしゅん》頭が真《ま》っ白《しろ》になる。

「……て、哲朗《てつろう》ッ?」

グレイのジャージ姿に寝癖《ねぐせ》のついた髪、目には青あざ、どこからどう見ても哲朗なのだけれど、ぼくの頭はそれを幻覚だと思い込もうとする。いや、だって、なんで哲朗が、こんな舞台《ぶたい》裏にまで。

「お?　おお、やっと出てきたよ。おまえなーお客さん待たせるんじゃねえよ。ほらほらみんな焦《じ》れてるぞ、さっさと行きなさい」

「な、な」声がうまく出てこない。「なんでいるのッ?」

「だって、見に行くって言っただろ?　親が息子《むすこ》の文化祭に来ちゃいけないのか?」

馬鹿《ばか》にしたように肩をすくめる哲朗。

「ま、まさか哲朗」

ほんとに真冬《まふゆ》のこと記事にしようとして来たんじゃ——

ぼくはそこで、哲朗の手首に提《さ》げられた、いくつものストラップに気づく。カメラだ。大型レンズの高価そうなカメラが、四台も。

「……ど、どうしたのそれ」

「ん?　ああ、これな」哲朗はぼりぼり髪の毛をかき回した。「さっき会場の入り口んとこで、見た顔のやつらが四人もいてさ。業界のダニみたいな連中。たいへん不愉快《ふゆかい》だったのでぶん殴って、カメラは没収しておきました」

それで目にあざができてるのか。息子の学校で喧嘩《けんか》すんなよ……。

「そ、その人たちは？」

「いや、泣いて帰っちゃったよ？」

ぼくはもう、なにを言えばいいのかわからなくなる。じゃあどうして、うちのクラスのまわりうろついて、真冬のこと訊《き》いて回ったりしてたんだよ？

「業界ゴロなめんなよってことだな。じゃあな」

哲朗はそう言って手をちょいと挙《あ》げ、裏口のドアを引く。帰るのかよ。観《み》に来たんじゃなかったのか。

「だからゴスロリを眺めに来たんだってば。おまえの下手《へた》くそなベースなんざ聴《き》けるか。いいから早く行けよ、みんな待ってるぞ」

ドアはぶっきらぼうに閉じる。

ひょっとして——と思う。

あいつは、記者どもが文化祭での真冬に目をつけていると知っていた。それで、わざわざ取材を邪魔《じゃま》するために——真冬を、守るために。

哲朗が？　あのろくでなしがそんなことを？　馬鹿馬鹿しい想像だった。でも。

「ナオ、早く」

千晶《ちあき》に袖《そで》を引っぱられて、ぼくは振り向いた。真冬《まふゆ》が自分の身長くらいあるシンセを抱えて、でも思いがけずしっかりした足取りで、ステージへと続く廊下を歩き出す。ぼくはベースを肩にかけ直し、千晶に腕を引かれてそれを追う。

その向こう――

四角い光の中。人影《ひとかげ》が壁《かべ》に寄りかかって立ち、吹《ふ》きすさぶ大歓声に編《あ》んだ長い髪とドレスの裾《すそ》がなぶられている。逆光でその顔はよく見えなかったけれど、こんなとき神楽坂先輩《かぐらざかせんぱい》がどんな笑い方をするのか、ぼくはよく知っていた。

みんな、ぼくらを待っている。

真冬の隣《となり》に追いついた。ちらと視《し》線《せん》を交《か》わし、うなずきあう。大丈夫、みんなここにいる。

それじゃあ、行こう。

千晶がぼくの腕を放し、一歩、二歩先へ。

ぼくはその背中を追いかけて、光の中へと続くプロムナードを歩き出した。

〈了〉

あとがき

先日、友人の作家と話していて驚《おどろ》いたことがあります。

そのときはたまたま音楽の話題で、ユニコーンについて喋《しゃべ》っていました。ユニコーンというのは僕が中学生だった頃《ころ》に売れていたバンドでして、僕より五歳年下のその友人も名前だけは知っていました。

ところが、奥田民生《おくだたみお》はユニコーンのヴォーカルだったんだよと教えてやると、彼は「知らなかった！」とぶったまげたのです。こっちの方がぶったまげました。ジェネレーションギャップというものをこれほど痛感させられたことはありません（ユニコーン自体を知らないと言ってくれればここまでショックではなかったと思います）。彼にとっては奥田民生はPUFFYのプロデューサーであり、あるいはゆるいかっこうでギターをぶらさげてゆるい歌をうたっている個性派ソロシンガーという認識《にんしき》だったのでしょう。

ああ……僕は、三十歳になったんだな……と、噛《か》みしめた瞬間《しゅんかん》でした。

だれかに音楽の趣味《しゅみ》を並べさせると、たまに「なぜおまえの年代でそれ聴《き》いてるの？」という例に出くわすことがあります。これもジェネレーションギャップの一種なんでしょうか。僕より二回り年下なのに、僕が生まれる前に解散したバンドの曲が好きだったり。

詳しく訊《き》いてみると、往々にしてそれは「親が愛聴《あいちょう》していたから」という理由に落ち着きます。しかも、親の趣味の音楽を子供も自分で買って聴き始めるのは、かなりのタイムラグがある場合が多いのです。

僕と大バッハとの出逢《であ》いも、そうでした。

前巻のあとがきでお話ししましたピアニスト、グレン・グールドのデビュー・アルバムは、バッハの『ゴルトベルク変奏曲』でした。録音は一九五五年です。このCDは昔から実家にありましたし、僕も何度か聴いたはずですが、まったく印象に残っていません。

ところが数年前、ふと実家に帰った折に、僕は父に勧められてもう一度、グールドの弾《ひ》く『ゴルトベルク変奏曲』を聴かされました。その後、自宅に戻ってからすぐにレコード店に走ってそのCDを買い、バッハに飽《あ》きたらずベートーヴェン、ブラームス、チャイコフスキー……と開拓を始め、CDラックはあふれかえり、それらを経費で落とすために、ついにはこんな小説まで書いてしまったわけです。それほどの衝撃《しょうげき》だったのです。あ、ごめんなさい経費のところは嘘《うそ》です。嘘ですよ？

実は、僕が子供の頃《ころ》に聴いた『ゴルトベルク』と、数年前に聴いたものとはべつものでした。グールドはデビューアルバムに選《えら》んだこの曲を、一九八一年に再録音《さいろくおん》して翌年発売しているのです（そして、この年に亡くなっています）。演奏解釈《かいしゃく》も驚《おどろ》くほどちがいます。

ふと思います。僕が子供の頃《ころ》に五五年版の『ゴルトベルク』を聴《き》いていなかったとしたら、八一年版を聴いたときにここまでの衝撃《しょうげき》を受けただろうか。印象には残っていないけれど、幼少の頃に聴いた『ゴルトベルク』の記憶《きおく》が、楽譜《がくふ》は同じだが解釈のまったくちがう曲をもう一度聴くことによって、開花したのではないか。

人生をやり直すことはできませんから、この仮説も検証できません。

しかし僕は小説書きです。似たようなことを、小説で試すことができます。

つまり、主人公は同じだが解釈のまったくちがう小説をもう一度読んだとき、なにかが開花するのではないか。


……以上が、「これって前のシリーズと主人公の中身同じじゃね？」と指摘されたときに持ち出そうとがんばって用意していたでまかせです。

ところが、あまりそういうことを言う人はいないので安堵《あんど》することしきり、首を傾《かし》げることしきりです。なにせ、そもそも名前が一文字ちがいです。並行して書いていることもあって、編集《へんしゅう》さんはよく間違えます。僕は作者なのでさすがに言い間違えたりはしませんが。ほんとうですってば。編集部に「ほんとに杉井《すぎい》は言い間違えないのか」なんて問い合わせるのはやめてください。

が入ってくる。長いドレスの裾《すそ》は歩きづらそうだ。

「遅くなってごめん！　カーテンコールが長引いた」

「お客、どんだけ入ってたんですか？」

「涙で体育館が水浸《みずびた》しになるほど、だよ。リハを急ごう。……同志蛯沢《えびさわ》と同志相原《あいはら》は？」

「あの二人は、写真撮影《さつえい》の希望が溜《た》まっちゃってて、今ちょっと動けないんです。もう少ししたら来ると思う」

「私も行って至近距離《きょり》でウェイトレス姿をたっぷり眺めたかったのだけど、あの行列ではね」

あんたはこれからステージでいくらでも見られるだろうが。

ところが、二年一組のスタッフたちが舞台《ぶたい》の片付けを終え、アンプとドラムセットを運び出して設置してしまっても、まだ二人は姿を見せなかった。片付けと準備の時間はたっぷり三十分とっていたのだけれど、早くしないと開演になってしまう。

「ぼく、教室見てきます」

ＰＡ調整中《ちょうせいちゅう》の先輩の背中に声をかけて、裏口から出た。

千晶のとげとげしい声が聞こえてきたのは、短い階段を通って駐車場《ちゅうしゃじょう》に下りたときだった。

「もう、しつこいな！　どいてよ時間ないんだから！　真冬がいやだって言ってるでしょ！」

裏庭の方だった。ぼくはぎょっとして、足を速め、校舎の角を曲がる。

さえないトレンチコートやハーフコートを着た四人の男たちの背中が見えた。その合間に、